Grande bullo cattivo

Renee Rose

Lee Savino

Traduzione di
Cristina Zappalà

 Formattato con Vellum

OTTIENI IL TUO LIBRO GRATIS!

Iscrivetevi alla newsletter di Midnight Romance per ricevere La Vergine e il Vampiro e notifiche riguardo a nuove pubblicazioni!

https://dl.bookfunnel.com/wg56byh1hb

OTTIENI IL TUO LIBRO GRATIS!

Iscrivetevi alla newsletter di Renee per ricevere Preludio e Indomita, scene bonus gratuite e notifiche riguardo a nuove pubblicazioni!

https://subscribepage.com/reneeroseit

* * *

Ricevi un libro gratuito, **Allevata dai Berserker** (solo per i fan più sfegatati iscritti alla newsletter di Lee). **Clicca qui per cominciare**

A Aubrey Cara, la migliore amica della nostra vita. Grazie di tutto il tempo e delle premure con cui ci hai aiutate a fare della saga Alfa ribelli la migliore possibile; grazie dei meme assurdi, grazie di averci tirate su di morale quando ne abbiamo avuto bisogno... grazie per ciò che sei.

Avvertenza sul contenuto: il protagonista del libro ha subito abusi da piccolo. Anche se non vengono descritti, vi si accenna diverse volte: abbiamo deciso di aggiungere questa nota proprio per darvi il giusto contesto in relazione ai comportamenti di Billy. Mi raccomando, prendetevi cura della vostra salute mentale!

Capitolo uno

ubrey
Odio i miliardari.

No, non dovrei neanche dirlo. La mia migliore amica sta per diventarlo – ereditando o sposandosi. Probabilmente tutt'e due le cose.

Bizzarria alla quale devo ancora abituarmi.

A parte Madi, però, Wall Street puzza tutta di privilegio. Soprattutto qui, nei laboratori della *Sentience*, l'azienda d'IA che deruba spudoratamente artisti, musicisti e scrittori di tutto il mondo della loro creatività.

Ecco perché farò qualcosa in proposito... *stasera*.

È la terza settimana che me ne sto accampata al ventisettesimo piano del grattacielo. Di solito coi murales mi sbizzarrisco con scene di giustizia sociale, richiedo cambiamento. Resistenza. Libertà. Sono la Diego Rivera di Brooklyn io. Quello di *Occupy Wall Street*, fuori dalla *Résistance* – la caffetteria bohémienne dove lavoro – viene fotografato più di ogni altro murale della città...

Sono l'ultima persona che ci si aspetterebbe si vendesse

a una società come la *Sentience* – soprattutto perché deruba artisti di tutto il mondo.

Ma mi sono piegata a questo dozzinale paesaggio tutto fiorellini per una ragione.

Buonissima, tra l'altro.

Mi scappa un sorrisetto quando agli auricolari mi arriva il brano *Karma Chameleon* della playlist dance degli anni Ottanta.

Esatto, Sentience. *Il karma è proprio stronzo.*

"Fai tardi di nuovo?" La guardia si ferma dietro alla scala per osservarmi. Purtroppo per lui sta dimostrando un certo interesse per me e il mio lavoro. Forse perché gli piacciono i disegni... o forse percepisce che sono diversa dagli squali senz'anima che navigano in queste acque. Io sono vita e colore... in un palazzo del tutto vuoto e monotono.

In circostanze normali magari flirterei. È più di uno e ottanta, stupendo, con una carnagione scuretta e un accento giamaicano molto sexy... proprio il mio tipo. Ma qui sto cercando di farmi dimenticare. Soprattutto stasera.

Passa oltre, bello. Questi non sono i droidi che stai cercando.

"Sì. Solo qualche ritocco finale," mento facendo scattare il polso per rapidi e abili passaggi di pennello su un papavero. In realtà ho finito due ore fa; sto solo perdendo tempo. Evito accuratamente di voltarmi o rivolgergli la mia attenzione, in modo che se ne vada.

Resta qualche altro minuto, ma alla fine si allontana con calma. Attendo di sentire il trillo dell'ascensore, poi mi sposto, spengo la musica e mi levo un auricolare per mettermi in ascolto.

Silenzio di tomba.

Per esserne certa faccio un salto al bagno a darmi una

lavata... e controllare sotto ogni singola porta se ci sono luci accese.

Sono le venti. I dirigenti di solito se ne vanno alle sei, ma non posso sbagliare.

Mi rigiro in mano la chiave elettronica datami da Jamie, l'informatrice. È stata licenziata due mesi fa dopo aver stampato un'email inviatale da un dirigente; esponeva preoccupazione in merito alla legittimità dei dati che stavano raccogliendo.

E qui dentro il Grande fratello è tanto inquietante che ha beccato la stampa e la sicurezza si è presentata nel suo ufficio per portarla via – senza l'email – prima ancora di sera. È andata allora allo studio legale e il caso l'ha avuto Jan – mia amica attivista, nonché moglie della proprietaria della *Résistance*.

Dato che già complottavo con Jan e la moglie Caroline per distruggere la *Sentience*, mi ha fatto conoscere Jamie.

E adesso devo solo mettere le mani su email analoghe e – si spera! – trovare la scorta segreta di opere piratate perché Jan possa denunciarli. O magari posso portare l'informazione all'attenzione del *New York Times* e rovinargli la reputazione.

Per scendere al nono piano uso le scale antincendio – è lì che vengono recuperati quasi tutti i dati. La chiave di Jamie apre ancora la porta, proprio come aveva previsto. Entro col cuore che batte come un tamburo.

Le luci sono spente – è buio. Jamie mi ha detto che a questo piano non ci sono telecamere, perché non vogliono registrazioni di ciò che fanno. Seguo la mappa che ho memorizzato per arrivare al suo ex ufficio. L'hanno sostituita, ma una volta aveva perso la chiave e se ne era fatta dare una copia – poi aveva ritrovato l'originale. Una bella fortuna.

La infilo nella serratura e giro. Nelle proteste, ai sit-in e nell'esercizio del diritto all'espressione della mia sacrosanta opinione le palle le tiro fuori, ma adesso sto infrangendo la legge. Stasera si passa il limite: effrazione, scasso e furto di documenti aziendali. Jan non approverebbe, ma se non faccio così la *Sentience* continuerà a derubare me e i miei colleghi fino a farci rimanere senza lavoro! E quando Jamie ha cercato di fare qualcosa è stata licenziata...

Quindi rischierò.

M'infilo nell'ufficio senza accendere le luci. Pesco il drive esterno dalla tasca anteriore della salopette macchiata.

Il computer è ancora acceso – quando muovo il mouse esce dalla sospensione – perciò seguo rapidamente le istruzioni che ho memorizzato per clonare tutto l'hard drive. Avviata la copia scarico pure l'intera casella di posta – dubito ci sia qualcosa di utile, ma non si sa mai.

Speriamo di trovare qualcosa!

Pare ci voglia una mezz'ora, quindi esco e torno al murale di sopra, nel caso in cui si ripresenti la guardia. Ne approfitto per pulire, sciacquare i pennelli e piegare il telo protettivo per domani.

Mi squilla il telefono, guardo lo schermo. "Madi!" Starà uscendo dal lavoro. Adesso che è a capo della *Fiumana* è sempre impegnata – persino più di quanto lo fosse alla *Moon Co*! Brick qualche paletto orario ce l'aveva: mai lavorare nel fine settimana o fino a tardi.

"Aubrey!"

"Ciao a te."

"Ciao! Come va? Scusa, mi sembra di non vederti da secoli..."

Riecco la familiare fitta al petto che mi tormenta da quando la mia migliore amica mi ha abbandonata per gettarsi nelle grinfie del fidanzato. "Lo so. Sto bene. E se facessimo qualcosa insieme... tipo io e te?"

"Sì, con piacere! Che ne dici di..." Me l'immagino aprire il calendario del telefono e cominciare la consultazione. "Che ne dici di giovedì prossimo? La sera?"

"La prossima settimana, intendi?"

"Sì. Scusami davvero, ma questa sono piena e nel weekend io e Brick andiamo sugli Adirondack."

Non passa inosservato non mi ci abbia mai invitata – eccetto che per la festa di fidanzamento. "Sì, ok. A giovedì prossimo," rispondo piatta. Bah, devo farmi una vita. Un ragazzo. Qualcuno che colmi la voragine che mi ha lasciato lei traslocando.

"Che stai facendo?"

"Questa settimana dipingo un murale per la *Sentience*."

"*Cosa?!*" Almeno ha il buongusto di fare la sconvolta. Mi rattrista però non sappia che ci faccio qui, cosa sto combinando... ormai non sa nulla della mia vita.

"C'è una buona ragione. Te ne parlerò quando ci vediamo."

"No, aspetta, dimmelo subito! Devo assolutamente sapere!"

"Te lo direi anche, ma ho un lavoro da finire quindi... non posso chiacchierare."

"Oddio, ma che stai combinando?! Così mi fai morire, dai..."

"Bene. Così sarò sicura che non cancellerai la nostra uscita."

"Aubrey, mi dispiace per l'altra volta..."

"No, no. Non fa niente. Ne parleremo la prossima settimana. Ah, a proposito... all'*All Night* suona un bravo gruppo che fa cover degli anni Ottanta!"

La mia musica preferita. L'ossessione per il decennio mi

deriva dai gusti musicali dei miei. All'università io e Madi avevamo una cover band delle Go-Go – e suonavamo proprio all'*All Night!*

"Ottimo. Ci vediamo lì."

Mi rianimo. Sarà come i vecchi tempi! "Evviva! Non vedo l'ora!"

"Sì, anch'io. Ti voglio bene."

Mi scappa un sorriso. "Ti voglio bene anch'io. Ciao."

Do un'occhiata al timer del telefono. Ventisei minuti.

Ormai dovrebbe esser stato scaricato quasi tutto.

Riscendo al nono piano. Drive copiato. Lo disconnetto subito e me lo rinfilo nel taschino davanti, poi torno alla scala...

...e solo due piani più giù si apre una porta.

Cazzo. La guardia. "Ehi," fa brusco – dopo mi riconosce. "Ah, sei tu." Aggrotta le sopracciglia. "Cosa ci fai qui?"

Mi si appiccicano le mani di sudore. Resisto alla voglia di toccarmi la tasca per verificare che il drive non si veda. "Ah, me ne sto andando. Per stasera basta!" cinguetto tutta allegra.

"Ma perché passi di qui? Siamo sulla scala antincendio."

"Oh, lo so. È che soffro un po' di claustrofobia, quindi preferisco non prendere l'ascensore. Soprattutto di notte, quando anche se urlassi non mi sentirebbe nessuno."

Sbatte le palpebre.

Merda. Mento così male?

"Io ti sentirei."

È una minaccia? Vuole sentirmi urlare? Che sia un serial killer?! Il cuore mi schizza in gola, perdo il controllo...

...ma lui si rilassa, sorride. Quasi mi cedono le ginocchia dal sollievo.

"Però ti capisco. A me piace prendere le scale per restare in forma."

"Vero, anche per quello!" Parlo trafelata. Un po' da pazza. "Be', meglio che vada. È tardi." Lo supero di corsa e filo giù.

Per qualche istante mi sento il suo sguardo addosso, ma non alzo gli occhi. Continuo a correre giù per i sette piani che mancano al pianterreno.

Spalanco la porta della lobby e inspiro profondamente.

L'uomo alla scrivania mi rivolge un'occhiata sconvolta. "E lei da dove salta fuori? È scoppiato un incendio?!"

Forzo una risata. "No, macché. Ho corso per... tenermi in esercizio. A domani!" urlo sfrecciando via.

Cazzo, cazzo, cazzissimo. C'è mancato poco.

Prendo una bella boccata di fredda aria primaverile mentre vado alla metro.

A metà isolato mi viene la ridarella, che poi si trasforma in una risata a pieni polmoni. Quando salgo sulla metro che mi porterà a Brooklyn ormai sono isterica.

Ce l'ho fatta – primo incarico di spionaggio aziendale completato.

Speriamo sia valsa la pena rischiare tanto.

Capitolo due

Billy

Fisso la pagina Instagram. Una sirena dalla figura umana mi fa un sorrisetto davanti a un gigantesco murale. L'ho visto di persona. Non è malaccio. L'artista invece è *male puro*. Un pericolo ambulante.

Le esamino la setosa pelle bruna per la millesima volta, gli zigomi alti, le labbra piene e morbide. Capelli neri le ricadono lungo la schiena in trecce venate d'oro e scarlatto – più colorati dell'ultima volta che l'ho vista, alla festa di fidanzamento di Brick e Madi.

Quando mi ha rifilato per la millesima volta tutta la sua insolenza... quando mi ha fatto il dito medio.

La voglia di farle una ramanzina me lo fa venire duro – sempre per la millesima volta. Ah, quanto mi piacerebbe metterla a novanta sul bancone della caffetteria bohémien dove lavora per godermi i gemiti che le sfuggono durante le sculacciate...

Che follia questo malsano desiderio di toccare un'umana. E ancor più schifo mi fa il fatto che non tocchi una femmina – lupa o meno – da quella festa!

"Signor White?" È Annabeth, la mia assistente esecutiva, a interrompermi dal citofono. È una lupa rossa efficientissima – per questo l'ho assunta.

Di solito non osa disturbarmi.

"Che vuoi?" Chiudo di corsa il telefono.

"Ehm... è venuto a trovarla il signor White 11."

11.

Cioè *papà*.

Che cazzo vuole?!

Mi alzo dalla scrivania; mi hanno inculcato troppo bene il concetto di rispetto perché gli neghi l'istintiva cortesia. Non che se la meriti, eh. "Fallo entrare."

Varca la soglia a grandi falcate.

Già solo vederlo mi fa provare disprezzo per me stesso. Sono nato da questo stronzo. Ne porto l'odioso sangue.

William, Bill, White 11 è alto uno e ottantotto, e malgrado le tempie incanutite è un alfa fatto e finito. Puzza d'autorità. E crudeltà. E privilegio.

Io non ho mai superato l'uno e ottantadue nonostante l'ormone sintetico della crescita che mi dava quand'ero piccolo. Però sono diventato forte. E mica per le botte e le prove cui sottoponeva me e il lupo: nonostante le botte e le prove. Mi aiutò a sopravvivergli mia sorella, e io scelsi di sbocciare. E fuggire.

E adesso me ne sto dietro alla scrivania invece di andare a salutarlo. Qui, nell'ufficio finestrato dal pavimento al soffitto, sono in posizione di potere.

Eh già: il figlio che hai buttato via adesso è un miliardario di Wall Street. Vice del branco più grande e potente di New York. Un bel salto rispetto al branco di quel buco di culo del Maine.

Lavoro alla *Moon Co.* sin da quando ho aiutato Brick a

fondarla, quand'eravamo ancora a Yale, ma papà non era mai venuto a trovarmi a Manhattan.

Finora. Che vuole?

Osserva l'ufficio – e il mio potere – con un sogghigno.

"Perché sei venuto?" Meglio saltare i convenevoli, va'.

"Tua madre voleva salutarti."

La mamma. Il mite coniglietto con cui si è accoppiato per cementare la posizione di alfa. L'alfa precedente era suo padre – un altro capo crudele, a quel che ricordo.

Non fu certo un accoppiamento voluto dal fato, ma un'unione combinata, strategica sia per lui sia per mio nonno. La mamma non poté dire ah.

Medievale, eh?

"Che ci fai a New York?"

"Affari."

La vaghezza del commento mi fa scattare tutti gli allarmi. Quali affari? Cosa deve fare di persona?

Ne inspiro l'odore, ben sapendo d'innescarmi un bel trauma.

Infatti. Entro in stato di shock, pronto a combattere... o prenderle.

Sono anni però che ci lavoro, che ne esamino l'odore per cercarne tracce di altri. Colgo il puzzo newyorchese – tubi di scappamento e lobby di hotel. Umani per strada.

Nient'altro.

Ok. Abbocco. "Quali affari?"

Mi spara un sorrisetto crudele. "Hai rinunciato al diritto d'impicciarti nei fatti miei quando hai abbandonato il branco."

"Ne ho trovato uno migliore." Parlo con voce di morte – guardo con occhi di morte. "E non mi pare tu abbia mai sentito la mia mancanza."

Arriccia il labbro superiore. "Un traditore non mi serviva... ma la situazione forse sta cambiando."

Cristo santo. Scherza, vero?

"Be'? Adesso che sono ricco valgo qualcosa?" Salto fuori dalla scrivania e mi ci appoggio disinvolto, una gamba incrociata sull'altra. "O vuoi approfittare del potere di Brick?"

"Brick non è potente quanto credi tu," sibila. "La compagna umana finirà col distruggerlo. Faresti meglio ad abbandonare la nave, prima che sia troppo tardi."

Papà schifa gli esseri umani. Si è ritagliato una posizione di potere come capo dei promotori dell'odio verso di loro. Da piccolo mi ci tenevano ben alla larga. Non mi ci sono mai mischiato, non ci ho mai interagito... finché con Brick, Nickel e Jake non sono stato con loro in convitto e poi a Yale.

Papà m'insegnò presto a lottare per sopravvivere, e questo ho fatto. M'incollavo ai lupi più sanguinari e conservatori del campus, per cui mi resi indispensabile. Al primo anno a Yale la madre di Brick avvelenò il marito, e gli Adalwulf gli rubarono il denaro. Aveva bisogno di un braccio destro che l'aiutasse a vendicarsi e riprendersi tutto – e io ero tanto pieno di voglia di vendicarmi da dar elettricità all'intera isola di Manhattan.

Adesso so che è il trauma a legarci. Pure Nickel – lupo nobile inglese – è fuggito da drammi famigliari e macchinazioni politiche. Jake era un silenzioso solitario che mai aveva avuto un branco su cui far affidamento finché Brick non l'ha accolto all'ovile. Noi quattro siamo diventati una famiglia stretta unitasi attorno a una sola causa: ricostruire le ricchezze e lo status dei Blackthroat in modo che Brick mantenesse la leadership.

"Il branco ha accettato la sua Luna," dico rigido.

Certo, all'inizio non rientravo esattamente nelle grazie

di Madi e ho litigato con Brick perché voleva accoppiarsi con un'umana, ma questo a papà col cavolo che lo dico. Non gli permetterei mai di vedere crepe nel branco – né nell'alfa.

Mi guarda bene. "Ho saputo che è stato un bagno di sangue. Ha dovuto ammazzarne a centinaia del branco per mantenere il dominio. Il prossimo colpo di stato verrà organizzato meglio."

Mi sale un brivido su per la schiena. Fossi in forma di lupo mi si rizzerebbe il pelo del collo, ma sto attento a non manifestare nulla. Non mi piace per niente si curi tanto delle difese del branco – non mi piace rivolga la sua attenzione a noi, quale ne sia la ragione. Papà è pericoloso e imprevedibile. Ci ho messo una vita a imparare a controllare me stesso e l'ambiente che mi circonda per evitarne la distruttività.

"Mi aspetto d'aver modo di valutare le cose di persona al matrimonio."

Cosa?! "Non sei mica invitato!"

"Non ancora." Giocherella col gemello della camicia. "Mi aspetto però che tu metta una buona parola con l'alfa per fargli cambiare idea. D'altronde sono imparentato col suo secondo..."

Figuriamoci: ha consacrato la prima metà della conversazione alla demolizione del branco e la seconda a tramare per farsi invitare a quello che interpreta come l'evento più prestigioso della storia del nostro branco! Un'ipocrisia che non dovrebbe sorprendermi. Ai suoi occhi i Blackthroat sono i ricchi nobili del mondo mutante; e lui vuole star appiccicato alle loro ricchezze e al loro potere.

Ostento freddezza, alzo un sopracciglio. "Mi stupisce tu voglia venirci, dato che sposa un'umana. So cosa provi per la sua specie." Un odio che mi ha inculcato fin da quand'ero cucciolo.

Per un istante sono di nuovo nel Maine, nel nostro terreno, col branco. Lo sento urlare: "Ora della caccia all'umano!" Ricordo che mia sorella mi stringeva forte, come per proteggermi dai lupi che ci stavano attorno... e dalla violenza che stavano per scatenare.

Sento le zanne affilarmisi in bocca. La sola idea di farlo avvicinare alla Luna mi gela il sangue.

Mantengo però sotto controllo l'espressione. *Mai mostrare debolezza.*

"È il matrimonio del secolo," blatera. "Sono sicuro che riuscirai a infilarci un invito in più..."

Merda. Basta. "Non trattenere il fiato nell'attesa." Lo imito: due sogghigni che si fronteggiano. "Chiariamo subito: non ci saranno altri colpi di stato. Madison Evans non è una semplice compagna umana. È una vera Luna. Si è presa e detiene un potere riconosciuto dal branco. E non esiste spacciatore di odio che possa rovesciare le leggi della natura."

Verissimo. Persino io le ho concesso di prendere posto e potere al fianco dell'alfa.

E ho accettato la punizione per aver tentato di separarli – punizione che adesso mi costringe a fare l'ambasciatore sfigato degli umani.

A proposito: devo andare a fare una visitina a quella della caffetteria...

Bill White II sbuffa, mi deride. "A mio figlio adesso piacciono gli umani..."

Mi si annoda lo stomaco. Una parte di me scatta, ruggisce di fronte all'insinuazione della mia debolezza. L'altra odia che possa esserci del vero.

Mi rifiuto di pensare a quella della caffetteria – al suo profumo di miele e noce moscata. Ai suoi capelli attorcigliati attorno al mio uccello, ai gemiti che farebbe se me la montassi forte alla pecorina...

"Tuo figlio non vuole avere niente a che fare con te." Voce e sguardo sempre di morte. Non paleso emozioni, ma proietto forza – come mi ha insegnato lui. "Di' alla mamma che preferirei venisse lei al posto tuo."

Fuma di rabbia. Non so cosa pensasse di ottenere rivolgendosi a me, ma non ha avuto un bel niente.

Bene.

"Mi deludi." Nulla di nuovo – né nelle parole né nell'amarezza del tono.

"Sono tutto ciò che non sei tu." Mi ci è voluto un pezzo per capire che valeva pure la pena festeggiare! Ho dovuto essere spietato e sbattermi non poco, ma mi sono reso indispensabile per Brick Blackthroat, l'alfa più potente degli Stati Uniti. Mi sono guadagnato un posticino accanto al re. E adesso papà per me non conta niente.

"Poco ma sicuro." E con uno sbuffo, gira i tacchi e se ne va.

Raccolgo la graffettatrice dalla scrivania e l'accartoccio forte, poi la lancio contro alla porta chiusa. Si ficca nel legno e lì rimane – sospesa.

Capitolo tre

ubrey

Sabato lavoro tutto il giorno alla *Résistance*, la mia seconda casa fin da quando avevo sedici anni. Per me questo non è lavoro: è cazzeggiare in una caffetteria all'ultimo grido insieme alle persone cui voglio bene.

Ormai è sera; curva sul bancone, mi coccolo con una tazza di *chai*. C'è silenzio, e sovrappensiero mi godo una colonna sonora da sogno: il brano *Take on Me* in chiave Bossa Nova che mi ricorda l'uscita anni Ottanta con Madi della prossima settimana. Non vedo l'ora.

Mi manca. In serate come questa di solito faceva un salto qui per due chiacchiere fra un cliente e l'altro. Adesso è già tanto che la veda una volta ogni sette giorni.

Non voglio avercela con lei per Brick... però è cambiato tutto. Dovrei essere felice – e lo sono! È innamorata, non l'avevo mai vista così raggiante. Ottimo. Però mi ha esclusa completamente dalla sua vita. Almeno quando l'aveva appena conosciuto mi raccontava tutti i dettagli più belli... adesso niente.

"Ehi, *chica*," mi chiama Caroline, la capa, dall'ufficio, dove l'aspetta Jan. Le saluto. Caroline è una testa calda bianca e minuta – appena sopra al metro e cinquanta – nonché la donna più adorabile e feroce che abbia mai conosciuto. La moglie è alta, nera e snella con corti capelli afro.

Sono la mia seconda e terza mamma. Il bar è di tutte e due. Jan fa l'avvocato d'ufficio – è Caroline a gestirlo. Ne ha tramate di rivoluzioni da qui dentro negli ultimi trent'anni...

"Aspettiamo Jamie, vero?" La talpa della *Sentience*.

"Sì. È in ritardo," fa Jan.

La cosa mi mette appena appena a disagio – Jamie non è solita tardare alle riunioni. È una perfettina. Ma non sarà nulla, dai. Sono solo un po' nervosa; il drive rubato pesa non poco nella borsa.

"Prima devo darti una cosa." Caroline sta rovistando nel guardaroba. "Per te e Madi."

Mi viene una fitta al cuore nel sentire il nome della mia migliore amica – dolore che mi sorprende. Mica è morta! È solo impegnata... troppo. Per me.

"Ta-dan!" Gira su sé stessa con in mano una meravigliosa giacca turchese.

"Scherzi, vero?" Mi avvicino. È corta e di pelle, ma vintage, tipo coi baveri larghi. "È bellissima! È uguale a..."

"A quella che portava Janet Jackson in *Rhythm Nation*?" E fa il balletto cantando il coro.

"Sì!" Quando me la porge la sollevo per ammirarla. Niente male, anche se si vede che è usata. "È... vintage?"

Le due fanno spallucce. "Che parola odiosa." Caroline mi indica. "Vedrai quando daranno del 'vintage' ai tuoi vestiti! È roba di seconda mano," esclama. "Per voi! Per la prossima volta in cui suonerete all'*All Night*."

Me l'appoggio addosso. "Oddio, che *ossessione*!"

"*Rhythm Nation* è uscito nel 1989," puntualizza Jan, sempre precisina. "Perciò vi state culturalmente avvicinando ai Novanta."

"Ma rientra comunque negli Ottanta." Caroline sventola una mano. "E poi parliamo di Janet Jackson, su!"

"*Miss Jackson if you're nasty*," canta Jan – e per un attimo me l'immagino senza tailleur e con un berretto di pelle da generale. Una volta è venuta al karaoke vestita come Grace Jones sulla copertina di *Nightclubbing*, quindi sospetto abbia un armadio pieno di costumi per le uscite.

"Ho anche questi." Caroline tira fuori un paio di stivali bianchi gogo. "Se volete aggiungere un pizzico di Nancy Sinatra."

"Oh, belli..." Mi scappa da ridere. "Perché no. Posso prenderli in prestito?"

"Tienili pure," dicono all'unisono le mogli. "Sono tuoi."

"Sicure?" chiedo. "Non vi servono? Magari per una nottata in città..." Faccio l'occhiolino a Caroline, che mi spara un sorrisone.

Jan invece sbuffa. "Quei giorni ormai sono finiti."

"Be', se li rivolete per il karaoke o altro, basta chiedere." Raccolgo questa meraviglia di giacca e gli stivali fantasticando sui costumi per il palco. Giovedì devo mostrarli a Madi!

Arriva Jamie e torniamo serie. È più smunta del solito adesso che ha le occhiaie. Ha pure i vestiti spiegazzati. Fare la spia è stressante – senza contare che non ha ancora trovato un altro lavoro! Anche se la *Sentience* si è limitata a licenziarla, mi sa che passa le notti sveglia a chiedersi cosa sarà di lei...

"Ecco l'hard drive." Lo prendo dalla borsa e lo sistemo al centro della tavola rotonda. È qui sul retro, in quest'ufficio, che Jan lavora la sera e nei fine settimana – ed è proprio su questo tavolo che ha organizzato almeno un centinaio di proteste civili, da ben prima che io raccogliessi il pennarello per fare il mio primo cartello.

"Cos'è?" domanda Jan.

Lo raccoglie Jamie. "Una copia del mio computer di lavoro. Da qui posso recuperare tutte le prove che ti servono."

Jan fa passare lo sguardo da me a Jamie. "E come hai fatto ad averlo?!"

Mi stringo nelle spalle. "Ho fatto un salto nel suo ufficio mentre dipingevo il murale per la *Sentience*."

Adesso strabuzza gli occhi. "Lo sai che le prove ottenute illegalmente non si possono usare a processo, vero?!"

"Possiamo mandarle al *New York Times*."

"Ma non possiamo presentarle a un giudice?" chiede Jamie.

Jan scuote il capo. "Queste informazioni possono aiutarci a citare a comparire i dirigenti, ma non possiamo usarle come prove... a meno che non trovi il modo di dimostrare che ne siamo entrate in possesso legalmente. Magari una copia di qualcosina ce l'hai anche tu..." Spara un'occhiata a Jamie...

...che annuisce. "Ricevuto." Mi guarda grata. "Grazie infinite. Hai corso un bel rischio."

"Speriamo che porti a qualcosa." Non vorrei correrlo di nuovo... ma se necessario lo farò. Ci vuole coraggio per combattere contro i giganti.

Sento suonare la campanella al registratore di cassa e salto. "Vado io." Mi precipito fuori e poi rallento di colpo quando vedo chi è.

Non certo uno per cui precipitarsi.

Figuriamoci.

"Ti sei perso?" Ripeto la domanda che ho fatto a questo stronzetto presuntuoso la prima volta che è entrato qui e si è fregato la foto di me e Madi dalla bacheca dietro al banco per farla licenziare.

L'irritazione – sua espressione abituale – passa per il muso di William White III.

Mi guarda dall'alto. Non è gigantesco quando il suo compagnuccio, ma l'uno e ottanta lo supera lo stesso. Spalle larghe. Giacca e cravatta da miliardario. Il tipo per cui le donne si sciolgono nelle mutande... peccato per il carattere di merda.

Invece di piazzarmi dietro per servirlo, faccio un bel giro del banco per pararmi di fronte a lui. Non è il benvenuto.

A mano a mano che mi avvicino si gira verso di me tutto aggrottato in faccia, neanche puzzassi.

"Che vuoi?" Non ha risposto neanche alla prima domanda!

Il viso altrimenti bello è rovinato dall'espressione acida. "Dobbiamo parlare."

Ohibò. Cos'avrà mai da dirmi? Brick e Madi sono felicemente fidanzati. E non deve neanche offrirmi mezzo milione di dollari per convincerla a vederlo come l'ultima volta che ha messo piede alla *Résistance.* "Ah sì?" Mantengo il tono freddo.

La stazza imponente e il potere che trasuda hanno qualcosa che mi spinge a chiedermi come sarebbe star sotto di lui... sarebbe brutale? Gelido? Vuole che lei stia sopra a far tutto?

O è uno che paga per farsi spompinare senza degenerare nelle emozioni?

M'incuriosisce. Quando sceglie una donna – e sono sicura che a New York può pescarsi chi gli pare – si butta sulle modelle insipide o sulle biondine tutte gambe, senza cervello e con la mania dello shopping? O magari preferisce la nobiltà di Harvard: una sveglia con la faccia da cavallo e un pedigree più lungo del suo...

"Io e te abbiamo..." Ammutolisce. Piego il capo.

Non vedo l'ora di sentire il seguito. Già fatico a credere che abbia iniziato una frase con 'io e te'!

"...la responsabilità di alcune cose. Per il matrimonio. Tu sei la damigella d'onore e io il testimone."

Mi adombro. Di tutte le cose che mi stavo immaginando dicesse, questa proprio non me l'aspettavo.

Sventola impaziente la mano. Che polsi larghi. Ma... perché li trovo sexy?!

"Non so cosa voglia dire. È la prima volta per me."

"E secondo te per me no?"

"Be', ma tu sei..." S'interrompe di colpo.

"Una donna?" azzardo. "Un essere umano?"

Al mio secondo tentativo spara in su le sopracciglia.

"Una persona dotata di cuoricino? Che tiene sul serio agli amici?"

Si rilassa. "Sì. Esatto." Scocca un'occhiata alla bacheca delle foto, come contenessero un indizio sulla vera amicizia.

"Hai ancora la mia foto."

Mi aspetto faccia il finto tonto, invece annuisce. "Te la porto."

"L'avevi già detto."

Serra la mascella. "Senti... posso offrirti una tazza di caffè o una cena? Così parliamo?"

Uno shock dietro l'altro! "Vuoi offrirmi un *caffè* o una *cena*?" Ma è fuori?! È impazzito! "No. Non siamo mica amici noi. E non lo saremo mai! Non so neanche perché Brick ti abbia chiesto di fargli da testimone, visto che li avevi fatti mollare tu."

Riecco l'espressione acida. "Per... punizione." L'ultima parola la bofonchia.

Mi scappa da ridere. "Per *punizione*?!"

Ma lui è serissimo. Come se Brick davvero lo punisse nominandolo test... oddio, dice *sul serio*!

Per lui è una tortura doversi occupare di melensaggini nuziali, fare il bravo testimone e occuparsi dello sposo!

Mi apro in un lento sorriso. "Oh, che spasso..."

Adesso s'indispettisce. Mi guarda male.

"Ci sto." Che bello. Se Brick vuole punirlo, io l'aiuterò volentieri e intensificherò la punizione. Meglio ancora se parte di essa consiste nell'essere gentile con me. Mi divertirò un casino!

Alza un sopracciglio. "Ci stai? E *dove*... staresti?"

Sorrido leggera. "Sarò felice di punirti, Elegantone. Anzi... rischi di diventare il mio passatempo preferito."

Lui non è contento quanto me. Si fa proprio tetro in viso. Ah, rischio d'innamorarmi di quest'espressione...

"Sì, cominciamo con una cena," faccio raggiante. "Qua dietro fanno un sushi fantastico."

Si acciglia, ma senza protestare.

Torno sul retro per informare Caroline e salutare Jan e Jamie, prendere giacca e borsa e riemergere.

Billy mi frega la prima di mano con la solita irritazione, e per un attimo penso che la butterà a terra; invece me la spiega perché la indossi.

La guardo perplessa. Ho ventitré anni. Sono cresciuta nel New Jersey e vivo a Brooklyn. Esco con pittori e musicisti, guerrieri votati alla giustizia sociale, bravi ragazzi dal cuore d'oro. Ma nessuno mai mi aveva retto la giacca perché la indossassi.

La femminista che c'è in me vorrebbe chiedergli se mi ritiene incapace di vestirmi da sola... ma sarebbe sciocco.

Non esiste maschio che regga la giacca per quella ragione. Così come non ci tengono aperte le porte perché siamo troppo fragiline per girare un pomello. È cortesia. Sono buone maniere. Cavalleria.

E mica mi dispiace.

Soprattutto se proviene da uno che sembra preferire succhiare un limone piuttosto che mostrare deferenza ad altri. Meglio per me che siano maniere inculcate da scuole private e Yale. Quasi come vi fosse costretto, più che *desideroso*. Come col matrimonio.

Perciò accetto il gesto, infilo le braccia nelle maniche e gli permetto di appoggiarmi la giacca sulle spalle.

Billy inspira profondamente e poi trattiene il fiato.

Be'? Mi sa che nel suo mondo di privilegiati ha sentito sempre e solo profumini da riccone...

Mi giro verso di lui. "Puzzo per caso?"

Si sfrega il naso e scuote velocemente la testa. "Sai di noce moscata," brontola. Mi mette la mano sulle reni e mi spinge verso la porta.

Noce moscata?

"E miele."

"Quindi... non puzzo?" Mi blocco sulla soglia per rialzare gli occhi su di lui. Siamo vicini – ci sfioriamo quando allunga un braccio per reggermi la porta.

E per un'assurda reazione biologica a tanta stazza e tanto potere, mi eccito di colpo. Mi s'inturgidiscono i capezzoli, vado a fuoco in mezzo alle cosce...

Mi spara un cipiglio formidabile. Del tipo che – ci scommetto – fa fuggire a gambe levate i sottoposti.

Non muovo un muscolo però; resto incastrata fra lui e la soglia, col suo braccio oltre le mie spalle per arrivare al vetro. Tendo lentamente le labbra in sorriso – ecco come reagisco alla sua infelicità.

Infastidirlo è il mio nuovo passatempo preferito.

* * *

Billy

Noce moscata e miele. Profumo non meno intenso di quando l'ho conosciuta. Mi colpisce dritto al petto per poi scendermi all'inguine... in un'esperienza estatica e dolorosa.

Che voglia di affondarle i denti nella pelle e...

No, così non va!

Non voglio assolutamente *marchiarla*. Su questo fantastico adesso?!

Merda. Mai marchierei un'umana. Soprattutto uno spreco d'ossigeno che non vale un piffero come questa qui. Che mi passa per la testa?!

Che... *errore*.

Tutto in lei è un errore. L'esuberanza, tanto per cominciare. Non esiste nessuno al mondo che non stuzzicherebbe. Dubito si sia mai piegata per qualcuno – per quanto più potente di lei. È incauta e disposta a mettersi nei guai per ciò in cui crede. E nel mio mondo – dove cane mangia cane – un tale atteggiamento può trasformarsi tranquillamente in suicidio.

Però mi eccita. Mi fa venir voglia d'aggredirla, sbatterla contro allo stipite della porta e avvolgerle le dita attorno a quel lungo collo snello... baciarla con forza ustionante prima di ficcarle la lingua in bocca.

D'insegnarle a inginocchiarsi davanti a me. A compiacermi.

Caaaaaaaaazzo. Adesso che me la vedo, sottomessa, guardarmi dal basso col mio uccello fra le labbra polpose quasi vengo nei pantaloni!

No.

Cancella, cancella, cancella.

Merda. Non riesco a cancellarmi l'immagine dalla mente.

Con mio shock totale, lei mi liscia i baveri della giacca. "Sarà una bella serata." Mi fa un sorrisone ipocrita.

Mi si annoda lo stomaco: il significato del sorriso è sospetto... ha pure un che di sinistro.

Qualcosa che non riesco neanche a immaginare.

Il desiderio di strappare a quel broncetto un sorriso vero. Di farmi toccare in altro modo.

Di sculacciarla per la rivolta che mi sta accendendo dentro...

...e sgridarla perché si dia una mossa a uscire, ma l'unica parola che mi esce di gola – e strozzata – è: "Dici?"

Il sorriso si allarga. L'anellino d'argento luccica. Se lo toccassi mi ustionerebbe. "Tantissimo. Andiamo, su, Elegantone."

Finalmente lascia la presa invisibile che aveva su di me: varca questa benedetta soglia. Inspiro profondamente odori non suoi e cerco di riacquisire qualche cellula cerebrale. Quella mi supera sculettando – con difficoltà nelle Doc Martens di pelle bianca verniciata, neanche fossero tacchi da quindici centimetri. Le guardo il culo.

Sculacciabile.

Sculacciablissimo.

Una meraviglia, cazzo. Voglio vederlo nudo!

No, aspetta un attimo... mai! Non mi farò l'umana. Non vale la pena sprecarci tempo né attenzioni.

E poi sarebbe un casino. Mi verrebbe voglia di farle cose orribili e lei andrebbe a frignare da Madi, che parlerebbe con Brick. E con lui già sono nei pasticci.

Voglio tornare il suo consigliere e amico più fidato. Ho

sbagliato di brutto quando ho cercato di sbarazzarmi di Madi – fallimento che ancora mi tiene sveglio la notte.

Perché io li odio, i fallimenti.

Aubrey mi porta al ristorante dietro l'angolo. Mi guardo intorno perplesso. È pulito ma minuscolo; e da poveri.

"Ma ci hai già mangiato qui?"

I mutanti di solito non rischiano intossicazioni, però m'innervosisce l'idea che stia male per del pesce crudo.

Alza gli occhi al cielo. "Credi veramente che il sushi debba per forza costare cento dollari a boccone? È roba buona, dai."

Mi stringo nelle spalle. "Ok."

Basta stringere i denti e superare la riunione, scoprire cosa devo fare per il matrimonio e chiudere la cosa. Vederla di persona è stato un errore.

Un errore che ricommetterò ancora – ne sono sicuro persino mentre me lo dico.

Ordiniamo al banco e ci danno il numero del tavolo. Mi accomodo e la esamino spudoratamente.

Esagero – le si legge in faccia che se ne chiede la ragione.

"Su, dimmi." Allargo le braccia. "Cosa devo sapere sui matrimoni?"

"Be', a te toccano il festone dello sposo e l'addio al celibato."

Mi acciglio. "Il *festone* dello sposo?!" Gli addii al celibato li ho già sentiti nominare, ma l'altra roba non mi dice proprio niente – però non frequento esseri umani, quindi potrebbe essere una novità.

Annuisce. "Sì. Devi organizzare un brunch con mimosa e invitare tutti i parenti maschi degli sposi, portare regali e fare dei giochi."

Arriccio il labbro. "*Prego?!*"

"Prego?" Oh, mi guarda in modo così innocente...

"Mi prendi per il culo."

Mi spara un sorriso che mi colpisce dritto all'uccello. Si è passata sulle labbra un lucido viola malva che mi porta a domandarmi di che colore abbia i capezzoli... e le altre labbra. Quando si arrossano di sangue ed eccitazione. "Sì, Elegantone. Ti prendo per il culo. È troppo facile."

Ce l'ho duro da morire! Allargo le gambe per fargli spazio. Chissà perché, ma pare mi *piaccia* che mi tratti così. Fortuna che siamo seduti e non mi vede la lancia!

"Quindi niente festoni?"

Fa una risata bassa e di gola. Di un roco che mi torna in mente lei sulle mie ginocchia. Stavolta nuda. Le mani legate dietro alla schiena, così le tettone sono sollevate, a mia disposizione... "Niente festoni. Ma l'addio al celibato lo devi organizzare." Mi guarda strizzando gli occhi. "Brick è tipo da strip club?"

E adesso me l'immagino in topless avvinghiata attorno a un palo! L'uccello – già duro – ne è contento, ma il lupo s'incazza all'idea che una stanza piena di gente le veda i seni. Mi sale su dalla gola un ringhio geloso.

Non ci arrivo mica alla fine della cena.

Mi costringo a stringermi nelle spalle. "No. Non esattamente. Soprattutto da quando c'è Madi. Ha occhi solo per lei."

Si rilassa. Non so bene perché sia stupita; be', lei d'altronde non sa che Brick è un lupo accoppiato. Non fa parte del nostro mondo.

"Mmm, allora magari dovremmo pensare a una festa mista. So che è un po' geloso, quindi probabilmente non gli andrebbe se gli portassi la fidanzata a uno spettacolino alla *Magic Mike*, vero?"

"Festa mista?" Mi scappa tutto il mio scetticismo. Che abominio!

"Unica per lo sposo e la sposa. Avrai già sentito parlare degli addii al nubilato e al celibato fatti insieme, no? Spesso si fa un viaggetto – tipo Las Vegas."

"Fatto," dico. "Siamo d'accordo: organizzi tutto tu e pago io."

Sono abituato a risolvere i problemi a suon di bigliettoni. È il vantaggio di essere miliardari: si assume qualcuno perché si occupi di qualsiasi cosa non ci vada di fare... che stupido sono però; dimenticavo che questa qui i soldi li odia. Ho già commesso quest'errore con lei quando volevo salvare Brick dalla follia della luna. Il denaro la fa solo imbestialire.

Gli occhi color cannella lampeggiano – come volevasi dimostrare. "Non credo proprio, Elegantone. È la tua punizione. Quindi giochi anche tu."

Qui ci sono paroline che mi eccitano – eh già. E so anche quali: *punizione. Giochi.*

Come reagirebbe lei a una punizione? Cazzo, che voglia di metterla a novanta e scaldarle il culo fino a farle gocciolare la figa!

Solo che... credo che *a lei* ecciti l'idea di punire *me!*

Eppure nemmeno questo mi dispiace. Potrebbe incedere con un costumino da gatta di latex e piantarmi il frustino al centro del petto. Ordinarmi di leccargliela fino a farla morire di piacere...

Striscerei ai suoi piedi? Mai, nemmeno in un milione di anni! Però gliela leccherei.

Sì. Gliela leccherei per benino.

Mi allento la cravatta. Vado a fuoco. "Ok. Vuoi giocare con me? Giochiamo, su."

Le si dilatano le pupille, l'odore si fa più intenso. Sì. È sicuramente eccitata anche lei.

Accidenti. Il solo pensiero mi fa schizzare il cervello fin sulla luna – e ritorno.

Ok, la monella vuole la lotta. E io ci sto.

Fa una piccola marcia indietro. "Meglio prima che chieda a Madi cosa vuole. Conta solo questo. Ma la vedrò fra una settimana, e ultimamente è difficile che risponda al telefono." Riconosco una nota amara.

E ancor più disturbante è la punta di tristezza che mi arriva al naso.

È uno shock. Io ho perso Brick e lei sta perdendo la sua migliore amica. O l'ha già persa. Logico. Non solo quei due ormai sono inseparabili, ma Madi non può certo dire cosa siamo all'amica umana! Né può invitarla fuori con noi, nel nostro mondo.

Al lupo non piace annusarle addosso lo scoramento.

Prendo il telefono. "Organizzo un incontro per tutti." Mi scappa prima di rendermi conto di cosa sto suggerendo. Ho davvero voglia di sottopormi alla tortura di un altro faccia a faccia con questa strega? Che idea orrenda... ma già sto scrivendo a Brick. "Possiamo parlarne insieme, tutti e quattro."

Gli mando:

Io e Aubrey avremmo bisogno di vedere te e Madi per l'addio al celibato. Domani sera da me.

Che schifo scrivere 'io e Aubrey'. Non esiste nessun _io e Aubrey_. Che assurdità. Non mi dispiace però poi tanto l'idea che venga nel mio attico, che m'impregni del suo odore il divano, i tappeti... certo, la mettessi a pecora per terra. O ancora meglio prona a gambe larghe.

Oddio, ce l'ho così duro che rischia di scoppiare!

"Domani sera ti può andar bene?" chiedo – in ritardo. Messaggio già inviato.

È stupita. "Ehm... sì. Cioè, se va bene per Madi." Risento tristezza e mi si ammoscia.

Mi sfrego la fronte, ci penso su. Sono bravissimo a risolvere i problemi io. Così mi sono reso indispensabile a Brick. Presentami una situazione e troverò la giusta strategia da applicarvi. E non ho neanche paura di prendere decisioni difficili o pericolose, o di mettermi nei guai per ottenere il risultato sperato.

Bizzarro è che analizzi un problema *emotivo*. E di una *femmina umana* per giunta!

È la prima volta in vita mia.

Il cameriere arriva coi piatti e ci porta via il numero.

Devo ammettere che il sushi ha un bell'aspetto; ma ancora mi arrovello sulla situazione di Aubrey.

"Ti manca Madi."

Le bacchette si fermano, sospese a metà strada verso la sua bocca – le labbra color malva si schiudono.

Arriva un'ondata di tristezza ancora più grossa. E sento una cosa strana al petto.

"Be'..." In viso le passa in lampo una vulnerabilità che me lo scoperchia e al contempo mi fa pentire di averglielo chiesto. Non mi piace vederla debole.

Non in questo senso.

Solo quand'è nuda e legata, da me.

Fa spallucce. "Be', sì. Non ci vedevamo tantissimo da coinquiline, però ci divertivamo. E ci telefonavamo di più. Però... con la *Cosmetici Fiumana* è ancor più impegnata di quanto fosse con la *Moon Co.*, e il resto del tempo lo passa a letto con Brick!" Forza un sorriso per alleggerire l'atmosfera.

Prendo un boccone. "Sì, è vero," concordo masticando.

Aveva ragione comunque: è tutto buonissimo. Ma mica glielo dico.

"Fanno proprio schifo."

Le scappa una risata lieve, sincera, e il lupo si rilassa un po'.

Ceniamo in silenzio. Mi sa che moriva proprio di fame, perché si abbuffa. La lascio in pace finché non rallenta, poi riaffronto l'argomento.

"Quindi festa mista. Niente festoni. Altro?"

"Dovrai portare Brick alla cerimonia in tempo e tenere gli anelli. E al ricevimento dovrai fare un discorso."

"Passo," dico subito.

"È *obbligatorio*." Il tono è severo. E non riesco a decidere se mi prende di nuovo per il culo o no.

"Anche tu lo dovrai fare?"

"Sì. Dirò che tutti hanno fatto l'impossibile per separarli, ma che loro hanno perseverato." Mi guarda male.

Mi pulisco la bocca col tovagliolo di carta e mi appoggio allo schienale. "E io dirò del mezzo milione che ho promesso per farli tornare insieme, ma che la damigella d'onore ha rifiutato."

Strizza gli occhi. "Tu pensi di poter risolvere tutto coi soldi, vero?"

Esito – certo che sì! Il denaro risolve quasi tutti i problemi della vita. Ma questa qui da ragazzina indossava magliette con su scritto *Abbasso i ricconi*: ho rubato la foto che lo prova. "Credo che il denaro faccia leva su molte persone. Non su tutte però – tipo te, a quanto ho visto."

Le spalle cedono, mollano la posa difensiva. Alla gente piace essere vista.

Chissà perché, ma di questa qui vorrei veder altro ancora. Mi affascina e disgusta insieme. Non incarna nulla di ciò cui do valore, eppure vorrei spalancare le porte del suo armadio per esaminarne l'interno, frugare sotto il letto per scovarne i segreti più oscuri e sporchi... sapere cosa spinge un'artista che odia i soldi a laurearsi in roba come Studi sulle donne e lavorare in una caffetteria per hippy.

"E cosa fa leva su di te, Aubrey?" Il tono è dolce; e mi suona fin troppo familiare il suo nome. E intimo.

S'imporpora in viso.

E si alza. "Questo non lo saprai mai, Elegantone." Butta il tovagliolo sul tavolo. "Grazie della cena. È stata illuminante."

È sull'ultima parola che m'inciampa il cervello. Cosa crede d'aver scoperto su di me?

Niente. Non ho mostrato niente! Io non mostro mai niente. Sì, sono spietato.

"Da me. Domani sera."

Arriccia il naso, ma giuro che si coglie una zaffata d'eccitazione. Come se il tono perentorio le avesse fatto pensare ad altro, rispetto a un incontro coi fidanzatini.

E il lupo lo adora, cazzo!

"Immagino tu viva a Billionaire's Row, no?" Inclina un fianco.

"Stesso edificio di Brick e Madi. Appartamento 44. Alle diciannove."

"Ma Brick ha risposto almeno?"

"Farò in modo che vengano. Tu presentati."

Strizza gli occhi, come esaminandomi un attimo, poi tende la mano. "Dammi il telefono."

Spasmo all'uccello. Che bello quando pretende cose! Mi torna in mente col costumino da gatta... aperto in mezzo alle cosce, naturalmente, così posso piazzarci la lingua.

Sblocco il telefono e glielo do; poi la osservo inespressivo mentre si scrive:

WwIII.

Le mie iniziali – o *World War* III, la terza guerra

mondiale, a seconda dell'interpretazione. Mi stupisce che conosca il mio nome completo.

Mi fa piacere.

Me lo ridà brusca. "Così hai il mio numero. Scrivimi, se ci sono cambi di programma."

Mai. Neanche dovesse scoppiare la terza guerra mondiale.

Aubrey Jane Cook domani sera sarà a casa mia.

Preferibilmente nuda... e appesa al soffitto.

Capitolo quattro

ubrey

Esco dalla metro sulla 57° con *Strut* di Sheena E negli auricolari. Il ritmo mi dà lo slancio che mi serve per ricaricarmi. Le lezioni di oggi erano infinite. Mi manca solo qualche settimana alla triennale in Studi sulle donne. Il programma originale era studiare Legge e fare l'avvocato d'ufficio, combattere come Jan – più che altro però perché non ritengo più quella di artista una carriera percorribile. Probabilmente lo è ancora – a meno che non voglia svendermi ad aziende come la *Sentience* – ma sinceramente non ho voglia di continuare gli studi. Non ne posso più.

Canticchio. Io do la colpa ai miei per questa dipendenza dalla musica degli anni Ottanta... ma chissà. Forse nell'ultima vita sono morta giovane come la leader di una band dell'epoca. Quello che so è che mi fa felice – e che questa particolare canzone incarna l'energia con cui aggredirò William White III.

Che tipo – di quelli che contribuiscono a creare tutto ciò che c'è di sbagliato al mondo. Ecco perché sono contenta d'avergli appioppato l'organizzazione della festa. Ah, che bello che Brick lo punisca! Cioè, è anche strano... non sono migliori amici? Ma Brick è il suo capo, perciò una gerarchia da rispettare c'è.

Mentre proseguo arriva un messaggio nella chat di gruppo che ha aperto Jan con me, Jamie e Caroline.

Jamie, trovato qualcosa di utile sul drive?

L'ha letto, però non risponde.

Sarà occupata... ma un presentimento mi attanaglia. Forse è paranoia – ma se l'avessero presa? O le avessero fregato il telefono?

La terrorizzava l'idea che non si limitassero a licenziarla.

Le aziende come la _Sentience_ sanno essere abbastanza meschine da assumere qualcuno che 'sistemi' il problemino...

Ma no, dai. Do i numeri.

Percorro i pochi isolati fino alla casa di Madi, su Billionaire's Row. Ci sono stata solo due volte; bizzarro, dato che prima del trasloco Madi la vedevo tutti i giorni. Nel New Jersey siamo cresciute nello stesso condominio, e l'autunno scorso ci eravamo trasferite nello stesso appartamento di Brooklyn. Pur non avendo mai frequentato le stesse scuole, ci vedevamo la sera e nei fine settimana; e adesso devo ritenermi fortunata se la vedo una volta ogni venti giorni!

I portoni sono chiusi, ma attraverso il vetro fumé scorgo dietro la scrivania il portiere o la guardia: un enorme omaccione tutto muscoli che gli tirano la giacca elegante. Viene ad aprirmi a grandi passi rapidi.

"Sono venuta per Madison Evans." Prima le ho scritto per assicurarmi che fosse tutto vero, mai altrimenti sarei arrivata fino a Central Park. Lei ha detto che ci sarà.

"Signorina Cook?"

Salto. "Sì..." Si vede che Madi è in ritardo e l'ha chiamato per informarlo. Accidenti. Sono in anticipo di cinque minuti.

"Il signor White la sta aspettando." Ha una voce burbera e profonda. Poco maggiordomo garbato e più bodyguard della mafia.

Il signor White. Non Madi. E quante formalità poi, dai!

"William White III." Lo prendo in giro con un pizzico di sarcasmo. "Sì."

"Da questa parte." Mi accompagna a un ascensore, che fa partire per il trentanovesimo piano con una chiave magnetica. "Interno quarantaquattro." Esce dall'abitacolo e le porte si chiudono.

Salgo fino all'appartamento di Billy. Mmm – su Billionaire's Row esistono poi appartamenti? Non saranno tutti attici di interi piani? Quello di Brick e Madi sì.

Non mi piace per niente non passare prima da Madi. Mi destabilizza stare qui, nel suo palazzo, senza di lei.

Mi fa sentire un po'... abbandonata.

Oh, che assurdità – sono una donna forte e indipendente io! Posso tranquillamente entrare in casa di un miliardario senza di lei.

Mica ho paura di William White...

...a parte il fatto che il cuore mi accelera alla prospettiva di stargli di nuovo vicina, di ritrovarmi ancora sotto a quel severo e giudicante sguardo grigiazzurro. Incorniciato da sopracciglia folte e rabbiose, da un'aria di disprezzo totale. Ricordo quando per sbaglio ci siamo sfiorati sulla soglia della *Résistance* perché mi teneva la porta aperta.

Non voglio un uomo così io. Di quelli che ti aprono le porte e dispensano bigliettoni come crescessero sugli alberi dei loro venti frutteti. Billy White non m'interessa per niente.

Voglio solo farlo soffrire.

Mi scosto indietro i riccioli stretti e alzo il mento quando marcio fuori dall'ascensore per trovare l'interno quarantaquattro.

La porta è appena socchiusa – come me l'avesse lasciata così lui. Mi si rimesta la pancia. Sprofonda: troppa intimità. Come fossi la sua ragazza che viene a trovarlo dopo una lunga giornata di lavoro.

O – nel caso suo – la prostituta venuta a rendergli i suoi servigi, più probabilmente.

Idea che mi dà uno spasmo in mezzo alle cosce. Si alza il pavimento pelvico, s'irrigidisce e surriscalda.

Bah, al diavolo questa malsana attrazione. Sarà la novità. È diverso dal mio solito tipo, quindi c'è curiosità morbosa. Tutto qui.

Spalanco la porta senza bussare. Tanto è stato lui ad aprirla.

"Tesoruccio, sono a casa!" Non da spanciarsi dal ridere, ma è la prima cosa che mi è venuta in mente.

Billy è dietro al lungo e meraviglioso bancone isola della cucina di marmo; si sta versando un gin tonic. E l'occhiata di totale raccapriccio che mi spara non mi fa certo pentire della battuta che non faceva ridere.

Sbatto la porta per infastidirlo ulteriormente – che bello che s'irrigidisca così! Mi par proprio di vedergli i muscoli della mascella tendersi...

Starà digrignando i candidi molari perché mi sono intru-folata in casa sua.

Mi guardo intorno. L'appartamento è diverso da quello in stile industriale, tutto mattoni a vista, di Brick e Madi; qui muri intonacati e finestre... solo ed esclusivamente sul grigio.

Grigio smorto.

Fa il giro dell'isola col bicchiere in mano mentre io mi levo la giacchetta di jeans lavata con acido. È il mio capo preferito anni Ottanta: file di gioiellini arcobaleno cuciti alle tasche e attorno alle maniche. La butto sul divano di pelle grigio pistola proprio quando lui si sporge per prenderla.

"Ma è stato un secondino ad arredarti casa?"

Arriccia il labbro superiore in un ringhietto. "In che senso, scusa?" La prende dal divano come fosse uno straccio per la polvere dimenticato dalla cameriera.

"Perché è tutto grigio? Soffri di depressione? Forse dovresti vedere uno specialista, sai..."

La porta all'armadio dell'ingresso e l'appende senza rispondere, quindi insisto.

"Hai mai sentito parlare di colori? Quadri?"

"L'ha arredata Lori Ann Beiber."

Lo guardo perplessa. "E dovrei conoscerla? È una tua ex? Be', ha gusti terribili."

"È la proprietaria dello studio d'interior design più importante di Manhattan." Il tono è secco e accondiscendente, come a insinuare che non capisco niente di arte e cultura.

Gli scocco un'occhiata finto compassionevole. "La terapia costa un pochino di tempo."

Altro spasmo della mascella!

"Be'? Non mi offri da bere?" Dato che l'obiettivo è farlo scoppiare – dev'essere una punizione, no? – gli sfilo il suo di mano.

Per gli occhi grigi passa un lampo – per un attimo sembrano quasi azzurro ghiaccio. Mi osservano mentre mi porto il bicchiere alle labbra per un bel sorso.

"Mmm." Mi stupisce che vada giù tanto bene. Mi sa che non sono abituata agli alcolici di prim'ordine. Quanto

costerà un gin che riveste la gola di un calore così piacevole?
"Buono."

"Tienilo," dice brusco senza scollarmi gli occhi dalle labbra.

Qualcosa in quello sguardo mi fa formicolare la pelle, solo che non capisco perché. Pericolo? Attrazione? Boh.

Mi guardo ancora intorno per dissipare l'elettricità. "Madi e Brick dove sono?"

Torna in cucina. "Da qualche parte a scopare, immagino," fa schifato.

Non rido, eh, però uno sbuffo mi scappa. Visto tutto il sesso che la mia ex coinquilina fa ultimamente, sono sicura che ha ragione lui.

Si prepara qualcos'altro; lo seguo dietro all'isola per rompergli le palle – adoro che mi guardi con sospetto! Faccio un passo avanti e mi tiro su per sistemarmi sul bancone, accanto al tagliere col lime.

La lastra di marmo da vicino è ancor più bella. È grigia come tutto il resto, però venata di bianco, argento e viola; e poi è composta da un unico lungo pezzo meraviglioso. Passo il dito su una venatura viola.

Si gira, dando adesso le spalle alla macchina del ghiaccio, e si accorge di dove mi sono messa. Gli occhi gli si tingono di grigiazzurro gelido. Viene a grandi passi. "Se ti siedi sul banco della mia cucina, devo presumere che vuoi farti mangiare." Il tono è tanto secco che mi ci vuole mezzo secondo per cogliere l'insinuazione.

Ah. *Accidentaccio.*

Mi bagno tutta.

Non mi sembrava un gran leccatore. Immaginavo assumesse professioniste e le costringesse a firmare accordi di riservatezza. Difficile pensare che questo stronzetto freddo e riservato sia in grado di dare agli altri – persino a un'amante.

Mi corre un brivido giù per le gambe: me lo sto vedendo mentre me le divarica e si abbassa per scoprire come mi piace...

...e allora l'epifania mi colpisce in pieno. È uno che ci sa fare. Ti apre la porta automaticamente, persino se non gli va. Conosce le buone maniere, quindi saprà comportarsi anche a letto.

Forse... o magari no. Ma muoio dalla voglia di capirlo!

Raccolgo una fettina di lime e me la porto alle labbra; morsico e succhio la polpa acida. "Ti piacerebbe."

* * *

Billy

Mi piacerebbe?

Mi andrebbe di aprirle col coltello ogni singolo capo d'abbigliamento abbia addosso questa ragazzina dalla lingua lunga per chiuderle la bocca a suon di gemiti?

Sì, cazzo!

Poso il bicchiere col ghiaccio e mi giro di colpo per agguantarla dalla vita e sollevarla – la rimetto in piedi.

Sono tanto veloce che non ha neanche il tempo di reagire. E speriamo nemmeno di rendersi conto di quanto sono forte. Poi però non mi va di lasciarla andare. Mi piace sentirle la vita morbida sotto le dita. Le voglio toccare anche altre morbidezze. La voglio nuda. La viola magliettina aderente ha lo scollo ampio, quadrato – si vede giù – e le abbraccia seni e vita. Porta jeans larghi che vanno di moda adesso e un paio di grossi stivaloni col tacco. Chissà come starebbe con addosso solo quelli e le mutandine...

La voglia mi rende spietato. "Giù dai mobili," ringhio, neanche fosse un cagnaccio cattivo da sgridare.

Strizza gli occhi e mi spinge via. Il piercing d'argento la

rende non baciabile – non che stessi pensando di far mio quel broncetto, eh.

La mollo riluttante – già mi pento d'aver fatto il cretino. Dovrei scusarmi per averla toccata senza permesso.

Ma persino mentre ci penso mi vien voglia di rifarlo: riprenderla su, rimetterla sul banco e mantenere la promessa d'assaggiarla tutta!

Mi frega lo spelucchino dal tagliere e me lo porta alla gola. È tutta scena: sarà a trenta centimetri buoni di distanza. So che non sta davvero cercando di difendersi. Le sento l'odore della rabbia, ma non della paura.

"Toccami ancora senza permesso e ti faccio male."

Spasmo alle labbra. Non volevo sorridere, giuro! Dovrei dimostrarle che la prendo seriamente... ma averla irritata mi piace. Vederla arrossata e rabbiosa, pronta a combattere.

Ammansisco i lineamenti. "Ricevuto. Ah..." Cazzo, non ci credo. Adesso mi scuso pure?! Devo cavarmi le parole di bocca a forza. "Scusa," dico rigido. Poi però aggiungo: "La prossima volta te lo chiederò, prima di toccarti."

Perché *eccome* se la toccherò ancora.

Devo.

Ho bisogno di levarmi di dosso questa... *curiosità*. Mica c'è altro, eh.

Alza un sopracciglio, dilata le pupille. No, non ha nessuna paura – è eccitata. L'idea che la tocchi ancora le trapassa il corpo, che la mente sia d'accordo o meno. Mi sa che anche lei percepisce la chimica. Deve sapere che il suo corpo animale è attirato dal corpo animale di una persona completamente inadeguata – di uno con cui non si mettere mai.

Le mani fremono, vogliono sollevarla ancora. Avvolgerle i cosciotti attorno alla mia vita e portarla in camera, dove potrei legarla alla testiera del letto e farla frignare di piacere...

Bussano. Ci guardiamo. Tiene ancora il coltello in fuori, per difendersi.

Brick mi taglia l'uccello e me lo fa mangiare se pensa che abbia minacciato l'amica della sua compagna, e tutti i progressi fatti in questi mesi andrebbero perduti. Per sempre, forse. Se crede di non poter confidare che mi comporterò bene coi parenti e amici di Madi, finisce che mi esclude dal circoletto.

Merda.

Capitolo cinque

Billy

Mi guarda piegando la testa – senza abbassare il coltello. "Va'," dice leggera. Si è già ripresa. Lo butta sul tagliere e si gira quando Brick apre la porta per far entrare la compagna.

"Ehi, bella!" Madi m'ignora per correre dritta da Aubrey, che prende il mio drink e va da lei sculettando.

Io recupero il primo bicchiere, ormai abbandonato, e mi torturo posando le labbra sugli stessi punti macchiati dal lucidalabbra di quella lì mentre si abbracciano e poi aprono una bottiglia del prosecco preferito di Madi. Adesso è la mia Luna. Un anno fa avrei odiato dirlo, ma servo lei quanto servo l'alfa. Riempio quattro calici, nel caso in cui volessero partecipare tutti.

Brick fa tranquillamente il giro dell'isola; si mette dove si metterebbe qualsiasi mio ospite.

Cazzo – ma cos'ha quell'umana per venire qui dentro e comportarsi come fosse a casa sua, entrare senza bussare, sedersi sul bancone come fosse la mia amante invece di una sconosciuta che non mi ha rivolto neanche due parole gentili?!

"Santo fato, ma non potevate farvi la doccia prima di venire?" brontolo quando gli sento addosso odore di sesso.

"No."

Figurati. Adora sentir addosso alla compagna il suo sperma. Porta già il marchio, ma vuole che odori tutto il giorno come se fosse stata appena marchiata.

Raccoglie un calice e se lo scola. Quando lo posa mi esamina. "Stai prendendo seriamente il compito."

"Sì, al..." Mi mordo la lingua prima che mi scappi *alfa*. "Sì." Vorrei dire: "Prendo tutti i tuoi ordini seriamente," ma non voglio fargli venir voglia di vomitare. E poi lo sa già. Gliel'ho dimostrato un centinaio di volte. Vuole solo che glielo dimostri ancora nella maniera più degradante possibile.

Guardo Aubrey accigliato.

"Pensa che vogliate una festa mista."

Arrivano le donne. Madi era appena un'adulta quando l'autunno scorso ha cominciato a lavorare alla *Moon Co.*, ma non la vedo più come una bambina da quando ha assunto il ruolo di Luna. Aubrey invece non mi era mai parsa altro che una donna controllata... ma adesso che sono insieme, che ridono e sparano a macchinetta frasi in codice da femmine, mi sembra che fra loro e noi due ci sia una differenza d'età di secoli.

E la coscienza mi rimorde, visto quanto sono stato stronzo con lei.

Non che lei non sappia farvi fronte, eh.

"Oh, prosecco! Sai proprio cosa mi piace." Madi s'avvicina piano a prendere un calice. "Grazie." Mi guarda spudoratamente negli occhi – e ha parlato con una sincerità che mi fa formicolare tutto.

Emana potere da Luna. Il bisogno di proteggerla e servirla è fin fisico. Sì, una volta volevo disperatamente dividere lei e Brick... ma adesso darei la vita per lei.

L'amica umana invece è tutt'altra storia. Raccolgo un altro calice per darglielo, ma lei m'ignora per bersi il mio cocktail senza scollare gli occhi dai miei.

E non mi dispiace affatto che piazzi le labbrucce dove prima ho piazzato le mie.

Farla bere dal mio bicchiere dà un piacere virile al lupo.

Mi accorgo però che sta cercando di farmi innervosire. Si è illuminata quando ha saputo che collaborare con lei è una punizione per me. Ecco probabilmente perché mi è saltata sul bancone e ha insultato i miei mobili.

"Cos'è una festa *mista?*" Brick usa lo stesso tono mezzo disgustato che è scappato a me quando me ne ha parlato Aubrey.

Ed è lei ad anticipare Madi e rispondere. "Un addio al celibato insieme a un addio al nubilato. Di solito si fa a Las Vegas." Visto che si acciglia, continua: "A meno che tu non voglia che porti Madi in uno strip club per donnine..."

"*Cosa?!*" La voce dell'alfa si fa brusca e pericolosa. "Col cavolo!"

Incrocia le braccia sui seni praticamente perfetti con aria compiaciuta. "Come pensavo."

Brick guarda Madi. "La mista va bene. Tutto ciò che vuole la sposa."

L'espressione intelligente di Madi s'addolcisce. "Secondo me ci divertiamo. Quindi... Las Vegas?"

"Che ne dite di Monte Carlo?" La butto lì perché Las Vegas è banale – mica perché voglio farmi un lungo viaggio intercontinentale con quella palla della damigella d'onore, *figuriamoci.*

È nell'istante in cui ci penso però che m'immagino di

porgerle un calice di champagne; lei è distesa sul lettino, nuda se non per il lenzuolo aggrovigliato attorno a quel corpo seducente, rilassata dopo la scopata cui l'ho sottoposta.

No, non mi dispiacerebbe per niente. Come evento unico, naturalmente.

Aubrey leva immediatamente gli occhi al cielo. "Oh, ma dai... e perché? Perché costa un casino?"

"Perché la notte là ci si diverte come in un nessun posto al mondo," rispondo piatto.

Brick torna a guardare la compagna, che dice: "Che bello! Non ci sono mai stata!"

Ma va' là. Dubito fosse mai stata all'estero prima di conoscere Brick. Cerca di nascondere di non essere sofisticata – e di solito ce la fa anche benino – ma s'è visto con una chiarezza fin dolorosa quando se l'è portata al ballo di beneficenza della *Fondazione Blackthroat*.

E dato che sono uno stronzo di prima classe, piego il capo e chiedo a Aubrey: "E tu?"

* * *

Aubrey

Inspiro forte per scacciare il rossore. È il più grosso imbecille della Terra.

Ancora sento i punti in cui mi ha toccata per girarmi e sollevarmi dal bancone. Sospetto abbia muscoletti niente male sotto alla button-down firmata...

Come si allena? E quando?! Non è cereo come ci si aspetterebbe da un incravattato di Wall Street. Gli vedo lentiggini e segni in faccia, come se nei fine settimana se ne stesse all'aperto. Probabilmente sugli Adirondack con Brick e Madi.

Mi costringo a piantarla d'immaginarmelo con la tuta e torno alla nostra verbale partitina a scacchi.

Si vede che vuol sottolineare che non sono una donna di mondo. Bah, non m'importa cosa pensa questo stronzo – non siamo tutti nati fra i milioni. Mi sa però che ha fatto centro: non posso dire di no a Monte Carlo visto che non ci sono mai stata. Non ho mai visto neanche Las Vegas, comunque. Più in là di Atlantic City non ci sono mai andata.

"No." Lo guardo dritto negli occhi – col cavolo che mi faccio intimidire io! "Perciò mi sa che dovrai organizzare tu." Gli sparo un'occhiatina finto dispiaciuta, poi aggiungo raggiante: "Hai già promesso di pagare tutto, no?"

Mmm. Pessima uscita. Mi ero dimenticata che volevo costringerlo a collaborare con me su ogni singolo dettaglio. Mi sventola tranquillo la mano. "Ok. Dimmi quanti siamo e ci metto Annabeth."

Me la prendo. "Eh no, Elegantone." Dato che mi sono scolata quasi tutto il suo drink e mi ha già messo le mani addosso, le solite inibizioni sono sparite. Gli infilzo il petto con l'indice. "Ne abbiamo già parlato: non ne uscirai dispensando centoni. E io non ti farò da assistente che prende ordini. Organizziamo la festa insieme, ricordi?" Sorvolo sul fatto che per lui sia una punizione perché sospetto che sarebbe pericolosetto umiliare Billy White davanti a Brick...

Comunque gli occhi gli fanno quello strano giochetto grigio ghiaccio luccicante. Mi agguanta la mano del dito e se la mette in bocca per mordermi la nocca.

Strillo. Non che abbia morso forte, eh... ma sono sconvolta!

La molla alla stessa velocità con cui l'ha presa. Me la

porto al petto e la proteggo avvolgendoci intorno l'altra, poi levo lo sguardo su di lui.

Risponde impassibile all'occhiata. Non ho idea di cosa gli passi per la testa. Il morso era una sfida? Una punizione? Un'asserzione di dominio?

Be', qualunque cosa fosse mi ha eccitata. I capezzoli mi grattano l'interno del reggiseno e mi si accende un bel formicolio fra le cosce...

Sento che Brick e Madi ci guardano, ma non riesco a muovermi – né a pensare a cosa dire.

Lo sguardo imperscrutabile di Billy passa allo sdegno, come se quello dello stronzo per lui fosse un ruolo da recitare. "Me lo ricordo, sì." E pare pure gli faccia parecchio schifo l'idea.

Un po' mi offendo, ma anche mi beo del fatto che sia costretto ad avere a che fare con me anche se lo odia. Solo che non sono sicurissima che proprio *lo odi*.

Credo – incredibilmente! – che sia attratto da me.

Sarà pure *questo* che odia.

Gli rivolgo uno dei miei sorrisi più dolci. "Ottimo. Parliamo dei dettagli, allora?"

Mi prende il bicchiere vuoto di mano per sostituirlo con una flûte di cristallo piena di qualcosa di frizzantino – prosecco, ha detto Madi. Non l'ho mai assaggiato. Somiglia allo champagne.

Come quando mi ha preso la giacca e mi ha tenuto la porta aperta alla *Résistance*, visto quant'è cretino tante attenzioni le trovo bizzarre. Anche un po' sconcertanti.

Come *non volessi* apprezzare d'essere l'oggetto delle sue premure... però così è.

Sposta la mano in direzione del soggiorno, da bravo padrone di casa. "Parliamo."

Seguo Madi e Brick follemente consapevole d'averlo

dietro. Brick si siede sulla grande poltrona e si tira Madi in grembo.

Riecco la solita ondata di tristezza, il dolore per i cambiamenti che ha subito il nostro rapporto. Ero contentissima di venir qui e vederla prima di giovedì... ma anche se siamo nella stessa stanza lei se ne sta incollata a Brick!

Per la quattrocinquecentesima volta mi rimprovero perché non sono felice per lei. Perché mi do troppa importanza. Perché mi sento tanto abbandonata.

Crollo sul divano accanto a loro e bevo metà del vino. Non male: è leggero e rinfrescante. Vuoto il bicchiere e lo appoggio sul luccicante tavolino cromato.

Billy non s'è ancora seduto. Pare esaminarci tutti e tre. "Aubrey dice che sembra mi abbia arredato casa un secondino."

L'alcol dev'essermi andato alla testa, perché mi ci vuole un secondo per rendermi conto di quant'è strano che rompa il ghiaccio così.

Madi ride. "È vero!" Cattura il mio sguardo – ah, che sollievo mi dà il buon vecchio spirito di squadra, la rassicurazione che ancora crediamo negli stessi valori, nonostante il suo drastico cambiamento sociale e finanziario! Che fra noi c'è ancora terreno comune. "È completamente privo di colore." Lancia un'occhiata a Billy. "Ti servono dei quadri. Dovresti comprarne uno di Aubrey."

"Non so se un murale di *Occupy Wall Street* faccia per me..."

Il tono è secco, ma un pizzico di piacere mi si fa strada nel pancino nello scoprire che sa cosa faccio. Non dovrebbe fregarmene niente, non mi serve la sua approvazione. Ma il calore che mi si rimesta dentro è innegabile.

"A proposito... devi dirmi cosa stai dipingendo alla *Sentience*!"

"Ah, sì." Giro la testa verso Billy che, per ragioni ignote, è ancora in piedi. Forse gli piace atteggiarsi a padrone del regno. "Be', ehm... ne parliamo la prossima settimana, quando usciamo. Allora ti dirò tutto."

"Stai facendo un murale per la *Sentience?*" Billy è incredulo.

Rieccomi microscopicamente lusingata dal fatto che sembri conoscermi – o che almeno questo creda lui – abbastanza da sapere che è un lavoro ben poco nelle mie corde.

Sventolo una mano con noncuranza. "L'ho finito."

"Per la *Sentience.*"

"Pagano bene."

Di colpo si spaparanza accanto a me, sul divano. È carino, di pelle, quindi non sprofonda troppo – ma la sua stazza viene registrata in ogni cellula del mio corpo. Si appoggia allo schienale e si piazza una caviglia sul ginocchio, le braccia allargate indietro nelle due direzioni dello schienale... una dietro alle mie spalle. "Quanto bene?"

Accidenti. Non mi aspettavo tanto interesse. Forse l'ho sottovalutato. Lo credevo un cazzone egocentrico, e invece guarda come s'impiccia dei fatti miei. Come subodorasse l'imbroglio. Ehi, ci vuole un livello di empatia e comprensione umana niente male, eh!

Forse così è arrivato in cima all'azienda di Brick: da cazzone egocentrico abbastanza scaltro da manipolare chi lo circonda. Ecco la nuova teoria in elaborazione nel mio cervellino.

"Ventimila." Ovviamente mica lo faccio per i soldi. Madi lo sa. E anche Billy, sembra. Ma non ho intenzione di dire cosa sto combinando veramente. Non sono affari suoi – e non capirebbe.

"Credevo che dei soldi non t'importasse." Punzecchia, però mi guarda come volesse davvero risolvere il mistero.

Maledizione.

Potrebbe essere un problema.

"Dovevo pagare i debiti studenteschi," butto lì – e non è neanche una bugia.

Brick passa le dita sulle cosce di Madi, che gli si agita addosso. Mi sa che questi non durano neanche cinque minuti: a breve scapperanno a scopare di nuovo.

"Cinquantamila," spara Billy.

Mi giro lentamente per fulminarlo con lo sguardo. "Cinquantamila cosa?"

"Te ne do cinquantamila se dipingi un murale qui dentro."

Mi è proprio andato alla testa lo champagne – o prosecco che fosse. Sbuffo. "Perché?"

Mi guarda freddo, con impenetrabili occhi azzurro ghiaccio.

"Non capisco." E sono sincera. Odierebbe i miei lavori. Assurdo.

"Aubrey è bravissima." Madi comincia a vendermi – anche se io non sono mica in vendita! "Potrebbe trasformarti casa."

Mi guardo intorno dubbiosa. Qualsiasi cosa dipingessi qui dentro sarebbe orrida. Io uso colori accesi – e poi faccio più arte di protesta. Sono favorevole al cambiamento sociale, non ai miliardari... però sarebbe uno spasso venire a tormentarlo tutti i giorni. Potrei insistere per lavorare la sera, quand'è a casa.

Riuscirei a vedere Madi. E non sarebbe male.

"Niente colori però," aggiunge Billy.

Chiudo di colpo le labbra. "Te lo sogni."

Ma la mia testolina già si diverte all'idea. E un po' mi spiace aver rifiutato tanto in fretta.

Sbircio nella sua direzione. Mi sta troppo vicino perché

mi possa girare del tutto, ma d'un tratto sono consapevolissima dei quindici centimetri che separano le nostre gambe.

Lui ha una postura rilassata. L'espressione compiaciuta. Ma perché pensa di averla avuta vinta? Gli ho detto *te lo sogni!*

"Chiunque sa far faville coi colori. Ci vogliono sottili sfumature per trovare la vita nella zona grigia."

"Lì vivi tu?" Commetto l'errore di guardarlo di nuovo... e di colpo mi ritrovo intrappolata in quell'azzurro grigio. "Nella zona grigia?"

Ecco, adesso mi chiedo quanto grigia. Quali regole piega... e in quali aspetti della sua esistenza.

Fa un cenno d'assenso appena percettibile. "Sì." Fa fin le fusa... che nervi! Non so perché né come mai pensi d'essere all'improvviso in vantaggio, ma la situazione si è rovesciata: prima lo pungolavo *io* e adesso *lui* provoca me. Mi sta lanciando il guanto di sfida, e gli luccicano gli occhi come sapesse che accetterò.

Invece no. È una follia. Perché dovrei?

Lancio un'occhiata a Madi e lei solleva le sopracciglia con fare incoraggiante, come volesse che negoziassi. E per quanto mi senta fuori posto ormai che ha una nuova vita, l'idea di aprirmi un varco d'accesso a lei mi stuzzica. Avremmo ancora qualcosa di cui parlare. Terreno comune.

"Centomila per *due*." Sparo questa cifra perché so che è un numero che mi permetterebbe di cedere con agio. Non sbavo per il denaro, ma la situazione è difficilina. Mi ci sono voluti cinque anni per laurearmi perché lavoro quasi a tempo pieno. La *Sentience* mi ha fatta respirare un po', ma quelli mi sembrano soldi sporchi. E poi Madi paga ancora la sua metà d'affitto, e anche se adoro usare camera sua come studio non mi piace accettare la carità.

"Li vale tutti," interviene.

"Non me ne servono due," ribatte Billy.

"Uno grigio," – indico la parete dietro al divano – "e uno colorato." Stavolta punto la mano dritto davanti. "È la mia unica offerta. O così o niente."

Billy mi studia. "Prima che cominci devo approvare il disegno."

Accidenti. Ma accetta?! Sorprendente. Credevo mi avrebbe dato filo da torcere. Rigetto la clausola. "No."

"L'idea," ribatte subito.

Dentro sono un tripudio di lucciole. La trattativa mi accende sia fisicamente sia mentalmente.

Ci penso su. Ce n'è di zona grigia in uno schizzo… "Ok."

Il suo compiacimento cresce. Chissà perché pensa di avermi portata dove voleva… gli ho chiesto una fortuna – e con l'obiettivo di usare l'impresa per renderlo infelice!

"Paghi tu tutte le spese," aggiungo poi.

"Fatta."

Vengo percorsa da un fremito – anche se la mia parte sospettosa vorrebbe tirare il freno. Non ho nulla da temere però. Posso sempre eclissarmi, se non funziona. A Billy piace fare il bello e il cattivo tempo, piegare la gente alla sua volontà col potere, con lo status, coi soldi…

…tutta roba cui sono immune. Non mi farò manipolare, dato che di queste cose non me ne frega niente. Preferisco conservare la dignità che avere il suo denaro.

William White III scoprirà presto che non ho nessuna paura del Grande bullo cattivo.

Capitolo sei

Billy

Che cavolo sto facendo?! Devo essere impazzito!

Odio avere persone a casa. Mi scombussolano il controllo che ho sull'ambiente. Mi danno sui nervi persino la domestica e il cuoco... e sono mutanti del branco di Blackthroat, rispettosi e leali fino al midollo!

Perché infilarmi in casa un'*umana*? Ci vorranno due settimane per un murale – forse di più. E questa qui vuole dipingerne *due*.

Due murales. Uno a colori. Bleah. Verrà fuori una roba agghiacciante. Vabbè, posso far venire qualcuno in giornata a coprirlo.

Il punto è che dovrò far venire Aubrey Cook per mesi.

Andrò fuori di testa.

Il lupo però trasuda soddisfazione compiaciuta. E non ho dubbi che ci sia sotto il suo zampino. Vuole scoparsi la piccola.

Impulso strano per un lupo di sangue puro di discendenza alfa. Non posso *assolutamente* essere come Brick, voler reclamare un'umana...

...nemmeno con un profumino allettante come questo.

Col cazzo. Gli umani sono deboli. Irrilevanti.

Hanno cominciato a inculcarmelo ancor prima che imparassi a camminare, quando ero il più piccolo della cucciolata, quello che papà nascondeva dal branco per vergogna.

È tutta la vita che mi sbatto per risalire la china. Prima per dimostrarmi degno del nome White – che adesso rifiuto con tutto me stesso. Poi per dimostrarmi un valido secondo per Brick.

Sono nato piccolo, e da cucciolo così rimanevo. La transizione per me è arrivata tardi – niente mutazioni né innalzamenti in altezza fino ai quindici anni... molto dopo che papà mi aveva spedito in collegio.

Da un pezzo avevo imparato a combattere con ferocia, sconfiggere bambini che erano due volte me. Avevo appreso la strategia del tagliagole.

E quando finalmente la transizione arrivò e mi tramutai per la prima volta, *volli* crescere rapidamente.

Perciò posso anche sbattermi questa ridicola umana che odora di miele e noce moscata... ma dopo dovrò metterla da parte. Non finirò con un'umana. Non esiste.

Madi batte deliziata le mani e prende la bottiglia per versare un altro giro.

Aubrey piglia il calice ora pieno e beve. Difficile per un lupo andare in agitazione perché metabolizziamo l'alcol alla velocità della luce, ma si vede che la ragazza della caffetteria sta esagerando. Comincia a muoversi a scatti, le reazioni sono rallentate.

Un po' non mi dispiace vederla meno inibita. Però infastidisce l'animale il rischio che possa cacciarsi in qualche guaio...

Tipo il sottoscritto, per dire.

Madi o Brick non sono certo un problema.

"In che altro possiamo aiutarvi?" interviene lui. Ha messo le mani addosso a Madi. Sono sicuro che vuole restare di nuovo solo con lei. Con tutte le scopate che si fanno è un miracolo non sia già incinta.

"Aiutandoci con la lista degli ospiti," risponde Aubrey. "E dobbiamo scegliere la data. Volete fare la festa subito prima del matrimonio?"

Ci pensa su Madi. "Mmm, sì. Facciamola quella settimana; basta arrivare a casa almeno due giorni prima della cerimonia. Nel weekend butto giù la lista e ve la passo. Comunque credo d'invitare solo voi e le due sorelle di Brick."

Il quale le fa scorrere le dita lungo l'interno coscia, sotto alla gonna del vestito aderente. Le scappa un dolce gemito.

Aubrey si copre gli occhi. "Santo cielo... a meno che non puntiamo a un allegro quartetto, è meglio che torniate di sopra."

Il lupo si secca. L'idea che la ragazza della caffetteria partecipi a un'orgia – *qualsiasi*, pure con me! – lo fa incazzare.

Brick la solleva alzandosi al contempo. "Billy. Aubrey." Mi fa un cenno solenne del capo.

È contento di me. Non l'ha detto, ma riconosco l'approvazione dell'alfa come colgo un suo ordine. Sto rientrando nelle sue grazie.

La gioia mi fa venir voglia di saltar addosso all'inerme umana per una scopatina della vittoria – veloce e furiosa. Il giusto per levarmi dalle palle tutta questa aggressività, così poi posso scaricarla.

Si alza anche lei. "Ok. Ci sentiamo. Madi, ci vediamo giovedì sera." L'abbraccia, e per un attimo un'irrequietezza tetra mi rimesta le viscere – una sensazione familiare, dell'infanzia. Quella di voler qualcosa di già destinato ad altri.

"Può portarla a casa Tony?" chiede Madi a Brick.

"Certo." Prende il telefono.

"No, mi arrangio," fa lei subito. "Le limousine non fanno per me."

"Hai bevuto." Mi scappa in un brusco ringhio.

Accigliata e offesa, mi scocca un'occhiata fulminante. "Non sono mica venuta *in macchina*."

Pensa che l'accusi di guidare da sbronza!

Madi la trascina alla porta. "Pensano che la metro non sia sicura. Chiama un taxi o t'infila nella limousine," le consiglia la mia Luna.

Cristo santo. Ma è così difficile tornare a Brooklyn in limousine?! Apparentemente sì, nel mondo al contrario tutto artisti attivisti di Aubrey Cook.

"Ok, ok, chiamo un taxi," si affretta a dire. "Grazie del vino, Elegantone!" Precede Brick e Madi alla porta.

La seguo – chissà perché ma seccatissimo. Questa ridicola umana riesce a tenermi in costante stato d'irritazione.

Alla fine, già oltre la soglia, si gira a guardarmi negli occhi. "Ti chiamo io." Si porta il pollice all'orecchio e il mignolo alla bocca.

"Sono già in trepidazione," brontolo.

Capitolo sette

Aubrey

Volevano spedirmi a casa in limousine.

Fatto che avrebbe dovuto dirmi che io e Madi ormai abitiamo mondi completamente diversi. E che lei non tornerà nel mio. Anche il matrimonio non dovesse funzionare – inimmaginabile, comunque – ha appena scoperto che sua nonna paterna è pure lei una miliardaria che alla sua morte vuole lasciarla a capo della sua azienda di cosmetica. Quindi non tornerà mai più come me.

Forse dovrei solo soffrire per la fine della nostra amicizia e andare avanti.

Accettare un lavoro da un insopportabile pezzo di merda solo per starle vicina adesso che sono uscita mi pare assurdo.

E 'fanculo al taxi.

Credono pericolosa la metro?

La prendo – da sola – da quando avevo dodici anni. Sono cresciuta nel New Jersey io. Perché dovrei aver paura dei mezzi pubblici?

Vado in stazione e salgo.

Mi accaparro un posticino proprio quando mi squilla il telefono. È Jamie.

Chissà perché chiama me e non Jan... vabbè, rispondo. "Ciao, Jamie."

"Non chiamarmi per nome!" sbraita subito.

Devo schiacciarmi il telefono contro all'orecchio per sentirla, visto il casino. "Che succede?"

"Non possiamo più scriverci. Credo mi tengano d'occhio."

Scattano tutti gli allarmi. Per forza prima ero inquieta... "Merda," brontolo. "E cosa te lo fa pensare?"

"Ho visto uno dall'altra parte della strada, seduto in macchina. Non possiamo più vederci di persona. Senti, ho guardato l'hard drive e nelle cartelle ci sono ancora opere piratate, ma la serie di email con cui ci ordinavano i furti è sparita."

Quanto vorrei ci fosse anche Jan... "Be'... potrebbe bastare comunque, no? Hai parlato con Jan?"

"No. So dove trovare la roba sul server. Ho un amico che fa l'hacker. Se riesce ad accedervi può installarmi una *backdoor*."

"Una cosa?" Una porticina scavata nella facciata della *Sentience*, stando alla traduzione...

"Tipo... un ingresso per i server." Troppo impaziente per soffermarsi sui dettagli tecnici. "È disposto ad andar lì per farlo, ma è nei sotterranei – al meno tre – e gli servirà la chiave magnetica."

"Me ne hai data una tu..."

"La mia non funziona più. Serve una nuova."

Nuova. La faccenda si complica. Non mi piace coinvolgere un'altra persona nella grande cospirazione – nemmeno se è un hacker che vuole aiutarci. E adesso devo pure rubare un'altra chiave?

"Il murale l'ho già finito. Sì, c'è il galà d'inaugurazione, ma non resto più fuori orario ormai..."

"Non puoi dire di dover dare una passata finale o una roba del genere?"

Deglutisco a fatica. Il cuore martella come fossi *io* quella sotto controllo. "Ehm, forse. Ma come farei comunque a trovare questa chiave?"

"Boh. Senza le email però possono dire che la ladra ero io. E tu avresti rischiato per niente. Se però riesci a trovarla poi posso risolvere."

Merda. "Ok," faccio. "Organizzerò qualcosa per tornar lì in settimana."

A parte che sono sotto esami di metà trimestre e ho accettato di dipingere due murales nell'attico di un miliardario.

Be', Billy White può aspettare. Combatto per la giustizia io – mica banane.

Quando un'ora dopo scendo alla mia fermata e salgo le scale, trovo una lucida Porsche elettrica blu cobalto parcheggiata in doppia fila di fronte alla strada. Blocca il traffico – le clacsonano dietro.

"Spostati, testa di cazzo!" urla fuori dal finestrino un tassista.

Quello al volante guarda dalla parte mia. Ricordo le parole di Jamie, il tipo in auto che la spiava...

Spiano anche me? Altra galoppata del cuore!

Mi fermo a guardare e la macchina scappa via di colpo. Mi viene la pelle d'oca.

Solo che il personaggio alla guida somigliava a... ma no. Impossibile.

Mi vengono addosso da dietro, e mi avvio verso casa nostra... cioè, *mia*, con uno scossone della testa.

Figurati se era Billy. È che ormai ho in testa solo bulletti miliardari. Un attimo non conosco neanche un miliardario e quello dopo sono ovunque – perché ti si sono infiltrati nella coscienza. Ci pensi.

Avranno già parcheggiato macchinette costose nel quartiere – solo che non ci avevo mai fatto caso.

Percorro i pochi isolati fino a casa ed entro nel palazzo cercando di non pensare a Billy White III.

La prossima volta te lo chiederò, prima di toccarti. Le sue parole mi rimbombano nel cervello, m'inturgidiscono i capezzoli.

Ehm... prego?

Chi l'ha detto che ci sarà una prossima volta?

Salendo le scale ricordo com'è stato sentirgli le mani sulla vita quando mi ha sollevata. Che bollore. Che grandi. E forti... fin letali.

Di solito m'immagino quelli di Wall Street come smilzi cerei con le unghie troppo curate per essere virili – ma sotto al completo da cinquemila dollari Billy White potrebbe essere una bestia.

No. Non dovrei pensare queste cose.

Perché poi il pensiero mi eccita? È tutto sbagliato!

Se non che d'un tratto mi vedo quel tagliagole d'un affarista farsi brutale. Strapparmi i vestiti di dosso. Scagliarmi al centro del letto. Farmi sua.

Arrivo alla porta tutta un bollore – e non solo per la salita della rampa. Spalanco e pesco del ghiaccio dal frigo. Vado alla finestra per passarmelo su fronte e collo.

E lì, dall'altra parte della via, ecco la vistosa Porsche. Il conducente ha abbassato il finestrino, ed è girato verso di me.

Vengo travolta dalla paura... per una frazione di secondo: poi lo riconosco.

Non è un galoppino della *Sentience.*

A meno che per fare il lavoro sporco non abbiano assunto il magnate di Wall Street William White III.

Ma porca puttana...

L'adrenalina dovuta al timore si trasforma in rabbia; giro sui tacchi e scendo come una furia. Mi scapicollo fuori proprio quando sta per ripartire. "Ehi!" strillo. "Fermo là!"

L'auto che sta dalla mia parte si ferma suonando il clacson. Ci passo davanti. Anche Billy frena, e quello dietro suona.

"Che accidenti ci fai qui?!" Arrivo al finestrino mentre torna veloce a ripiazzarsi indietro, dove si era appostato.

Il vetro è abbassato; mi guarda con gli occhi strizzati e la bocca arricciata in un severo ringhio. "Hai detto che avresti chiamato un taxi."

Be'... e allora?! "Quindi?"

Fuma dalle orecchie, e sotto al lampione gli occhi gli luccicano di grigio chiaro. Si dà una rapida occhiata intorno, come un agente dei servizi segreti a caccia di cecchini. "Di cos'hai paura?"

Mi guardo intorno anch'io. Sembro spaventata? Sono piuttosto sicura d'essermi ripresa non appena capito che era solo il miliardario. "Non ho mica paura." Il lieve tremore della voce dà l'impressione che menta.

"Avevi paura *di me*?" È incazzato.

"Ho visto un'auto seguirmi, quindi sì, ho avuto paura. Altro che la metro."

Scuote il capo e pigia il pulsante del finestrino per farlo risalire.

Mi ci aggrappo con tutte e due le mani per fermarlo. "Aspetta un attimo."

Lo riporta giù. "Vuoi spaccarmelo?!"

"Dico sul serio: che ci fai qui?"

È imperscrutabile. Mi osserva anche lui per un attimo,

poi mi scocca un'occhiata alle dita, che ancora impediscono al finestrino di chiudersi.

Insisto.

"Mi hai davvero seguita per verificare che arrivassi sana e salva a casa?" Adesso che l'ho detto sembra una follia.

Lo sguardo gli si placa. "Sei la punizione peggiore che mi sia mai capitata."

Faccio un lento sorriso.

Accidenti. Sono la sua punizione. Che bello!

Torturare Billy White sarà più facile e soddisfacente del previsto...

Capitolo otto

Billy
"Recupera i dati finanziari dei tre nuovi dei superconduttori e delle batterie che ho individuato come possibili acquisizioni." Passo a Noah, uno dei nostri analisti migliori, una lista scritta a mano. "Prepara un'analisi completa per la prossima riunione."

"Sì, signore."

È un lupo, ma non del branco. Si è fatto assumere alla *Moon Co.* in modo convenzionale: con una laurea in una Ivy League e ottime referenze. Quand'è entrato l'ho riconosciuto come dei nostri dall'odore. Sully, il capo della sicurezza, ha verificato accuratamente che non fosse una spia di Adalwulf, ma abbiamo scoperto che non ha legami col nemico. Dopodiché la scalata è stata veloce. Non c'è nulla che l'azienda apprezzi di più di un giovane brillante e competente – e pure lupo.

Ecco perché non mi farei mai la mia assistente Annabeth... anche se è una meraviglia. Troppo preziosa per l'azienda.

Noah lo scorso inverno si è guadagnato ulteriore favore

da parte di Brick quando ha letto il labiale di Aiden e Madi nel video che è riuscito a dimostrare che sbagliavo su quell'incontro... errore che ancora sto pagando.

Però non fa parte della cerchia intima. Brick non gli ha mai chiesto di entrare nel branco perché l'ha fatto incazzare non si sia proposto appena arrivato a New York; o l'ha presa per una mancanza di rispetto, o ha pensato che stesse giocando sui due fronti e sarebbe andato dagli Adalwulf, se loro gli avessero offerto un lavoro.

All'inizio ero sospettoso, ma adesso che lo conosco credo che la sua fosse solo integrità: non voleva usare le conoscenze fra lupi per trovare posto a Wall Street. Forse è tanto determinato a dimostrarsi degno per via delle discriminazioni subite per esser diventato sordo.

Ora che sono sicuro di potergli dare fiducia ormai mi appoggio a lui – perché è più sveglio della maggior parte della gente che lavora qui ed è attentissimo. Ho ordinato alla squadra d'imparare la lingua dei segni americana e ho preso io stesso lezioni private finché non l'ho imparata bene.

Vorrei parlargli di quest'idea di entrare nel branco... ma è tempo di subbugli. Ancora ci stiamo assestando dopo le sfide all'alfa.

"Basta così, grazie." E lo seguo fuori dall'ufficio per piazzarmi davanti alla scrivania di Annabeth. "Devi organizzare l'addio al celibato di Blackthroat a Monte Carlo."

Leva sconvolta lo sguardo su di me. Non c'è traccia di paura nell'odore. È competitiva quanto me, perciò so che non le piacciono le sorprese ingestibili.

"So che non sai nulla di rituali umani..."

S'è già ripresa comunque: raccolta una penna, gira il taccuino giallo e mi guarda in faccia. "Posso fare qualche ricerca, ovviamente," mi rassicura. Scrive: 'addio al celibato' in cima.

"È una festa mista con la Evans. L'ultima parola su tutto l'avrà la damigella d'onore."

Annuisce. "Vuole che la contatti subito?"

Esito. Dovrei dirle di sì e lavarmene le mani, ma so che Aubrey non mi permetterebbe di scamparla con così poco. Non vuole che scarichi il progetto e ci metta solo i soldi.

Sono stato scemo a dirle che è una punizione. La cosina le è piaciuta troppo.

Però ci godo a vederla in stato d'eccitazione... anche se la causa è la tortura che m'infliggerà.

Ovvio che ho tutte le intenzioni di torturarla a mia volta.

E ormai anche solo starci vicini sembra torturarci a sufficienza.

"No." Espiro. "Per il momento vi farò da intermediario io."

Non riesce a celare lo stupore.

"Sono il testimone," dico, come bastasse a spiegare tutto.

Naturalmente Annabeth non capisce le cerimonie umane più di me.

"Blackthroat vuole che collabori col fronte umano."

"*Lei*, signore?!" E adesso non cela neanche l'incredulità. Sa che volevo il licenziamento di Madi perché è stato a lei che ho ordinato d'indagarla a fondo. Sa che mi circondo solo di lupi. Non c'è giorno che non preferirei avere alle spalle un lupo al posto di un umano! Non voglio lavorare con gli umani a meno che non sia assolutamente necessario. Zero umani al mio piano, nel mio reparto.

"Io. Come omaggio alla Luna." E lo dico per la seconda volta a un esterno della cerchia solo perché di Annabeth mi fido, e mi aspetto protegga i miei interessi.

"Ah. Ok."

"Tutti i conti devono finire sulla mia personale carta oro. Pensiamo alla settimana del matrimonio."

Annuisce. "Userete il jet aziendale?"

"Sì." Quello coi letti.

Di feste d'addio al celibato non so una mazza... ma d'un tratto la festicciola che si terrà sul jet me l'immagino molto bene. Fiumi di champagne. Musica a palla. Aubrey che si leva i vestiti come una spogliarellista che salta fuori dalla torta...

No. No, no, no. Errore madornale! Non farà *Aubrey* da spettacolo! Nessuno la vedrà spogliarsi!

Se non me. Nel lettuccio privato.

"Quanto vi fermerete?"

"Decidi tu."

Adesso la vedo con un bianco bikini striminzito sulla spiaggia, la pelle scaldata dal sole. Il profumo di miele e noce moscata saprebbe di sale. Mi viene duro.

Mi schiarisco la gola e cerco di scacciare l'immagine. "Ci serve qualche giorno da passare in spiaggia. E per fare vita notturna."

"Capito. Quanti ospiti?"

"Stilerà una lista la Evans." Me ne vado prima che mi veda allentarmi la cravatta per riprendermi.

E quando metto piede in ufficio parte l'irritazione.

Il desiderio di far pagare a quella fastidiosa umana l'essere tanto colorata... straordinaria... pervasiva... mi divora. Cazzo.

Prendo il telefono e trovo il numero.

"William White iii." Smozzica dal sarcasmo le consonanti di un nome tanto illustre!

Mi viene durissimo nell'immaginarla mentre si scosta i capelli dietro alle spalle col sorrisetto – mentre pronuncia il mio nome completo come un insulto. "Ragazza della caffetteria."

"Così mi chiami?"

"Non ti chiamo proprio. Tu però chiama me *capo*." Da me ha accettato un lavoro su commissione, no?

Sbuffa. "Non sei il mio capo. Sono una lavoratrice autonoma. E poi non ho ancora cominciato."

"Ti ho chiamata proprio per questo. Devo sapere quando cominci."

Esita. "Stasera devo tornare alla *Sentience*."

La voce trasuda un pizzico di tensione che non comprendo. D'altronde non ha senso nemmeno che dipinga qualcosa per quelli lì; hanno tutta l'aria dell'azienda di cui lei se ne fregherebbe. "Credevo avessi finito."

"Devo solo dare la passata finale perché duri."

"Di sera?"

C'è qualcosa che non va.

"Studio part time io! E poi mi piace andarci quando non c'è nessuno."

Mmm, questo mi suona vero, è logico. Ma il lupo non gradisce mica l'idea che se ne stia là da sola – e che dopo torni in metro. E che dalla metro arrivi a casa a piedi.

"Fino a che ora?" chiedo brusco.

"Eh?"

"Fino a che ora ti fermerai lì? Quanto ti ci vorrà?"

"*Perché?!*" Ecco, adesso è seccata.

"Vengo a prenderti io."

"No, grazie."

Aggancio, troppo nervoso per negoziare. Sto perdendo il dono. Di solito m'è facile manipolare qualunque situazione e ottenere ciò che voglio. Con quest'assurda femmina però, non so come, perdo ogni razionalità.

Prendo lo slancio per scagliare il telefono contro al muro, però mi freno e digrigno i denti.

Mi metterò la piccola tentatrice in ginocchio davanti al pisello, prima o poi. Accarezzo la visione, l'obiettivo finale. Il gioco sarà anche lungo... ma vincerò io.

Perché è quando sbuco da dietro le quinte per rubar tutto il rubabile che eccello.

Papà non se l'aspettava proprio.

Aubrey Cook si crede impermeabile. Immune. Disinteressata.

Ma scoprirà presto quanto sbaglia.

Capitolo nove

Aubrey

Non so quanto riuscirò a star qui a bighellonare, a fingere di terminare questo murale della malora. Su, dai, quante mani invisibili gli serviranno?

Me lo chiede Jack, la guardia.

"Ho appena finito l'ultima." Struscio il pennello sul fianco della latta di poliuretano per pulirlo.

Non ho spiegato il piano a Jan perché secondo me avrebbe detto di no. Come quando mi sono offerta volontaria per recuperare l'hard drive di Jamie.

E per stasera ho un progettino ancora più difficile! Sgraffignare una chiave magnetica? Che follia. Forse però è fattibile. Soprattutto visto l'onnipresente Jack.

Gli penzola fuori dalla tasca. Non devo far altro che distrarlo e fregargliela.

"Pulisco qui e poi mi levo dai piedi."

"Oh no, non mi dispiace affatto la tua presenza!" risponde rapido. "Mi affascina il tuo lavoro."

O il mio culo. Vabbè. L'interesse non mi dispiace. Un minutino e lo userò a mio vantaggio...

Lascio il pennello sulla vaschetta insieme al rullo e la raccolgo. "Voglio solo lavare questa roba, poi me ne vado."

"Certo. Ti accompagno giù."

Che gentiluomo.

Lo supero sfiorandolo... e facendo cadere il rullo. "Ops!"

Si china subito per raccoglierlo. Vado a sbattergli contro al fianco e allungo la mano destra. Una spintina e una tiratina del cordino che gli penzola dalla tasca... e la chiave finisce nella tasca posteriore dei miei pantaloni.

"Preso." Ci alziamo con una risata.

"Grazie." Prendo la vaschetta per evitare di guardarlo negli occhi e vivere il momento d'intimità. Sono un crogiuolo di colpe.

Speriamo non finisca nei guai.

Ma soprattutto che non capisca che sono stata io.

Scappo al bagno delle donne per pulire tutto. Al mio ritorno Jack mi ha piegato ordinatamente il telo protettivo e ha messo via lo sgabello che avevo preso dall'armadietto.

Si volta verso di me e inspira forte.

Merda.

Adesso mi chiede di uscire.

Mi piego per prendere la latta di poliuretano e la sistemo sulla vaschetta.

È figo, ma non m'interessa. Cosa più importante, non posso avere una relazione con lui adesso che gli ho rubato la chiave. Rischierei di farlo finire nei guai o fargli perdere il lavoro... o peggio.

La salvezza giunge dalla radio. "Jack?"

Prende il walkie talkie e preme un pulsante. "Dimmi."

"La pittrice è ancora lassù?"

Stupiti, ci guardiamo. Risponde senza staccare gli occhi dai miei. "Sì, è qui con me. Che c'è?"

"Quaggiù c'è uno che dice che deve accompagnarla a casa."

Eh?

Billy?

Cazzo... mi scappa però un sogghigno interiore all'idea che Billy il miliardario mi faccia da tassista.

Almeno ha un buon tempismo. Sparo un sorrisone. "È... il mio ragazzo." Ecco. Così la pianta.

Luce e speranza gli muoiono in viso. "Ah. Ok."

"Non sei costretto a scendere di sotto con me, se non ti va."

"Ma no, vengo. Ti porto la roba." Mi prende la vaschetta di mano e ci mette sopra il telo.

Da gentiluomo vero. Pur se zerbinato.

Per fortuna la discesa in ascensore è breve; quando esco mi riprendo le cose.

Billy si para di fronte alla reception dell'atrio buio con le sopracciglia giù e la bocca torta. Come se il passaggio gliel'avessi chiesto io e fossi in ritardo.

Che stronzo arrogante.

"Grazie, Jack."

Mi volto per uscire in retro scoccando un'occhiatina a Billy. Altra ondata di colpa – faccio due veloci passi indietro e lo abbraccio.

"Sei un bravo ragazzo," aggiungo.

È un po' confuso, però sorride.

Giuro su Dio che Billy ringhia. Tipo da *animale*.

"Ciao, cari!" grido sventolando la mano a Jack e all'altra guardia mentre supero a passo di danza Billy – ignorandolo completamente.

Altro ringhio alle mie spalle.

Non mi fermo né giro; vado dritta al marciapiede. Meglio continuare a ignorarlo e proseguire fino alla metro.

Mi fermerebbe?

Insomma, perché è venuto? Avevo detto *no, grazie!*

Troppo maleducato però andarsene così. La coscienza non me lo permetterebbe mai. Mi fermo e volto, stupita di trovarmelo subito dietro. Mi frega la roba di mano, sempre accigliatissimo.

"Che ci fai *qui?*"

Piega la testa di lato. "Monta in macchina."

"Perché dovrei?!"

"Perché non voglio che te ne vai a spasso da sola di notte."

No, non voglio che mi piaccia questa frase... e odio il calore che mi si arrampica su dai piedi al petto!

Mannaggia.

Questa è roba che papà direbbe alla mamma. Dolce. Per nulla necessaria... ma dolce.

Impossibile però.

Billy White è tutto tranne che dolce.

Adesso è lui a ignorarmi – per portare gli strumenti in auto. Ha parcheggiato – illegalmente! – davanti al palazzo. Questo pensa che le leggi per lui non contino.

Tanto mi sa che non esiste multa che non possa saldare.

Non oso immaginare quanto sia messo bene a soldi. Tipo come sarà a breve Madi. Con tanto denaro si può fare un sacco di bene: creare spazi verdi attorno alla città, finanziare programmi per senzatetto, appoggiare un candidato cui interessi degli elettori.

Be', a breve avrò centomila dollari di cui far buon uso.

Mai avrei pensato di trovarmene tanti per le mani. Potrò pagare i prestiti del City College, anticipare un anno di affitto e ridurre le ore alla *Résistance* – non che non mi piaccia lavorarci, eh. Un unico lavoretto da Billy e potrò pensare all'arte. O a prepararmi per l'ammissione a Legge: ciò che avrei dovuto studiare in origine.

Resta una buona idea, ma non la trovo più tanto entusiasmante. Dipingere mi appaga di più – anche se dovrebbe farlo pure apportare cambiamenti come avvocato, seppur in modo diverso.

Billy mi apre la portiera riuscendo chissà come a tenere la vaschetta con la latta mezza piena di poliuretano in una mano. Avrà polsi bionici.

Allungo il braccio aspettandomi si levi di mezzo, ma se ne resta impalato come un autista. Non vorrà mica... *darmi la mano per farmi salire?!*

Assurdo, però il mio corpo reagisce – proprio come ha fatto con tutti i gesti da gentiluomo che mi ha propinato. Mi fermo davanti a lui – troppo vicino – e alzo il viso sul suo. "E adesso, omaccione?"

Lascia ricadere lo sguardo sulle mie labbra. Gli occhi gli luccicano di grigio ghiaccio. "Monta in macchina, Aubrey."

"Non ti ho chiesto un passaggio."

"Te lo do lo stesso."

Spasmo all'angolo delle labbra. Tendo la mano. "È così che funziona?"

Che calmo. Il suo palmo già inghiotte il mio in una solida presenza cui appoggiarmi quando mi chino per salire.

Tendo le braccia per mettermi in grembo l'attrezzatura, ma lui sbatte la portiera, fa il giro e sistema tutto nel bagagliaio; poi si piazza al volante.

D'un tratto mi sembra di essere a un appuntamento. Che ci fa qui? Non è che gli interesso?

Per questo mi ha offerto il lavoro?!

Follia pura... ma non mi vengono in mente altre ragioni. A meno che Brick non gli abbia ordinato di leccarmi il culo.

Comunque fare da tassista a me – l'umile ragazza della

caffetteria, come mi chiama – andrebbe ben oltre la leccatina.

"Che c'è fra te e la guardia?" chiede immettendosi nel traffico.

Mi appoggio al sedile con una risatina.

Oh-oh. Mi sa che ho avuto la risposta che cercavo. Proprio non me l'immaginavo. William White III è interessato.

A *me*.

L'ultimo uomo al mondo che mai vorrei nelle mutande. L'antitesi stessa di ciò che cerco in un partner.

Improvvisa inondazione di sangue alla patatina.

Mmm. Mi eccita l'idea di farmi uno che 'neanche se mi pagassero'?

Se questo non è il colpo di scena più strano e inaspettato della mia vita... non so cosa lo sia.

* * *

Billy

"Geloso?"

"No," sbuffo – con troppa fretta. Il lupo è impazzito nell'istante in cui l'ho vista mettersi sulle punte per abbracciare quel muscoloide; e persino adesso ulula, pretende che la stringa io fra le braccia per sostituire l'odore di quello sconosciuto col mio.

Che assurdità, dai! Non c'è ragione al mondo per farsi possessivi. Digrigno i denti e assaggio il sangue: mi sono graffiato l'interno della guancia con le punte affilate delle zanne. Mi dolgono i canini – nemmeno questo ha senso. L'unico motivo per cui si dovrebbero affilare è prepararsi a marchiare – reclamare – la compagna...

...e non è assolutamente possibile che reclami l'umana! Voglio solo scoparmela, su.

E sguinzagliare il lupo. Ecco il perché di tanta ferocia; tra poco ci sarà la luna piena, e ho bisogno di correre nelle profondità del bosco, circondato dal branco, lontano (lontanissimo) da qualsiasi essere umano. Persino da quella che profuma di miele e noce moscata. Anzi, *soprattutto* da lei.

Il delizioso odorino riempie la macchina e mi fa venire l'acquolina. Ha scostato le gambe, emanando lo sboccio del suo profumo. Trattengo un gemito.

"Mmm," borbotta girando la testa per nascondere un sorriso – movimento che fa scintillare il piercing d'argento e mi fa venir voglia di posare la bocca sulla sua e assaggiarne il sapore dalla lingua. L'argento brucerebbe, sì... ma rientrerebbe nel divertimento.

Scuoto il capo per scacciare i pensieri. Baciarla è solo una tentazione proibita. E io ho sempre accettato le sfide.

Mi viene duro. Devo solo ricordare che l'obiettivo è far implorare lei.

"Perché mai dovrei?" Costringo le spalle a rilassarsi.

"Oh, non ce n'è proprio motivo." Si riappoggia bene al sedile, tranquillissima – mossa che soffia altre ondate nella mia direzione, perciò mi aggrappo più forte al volante, come mi servisse a mantenere il controllo. "Fai di tutto per passare il tempo con me."

"Sei stata tu ad accettare il lavoro, eh."

"Me l'hai proposto tu." Si gira per esaminarmi. Io mi concentro sulla strada, ma il lupo se la tira: ha la sua attenzione assoluta! "O già volevi un murale?"

"No," confesso. Di solito non dico ciò che sento davvero a chi non rientra nella cerchia intima, ma non mi sembra di farle un favore. Magari sto posando la trappola: conquistarla una confessione alla volta. "Mi piacciono le tue opere."

"Sì, come no." Sbuffa. "Dimmi il titolo di una."

"Il murale della *Résistance*." Mi sorprendo persino io d'averlo detto! "Non quello esterno; il piccolo in bagno. Col ponte di Brooklyn sullo sfondo. L'hai fatto tu, no?"

È stupita anche lei, lo sento. "È uno dei miei primi pezzi, sì."

"Quello mi piace." Il tono è rancoroso, e anch'io lo sono. Non mi va che mi piaccia qualcosa di fatto da un umano – soprattutto da una che mi fa impazzire – ma è colorato e... selvatico. "C'è... cuore."

"Ok, Elegantone. Complimento accettato." Rivolge il sorriso al finestrino; oh, quanto vorrei chiamarla... *Guardami. Sorridimi!*

Bah. Di solito sono più bravo.

Le brontola lo stomaco; lei sembra non farci caso, ma io vado in allerta massima. L'umana ha fame, devo nutrirla.

"Hai cenato?"

"Con una barretta proteica. Perché?"

Zigzago fra le auto. "Scegli un ristorante."

"Eh?"

"Hai capito." Le lancio un'occhiata; sta soppesando le opzioni. "Hai fame. Quindi mangiamo."

"Mi stai invitando a cena, Elegantone? Per un appuntamentino?"

"Se dico di sì ti sbrighi a scegliere?"

"Chi ha detto che voglio cenare con te?"

Ma perché si deve sempre litigare con questa qui? "Possiamo prendere qualcosa d'asporto. O sederci a tavoli diversi." Altro brontolio – trattengo il lamento del lupo. "Voglio solo farti mangiare."

"L'avevo capito. Mi chiedo perché."

Uno stronzo col furgone mi taglia la strada e mi attacco al clacson – sfogo la frustrazione su questo maleducato. Ma non serve a niente. "Non posso fare qualcosa di gentile?" borbotto.

Le scappa da ridere, allora mi rendo conto che mi stava prendendo in giro. "Mi farebbe piacere cenare."

Decido di fargliela pagare. "Solo piacere? La maggior parte della gente ucciderebbe per andare a cena con un miliardario."

"Di criptovalute." Curva in su le labbra. "E poi io mica sono la maggior parte della gente."

"Cos'hai contro la tecnologia *blockchain*?"

"Ah, boh. Forse il dilagante spreco di risorse che aggrava il cambiamento climatico."

"È un ambito poco pulito," concordo. "Ecco perché io e Brick verifichiamo che tutte le nostre aziende funzionino a energia verde. Siamo *carbon negative*. Ma abbiamo bisogno che tutti prendano la questione seriamente. E la nostra specie non sta facendo abbastanza."

Sbatte le palpebre. Non se l'aspettava. Poi strizza gli occhi e io nascondo un sorrisetto. Voleva criticarmi di nuovo, e adesso è seccata.

La cena sarà uno spasso.

Apro bocca per chiederle se preferisce sushi o tacos, quando un messaggio illumina il cruscotto. È Sully, uno del branco. *Subito al quartier generale.*

Pigio 'rispondi' e detto in un ringhio: *Sono con una cliente. Puoi aspettare?*

No. Sully non è un gran chiacchierone, ma è a capo della sicurezza del branco, perciò quando pretende una riunione di persona so che è per cose importanti.

"Quindi... adesso sono una cliente." Lei alza le sopracciglia.

Con una parolaccia faccio un'inversione a U – vietata – per tornare a casa sua. "Solo così posso segnare i costi del tempo che passiamo insieme." Sfreccio per le strade scartando auto lente e furgoni delle consegne; arrivo da lei a tempo di record.

Mollo la macchina dove non si potrebbe e smonto per aprirle la portiera, ma quando arrivo è già scesa. "Ti prendo l'attrezzatura."

"Non serve." Sventola la graziosa mano macchiata di pittura. "Puoi portar tutto da te. Così mi risparmi un viaggio."

Il pensiero d'averla presto a casa mi calma. Dovrei odiarne la presenza... allora perché mi irrita tanto lasciarla qui?

Chiudo forte la portiera.

"Ciao. Grazie del passaggio non richiesto," urla girando solo la testa mentre si allontana sculettando. Quel fondoschiena è di una perfezione che mi fa morire dalla voglia di sculacciarla...

Non rispondo neanche, ma sospetto che gli occhi dell'animale luccichino. Vuole che la segua su per le scale – e che mi rotoli fra le sue lenzuola tutta la notte. Con lei nuda. Mi viene duro come l'acciaio nell'immaginare la sua morbida pelle rivestita del mio odore...

Chiamo il ristorante italiano che so piacere a Madi e ordino un piatto di tutto da farle recapitare a casa. E il lupo sta già meglio.

Al mio arrivo praticamente scardino la porta dell'ufficio di Sully. "Che c'è?" ringhio. L'animale è scorbutico perché abbiamo lasciato Aubrey.

Per fortuna Sully non mi fa perdere tempo. Ruota sulla poltrona senza scomporsi. "Stavo rivedendo dei filmati e ho trovato questo." Clicca da qualche parte e sullo schermo compare un angolo di strada. Il palazzo lo riconosco: è il grattacielo di Adalwulf, quello giusto di fronte agli uffici della *Moon Co.* "E?"

"Guarda." Il video procede nel suo costante flusso di traffico in uscita dalla *Adalwulf Associates*. Qualche secondo dopo compare un volto. Preme pausa e zooma.

Papà. Ecco la prova che ha parlato col nemico giurato del branco.

Non dovrei sentirmi tradito... eppure. Sapevo già che farebbe qualsiasi cosa per il potere, ma è difficile digerire che addirittura si allei col nemico.

"Risale a qualche minuto prima che venisse da noi per parlarti," dice. "C'è una ragione per cui dovrebbe andare da Adalwulf?"

Mi scappa una parolaccia. Accidenti a lui. Ovviamente mi sta incasinando di nuovo la vita. Ho il disgusto scritto in faccia. "Conoscendolo, fa il doppio gioco. È venuto a chiedere un invito per il matrimonio. Ha pure buttato lì che la posizione di Brick nel branco è debole."

Sully non dice nulla; mi fissa e basta.

"Stai insinuando lo sapessi?!"

"Io non insinuo. Te lo chiedo direttamente."

"Non lo controllo mica." Gli restituisco lo sguardo assassino – mi fa infuriare che mi torchi come fossi sospettato di chissà cosa! "Se ha visto il nemico, io non c'entro niente. E che tu me l'abbia chiesto mi porta a domandarmi se la mia lealtà non sia in dubbio."

Si appoggia allo schienale con falsa disinvoltura. Può saltar su per menarmi in qualsiasi momento. "Ultimamente sei stato in disaccordo con le decisioni di Brick."

"Quando non volevo che reclamasse un'umana, intendi? L'ho superata. Io voglio il meglio per il branco. E adesso che Madi è la Luna, appoggio lei e Brick – proprio come te."

Vado a fuoco, scoppio di rabbia... che Sully mi associ a un cane come papà mi fa incazzare. "Difendo il branco."

"Buono a sapersi." Il tono è mite come stesse parlando del tempo, mica mi accusasse di tradimento. "Allora non avrai problemi a scoprire cos'abbia combinato di preciso tuo padre dagli Adalwulf."

"So che hai spie fra quelli lì..."

"Non nel branco di tuo padre però. Sei la nostra migliore risorsa in questo caso."

Stringo i denti. "Per te sarò felice di farlo."

"Ottimo. Dirò a Brick di aspettarsi rapporto entro una settimana."

Cazzo, adesso devo pure parlare con papà. Calo repentino dell'umore: da brutto a pessimo.

Mi sa che mi brillano gli occhi. Il lupo non risponde a Sully; ecco perché è stato tanto cauto da specificare che farò rapporto a Brick, non a lui. Ma alla prossima corsa gli scatenerò l'animale contro. Deve ficcarsi bene in testa che il secondo in capo sono io, non lui. "Non disturbarti. Glielo dirò io." Esco come una furia, prima che mi venga voglia di sfidarlo a un combattimento di dominio qui in ufficio! Lupi e attrezzature di sicurezza non vanno molto d'accordo.

Che palle questa storia... ma Sully ha ragione. I pericoli per il branco vanno gestiti immediatamente. Dovrò dar la caccia a papà ed eliminare la minaccia.

Prendo il telefono, recupero il mio secondo numero preferito e chiamo.

"Billy?" Confusa, risponde mia sorella Boudicca. "Tutto bene?"

"Papà è qui."

"Cosa?" Le ci vuole un attimo per elaborare. "In città?"

"Sì." Digrigno i denti.

Sospira. "Avevo saputo che aveva in programma un viaggio. Se avessi potuto l'avrei fermato."

"Lo so."

Al suo ventesimo compleanno fu esiliata perché si era accoppiata con una lupa – ovviamente papà è omofobico, oltre che bigotto. Non tollera di lasciar amare alla gente chi vuole: desidera solo seminare odio.

Adesso vive nel New Hampshire con la compagna, ma si tiene ancora in contatto col branco. È sempre stata forte e coraggiosa, e incline a proteggere gli altri – e me. Cercò di portarmi via con sé, ma papà e i suoi galoppini non glielo permisero.

La sua voce mi riporta a tempi lontani, più tetri. Per un attimo sono nei boschi del Maine, nel territorio di papà. Sento le urla del branco. Avevo cinque anni quando beccarono un cacciatore intrufolatosi dentro... e ancora ricordo il puzzo di sudore e paura, la luce malvagia negli occhi di papà...

Fece radunare il branco perché assistesse: i soldati lo trascinarono davanti a tutti. *"L'umano crede di poter cacciare sul nostro terreno,"* sibilò. *"Ma gli insegneremo noi chi caccia qui!"*

Le esultazioni rabbiose scemano quando mi chiama mia sorella. "Billy? Ci sei ancora?"

Scaccio il ricordo con uno scossone della testa. "Sì. Devi aiutarmi a scoprire dove sta." So che mantiene i rapporti coi membri migliori del branco; fa quel che può per aiutarli a opporsi alla tirannia di papà.

"Farò il possibile," promette.

Le dico che le voglio bene e riagganciamo, ma resto invischiato nel passato.

Avevo solo cinque anni quando trovarono il cacciatore nel bosco. All'epoca mi faceva lei da babysitter. Mi teneva stretto quando partivano le invettive di papà sugli umani e la loro debolezza.

"Credono di potersi prendere la Terra, ma sono smidollati!" Il disgusto del tono mi faceva paura. Fossi stato in forma animale mi sarei messo la coda fra le gambe.

Percepivo rabbia e trionfo – e in papà non erano mai un buon segno. Ero piccolo, e spesso era su di me che scaricava l'odio.

In quel momento poi stava caricando il branco, lo stava preparando alla violenza!

A un certo punto piansi. Non volevo farmi sentire, ma quando mi uscì il lamento ormai era troppo tardi.

Papà mi sentì.

"Portalo qui," ordinò a mia sorella. Che scosse il capo. Dodici anni appena e già abbastanza coraggiosa da affrontarlo – anche quando gliele dava. Cercava di proteggermi...

Non volevo se la prendesse con lei. La spinsi via e andai a pararmi davanti a lui con le gambe tremanti.

"È un umano. Pensa di essere forte, ma togligli l'arma e..." Papà alzò una mano e l'uomo strillò dietro al bavaglio. Non mi serviva ascoltare per sapere che lo stava implorando di non ammazzarlo.

Papà e galoppini risero. "Visto?" gridò. "Deboli. Vieni qui, su." Mi prese dalla spalla infilzandomi muscolo e ossa con le dita. Dolore. Trattenni un urlo. "Tu sei lupo come me. Sei mio figlio. E non vuoi essere uno smidollato, no?"

"N-no..."

Mi diede uno schiaffo. "Più forte!"

"No, signore!" Sentivo l'angoscia di mia sorella, dietro di me. Dovevo essere forte. Potevo farcela.

"Bravo. Allora sta' qui e guarda. Un giorno tutto questo sarà tuo... e il tuo lavoro sarà occuparti dei pericoli."

Osservai l'umano. Tremava, le lacrime gli rigavano le

guance inzuppando il bavaglio. Non sembrava un gran pericolo.

"Noi siamo lupi," sottolineai. "Siamo più forti."

"Esatto." Mi diede una pacca sulla schiena. "Il cucciolino ci arriva. E adesso... è ora della caccia all'umano!"

Lo liberarono. Scappò, ma senza arrivare lontano. Si trasformarono in lupi e lo costrinsero a tornare.

"Non distogliere lo sguardo," mi ringhiò papà prima di tramutarsi a sua volta e uccidere. E io ubbidii.

Immobile come una statua, tenni gli occhi spalancati finché non venni schizzato in faccia dal sangue.

E adesso sono diventato tutto ciò che papà voleva diventassi: freddo, scaltro, controllato. L'aiuto del capo di un branco potente.

Ma non sono suo figlio. Lo voglio lontano dalla mia città e dalla mia vita... ma soprattutto dagli umani cui potrebbe far del male.

E sta a me fermarlo.

Capitolo dieci

A*ubrey*
Finito il turno alla *Résistance* vado alla metro. I sabati mattina sono i momenti che preferisco per lavorarci; la caffetteria è piena di clienti regolari che hanno il tempo di ritrovarsi con calma. La *Résistance* non è solo un posto dove bere caffè con qualche biscottino: è musica, è poesia! Comunità e amore. Da piccola vivevo in una casa amorevole con genitori fantastici, e comunque questa è la mia seconda casa da quando ho trovato il mio primo lavoretto da ragazzina.

Chiamo Madi per strada. "Sto venendo da te. Ti prego, dimmi che nel fine settimana ci sei..."

"Oh, ma perché non me l'hai detto prima?! Siamo già sugli Adirondack. Stai andando da Billy?"

"Sì. Ha insistito per rivedere gli schizzi prima dell'inizio dei lavori di lunedì."

"Davvero? Mmm, strano. Ieri sera era qui. Dev'essere tornato stamattina in elicottero per vederti."

Mi blocco – qualcuno mi viene addosso da dietro...

...e chissà cosa mi spinge a esaminare la strada in cerca

di una Porsche blu. "Un pochino strano *davvero*." Niente in giro, quindi riparto.

"Cosa?"

"Che accorci la gita fuori porta per vedermi... per un murale che nemmeno voleva."

Resta zitta, cosa che mi confonde. Mi aspettavo mi desse ragione di corsa!

"Be'?" la incalzo.

"Sì, è strano. Sto solo cercando di capire cosa potrebbe combinare."

Mi viene la pelle d'oca. "Sospetti qualcosa?"

"Boh. Dopo tutto ciò che è successo ho difficoltà a fidarmi. E poi non gli piacciono gli..." Inspira forte.

"*Cosa?*"

Esita ancora. "Ehm... be', ho appena scoperto che è un po'... classista."

Cerco di capire la ragione di tanta prudenza con le parole. "Intendi *razzista?*"

È perché sono più scura di lui?!

"No!" dice subito, quindi le credo. "No, quello non c'entra. Però non mi trovava all'altezza di Brick..."

"No. Perché non eri ricca o perché non hai sangue blu?" Scendo con una corsetta i gradini della metro.

"La seconda. Però, pensandoci, non vedo perché dovrebbe avercela con te. Ha sofferto molto quando è caduto in disgrazia con Brick. Non dormiva neanche più!"

Adesso mi viene un nodo in gola.

Non voglio veder Billy come uno con un cuoricino tanto facile da spezzare. Sarebbe meno torturabile.

"A meno che non sia davvero così crudele da tentar ancora di separarci," aggiunge Madi.

"Be', a me ha detto che deve organizzare l'addio al celibato come punizione per avervi rotto le palle." Trovo una panchina e mi accomodo per aspettare il treno. È tutta la mattina che sto in piedi: ora di riposarsi.

Le scappa una risatina. "Ah, ecco spiegato tutto. Sta ancora cercando di farsi perdonare. Allora mi sa che ti lecca i piedi."

"Due sere fa è venuto a prendermi alla *Sentience*." Sgancio la bomba per vedere se cambia idea.

"*Cosa?!*"

Bene. Appropriatamente sorpresa. Non solo l'unica a trovarlo bizzarro.

"Sì. E poi ha voluto sapere se c'è qualcosa fra me e una guardia."

Trasalisce. "Oddio... *gli piaci!*"

"Così pare."

"E tanto da assumerti per un lavoro di due mesi a casa sua!" È elettrizzata.

Il cuore mi salta uno o due battiti, anche se non so se per la gioia dovuta al fatto d'avere qualcosa di cui spettegolare ancora insieme o perché un Elegantone di Wall Street mi vuole. "Già. Mi ha mandato il contratto e ha versato l'anticipo il giorno dopo."

"Cosa che gli ha permesso di costringerti a vederlo questo fine settimana."

"Ah-ah." E il cuore rallenta. "Non esiste quantità di denaro che possa consentirgli di costringermi a far qualcosa," dico severa. "Il fine settimana mi è più comodo per via delle lezioni. Altrimenti non ci andrei."

"Buon per te. No, non mostrar mai paura con Billy. Ne sente la puzza... e se ne approfitta senza ritegno."

Ricordo la sua mano, grande e forte, mentre mi faceva salire in macchina. Che mi stia fregando?

Forse. Sospetto però miri solo a infilarmisi nelle

mutande. Come ha detto Madi, è un coglione troppo pieno di sé per interessarsi a qualcosa di vero.

Vorrà solo sapere com'è farsi un'umile barista. Com'è che mi chiama? *Ragazza della caffetteria?*

Bah. Non sono contrarissima a quattro salti bollenti fra le lenzuola...

Sarò curiosa. Magari voglio solo sapere com'è farsi un miliardario.

Arriva il treno e mi alzo infilandomi l'auricolare per finire la chiacchierata. "Non si approfitterà di niente. Ho intenzione di farlo soffrire."

Ride. "Bene. Come?"

"Be', avevo già deciso di non semplificargli l'organizzazione della festa, dato che per lui dev'essere una punizione."

"E poi?"

"E poi credo non risparmierò una bella stuzzicatina. Se vuole avermi, dovrà darsi da fare."

Adesso fa la scandalizzata in modo esagerato. "Ma ti piace?!"

"Mmm..." Ci penso su.

"*Sì!*" È proprio entusiasta.

"Certo che no!"

"Ma..."

Ora rido io. "Ho forse detto *ma?*"

"Be', hai praticamente detto che *potrebbe* averti..."

"Ok, sono *un pochino* interessata," confesso salendo sul vagone e trovando una maniglia cui appendermi. Partiamo e ricado all'indietro.

"Mmm, non so, sai," fa lei. "Una parte di me crede che farlo con Billy sarebbe un orrore. Che penserebbe sempre a sé."

"Perché cazzo parli di farlo con *Billy?*" È Brick, in sottofondo; dev'essere entrato nella stanza.

Ride. "Sto parlando con Aubrey!" Per me invece aggiunge: "Ma è anche bravissimo a capire cosa vogliono gli altri. Ecco cosa lo rende uno stratega brillante. Quindi potrebbe pure non essere male."

"Poni subito fine alle congetture," ringhia Brick. Madi strilla, come l'avesse presa in braccio o le stesse facendo il solletico.

"Oh-oh. Il signor Possessività si sta ingelosendo..." Non volevo fare tanto la giudicante, giuro!

Sono io la gelosa in realtà.

Ho una fitta di vergogna al petto. Odio avercela con Brick perché mi deruba delle attenzioni di Madi. Cos'ho, dodici anni?! Dovrei esser capace di dividere la mia migliore amica con l'uomo che la ama!

"Lo sa che non voglio Billy." Ansima – sicuro come l'oro che parla con Brick, non con me. Si staranno guardando negli occhi, pronti a spogliarsi di nuovo – se non sono già nudi.

"Ok, vi lascio al seguito." Stavolta cerco di restare sulla leggerezza. "Non vedo l'ora di vederti giovedì sera!"

"Anch'io!" cantilena riagganciando.

Mi butto sul sedile che si libera alla fermata successiva. Chissà perché, ma d'un tratto vorrei aver indossato qualcosa di un po' più provocante. Porto la solita *mise* da bel primo giorno di primavera: felpina corta aderente, pantaloncini cortissimi e Doc Martens.

Solo che non so cosa sarebbe meglio mettersi per torturare uno come Billy – di sicuro non i tacchi. Già lo attraggo così. Non devo trasformarmi in qualcosa che non sono. Ma potrei esagerare un pochino...

L'immaginazione comincia a valutare tutti i possibili modi di tentare Billy White.

Eh già, Grande bullo cattivo.

Ti farò pentire d'aver ferito la mia migliore amica. E di ogni singolo giudizio altezzoso che hai sparato sulle giovani proletarie del New Jersey.

Ti rovescerò tutto il tuo mondo e te lo restituirò così... e alla fine vedremo chi è il bullo della situazione.

* * *

Billy

Quando Grayson, uno della sicurezza del branco, mi dice che Aubrey sta salendo apro la serratura. Poi torno a leggere il *Times* al tavolo della colazione, quello di vetro presso la parete finestrata che dà su Central Park. Può aprirsi il portone da sola. Non è mica mia ospite: viene per lavorare.

Ma annuso in anticipo il miele e la noce moscata. La dolcezza speziata della caffetteria dove lavora. Mai avrei pensato che sarebbe diventato uno dei miei odori preferiti. È dalla resa dei conti con papà che muoio dalla voglia di vederla.

Lo stronzo la odierebbe. È umana... e ne è pure orgogliosa!

Bene. Di questi tempi opporsi ai suoi desideri è una vittoria. E dimostrerò a Madi di non esser vittima dei pregiudizi. Chissà, magari riesco pure a ingraziarmela legando con la sua migliore amica. E poi così gioco a farle da capo. Uh, quanti piccioni con una sola fava...

Entra a testa alta in un vortice variopinto e confusionario. È casino in confronto al mio ordine. Motivi e colori contro monocromatiche righe dritte.

Giuro che è seguita da una calda brezza, di quelle che promettono il bel tempo dopo il freddo pungente dell'inverno.

Arriccio le labbra in un'occhiata gelida sparatale da sopra il giornale: le analizzo i vestiti. "Somigli a..." Ammutolisco.

Ci saranno venti gradi oggi: una calda ma per nulla bollente giornata primaverile. Perché cazzo gli shorts di jeans?!

E ha la pancia scoperta! Fato mio, ma pure all'ombelico ha un piercing?! Un anellino d'argento. Sexy da morire... ma mi ustionerebbe se la prendessi dal davanti. Speriamo non abbia niente sul clitoride...

"*A cosa?*" Postura e sguardo di sfida. Non è venuta a recitare la parte della professionista compiacente.

Ma per prendermi per il culo.

Mi sa che quest'idea del murale è la peggiore che si potesse concepire.

Devo riprendere il controllo della conversazione. Le scocco una cupa occhiata valutativa e mi accorgo che sotto il braccio ha il blocco per gli schizzi.

"Hai portato qualcosa?"

"*A cosa* somiglio?" Viene a grandi passi – sugli stivali pesanti – e mi si ferma davanti inclinando impertinente un'anca.

Che voglia di metterla a novanta sul tavolo per insegnarle qualcosina sull'insubordinazione... le sbottonerei i jeans e glieli abbasserei un pochino sulle cosce. Magari le accarezzerei il culetto paffuto un paio di volte... prima di sculacciarglielo.

"All'estate," brontolo.

Alza le sopracciglia scolpite in archi perfetti. Mi vien voglia di passarci un polpastrello. Mmm, allarmante.

Ma voglio toccare una parte di lei. Metterle le mani sulla vita nuda e sentir la consistenza della pelle liscia.

Sollevarla di nuovo per saggiarne il peso. E come sarebbe poi mettersela sull'uccello?!

Accidenti. Che pensierino mi è scappato. M'è andato tutto il sangue lì.

"Accomodati." Adesso proprio non posso alzarmi! Non che ne avessi voglia, eh. Oggi devo stabilire le regole di base.

Sono io il capo.

Lei lavora per me.

Scivola sulla sedia di fronte alla mia con più grazia di quanta ce ne sarebbe da aspettarsi da una che se ne va in giro con stivali militari – e con tutta l'aria d'aver voglia di prendere a calci nel culo qualcuno.

Ed è solo una ragazza. Ventitré anni. Dieci buoni meno di me. In pratica ho a che fare con una fastidiosa adolescente.

"Mostrami gli schizzi."

"Anche per me è un piacere vederti." Il sorriso mi dice che la maleducazione non la tocca. "Grazie d'avermi mandato a casa la cena l'altra sera. Adesso nel congelatore ho roba per un mese."

Non rispondo. Ancora non so perché l'ho fatto. Il brontolio allo stomaco ha messo angoscia al lupo, che mi ha impedito d'andarmene senza verificare che avesse a sufficienza da mangiare.

Che idiozia. È una donna fatta che si nutre da sola tutti i giorni.

Apre l'album sul tavolo e lo spinge nella mia direzione.

Ha segnato un nitido rettangolo a definire i bordi del murale. All'interno c'è una cacofonia di boccioli. La prospettiva è vicina, alla Georgia O-Keefe, ma la tela ne è piena – come spingessero, ruzzolassero fuori dalla pagina.

"Questo è il colorato..."

Le scappa un sorrisetto. "No."

La sillaba contiene una sfida – e pure un'allusione. Mi sta mettendo alla prova.

Lo guardo di nuovo. "Vuoi dipingere fiori bianchi e neri." Non vado in levare per la domanda, tengo il tono piatto.

Annuisce.

"E per il colorato a cos'hai pensato?"

Si appoggia allo schienale. "Non ho ancora deciso. Devo stare un po' qui dentro per farmi venire l'ispirazione."

Oh, adesso la ispiro io...

...a levarsi i vestiti. A spalancare quelle cosce meravigliose e urlare il mio nome con tutto il fiato che ha in gola quando viene.

Per distrarmi, fingo di esaminare lo schizzo. "Hai mai visto fiori grigi?"

Le labbra imbronciate si aprono in un sorrisone. "Mai." Gli occhi luccicano – mi sfida. "E tu?"

Sta cercando di dimostrare che un murale senza colori è privo di senso.

E sembra vero, finché questa tigre starà qui dentro! Prima che entrasse il grigio mi calmava. Vero è anche che lei la trovo perturbatrice, caotica, agitante.

Devo *assolutamente* scoparmela e levarmela dalla testa.

"Usa questo schizzo per l'altro murale."

"Questo è per quello in bianco e nero," ribatte decisa.

Mi prende per il culo. Mi sfida. Cerca di dirmi che ho gusti assurdi.

Una parte di me – la più familiare – vuole farla a brandelli, sgridarla, licenziarla e rimandarla a Brooklyn a piedi con quegli stivali di pelle bianca verniciata.

Ma poi lunedì non tornerebbe.

E devo comunque averci a che fare per l'addio al celibato e nubilato. E il matrimonio. Brick s'incazzerebbe se causassi disagi e fastidi alla Luna.

Merda.

L'altra parte comunque si rifiuta di farsele suonare dalla diavolessa. Vuole dimostrarmi che una palette di grigi è sbagliata?

Che si fotta. Stabilisco io i limiti del murale. E lei è quella che deve farlo bello senza esondare.

"Approvato," faccio piatto. "Cominci lunedì?"

Nasconde rapidamente un tremolio di sorpresa. "Sì. Posso venire al mattino. Come faccio a entrare?"

Normale sarebbe darle la chiave. Io sarò al lavoro, in fondo. O può accompagnarla su e farla entrare Grayson.

"Mi troverai qui," dico prima ancora di rendermene conto.

Alza le sopracciglia. "Non ti fidi di me? Temi ti rubi l'argenteria?"

"Temo tu richieda supervisione."

L'indignazione le schiude le labbra, ma le scappa lo sbuffo di una risata. "Mi sa che sei un maniaco del controllo."

La guardo dritto negli occhi. "Eccome."

Riecco il sorrisone da gattina che s'è mangiata il canarino. "Buona fortuna. Te ne servirà tanta... con *me*."

Mi viene duro. Ne avrò una mezza dozzina di idee su come gestire questa qui... sulle punizioni cui la sottoporrei dovesse disubbidirmi.

Divieti sui vestiti.

Sculacciate.

Ball gag.

Edging.

Legarla al letto.

"Ne servirà a te... per *lavorare sotto di me*." Sì, un pizzico d'allusione c'è.

Altro sbuffo sorpreso. Dilata gli occhi, come eccitata. Colgo il profumo al di sopra della noce moscata. Deglutisce forte.

Ecco come la voglio. Instabile. Vogliosa. Al mio cospetto.

Ma adesso faccio l'ospite. "Posso offrirti qualcosa da bere?"

"No." Salta su; mi pento subito d'averle aperto la via di fuga. "Vado. Devo prendere l'attrezzatura per il lavoro."

Le porgo la Amex oro.

La prende spalancando gli occhi dalle ciglia folte. Dato che però non la mollo, resta intrappolata nel mio sguardo.

"Per le spese. Anche per l'addio al nubilato."

"Credevo non ti fidassi a darmi le tue cose."

"Oh, mi fiderei a dartene parecchie, di cose." Più chiaro, stavolta. Lascio la carta di credito, che fa sventolare fra noi.

"Attento, Elegantone. Non hai idea della bestiolina che hai appena sguinzagliato."

Capitolo undici

B *illy*

Sono nervoso dopo che se n'è andata.

Dovrei tornare in montagna per sfogare l'aggressività con le corse – vedermela entrare in casa mezza nuda ha mandato non poco in agitazione il lupo. Quella vita e quelle gambe mi rigirano per la testa. Il suo profumo mi ha acceso, e adesso il bisogno di farmi una sega quasi m'ammazza.

Ma ne ho di controllo io.

E poi lunedì torna. Potrò pretendere di vendicarmi perché mi ha rovinato il fine settimana.

Al momento devo occuparmi del mio caro paparino.

È ancora in città, e Boudicca è riuscita a farsi dire da uno del branco del Maine dove alloggia. I residence del *Four Seasons* sono adorabili, sì... ma fuori costo per lui. Il suo piccolo branco non ha le risorse che abbiamo noi di Blackthroat. O abusa della carta comune o lo finanzia qualcuno tipo Aiden Adalwulf. E dato che papà è un pezzo di merda... probabilmente entrambe le cose.

Ma finisce qui.

Entro nell'atrio e punto dritto alla reception. "Alloggio nei residence, ma ho lasciato su la chiave. William White." Mostro in un lampo il documento e accendo lo charme – in modo che non s'accorga che sono il William White sbagliato.

Adesso che ho la chiave, percorro l'elegante corridoio come fossi a casa mia. Arrivato al residence di papà busso, e quando vengono ad aprire spalanco la porta con un calcio.

Il lupo che c'è là dietro grugnisce ricadendo all'indietro – gli vado addosso. È uno dei galoppini di papà; sarà venuto a fargli da guardia del corpo. "Che piacere rivederti, Chip." Lo colpisco tanto forte da mandarlo a terra. "Dov'è Dale?"

Eccolo che gira l'angolo, vede l'amico per terra e si fionda su di me. Con un veloce affondo alla gola faccio perdere i sensi pure a lui. Ci vuole ben altro dello spappolamento della trachea per far fuori un mutante... ma almeno per un po' se ne starà buono.

Aggressione brutale ed efficiente: proprio come mi ha insegnato papà...

...che sbircia da dietro l'angolino e vede i suoi a terra fra i lamenti.

"Ma che fai?!" Non se l'aspettava dal suo diletto figlio.

"Ti sei portato dietro Chip e Dale." Li indico col pollice.

"Non si chiamano C..."

"Chi se ne frega. Perché? Prevedi guai? Dagli Adalwulf, magari? So che stai cercando di chiudere un accordo con loro, ma sono famigerati accoltellatori alle spalle." Indietreggia, allora aggiungo: "Eh sì. So che li hai visti. E adesso mi dici perché?"

"È un interrogatorio?!" Gli fumano le orecchie e si sporge in avanti, trasformandosi davanti ai miei occhi in 'padre che disapprova'.

Ma ha perso il diritto di farmi da genitore molto tempo

fa. "Sì. Per conto del branco. Dimmi perché hai visto gli Adalwulf." Esita. "Subito, porca miseria!"

"Volevo fare un accordo," dice a denti stretti, come se l'ordine lo costringesse a parlare. "Ho cercato di passare a Aiden delle informazioni su di te."

Credevo d'aver toccato il fondo della delusione con lui, ma l'asticella è scesa ancora. "In cambio di cosa?"

"Una partnership. Investimenti nel nostro branco..."

"Hai cercato di vendere il mio per soldi! Fammi indovinare: Aiden non ha accettato." Serra le labbra, zitto; e dicendomi tutto ciò che devo sapere. "Gli hai dato tutte le informazioni che avevi – non molte quindi – e lui ha risposto che non bastano e ne ha chieste delle altre. Per tenerti prigioniero, vedere quanto sei disposto a tradire tuo figlio. Ecco perché sei venuto a chiedermi l'invito." Non mi servono conferme. So come trama Aiden. Anch'io farei così. Non ce l'ho con quelle serpi degli Adalwulf: il vero traditore è papà.

Da cucciolo mi son quasi ammazzato per conquistarne l'approvazione, essere forte come lui. Ma adesso lo vedo per quello che è: un debole. Per questo odia tanto gli esseri umani: non riuscendo a essere all'altezza degli altri lupi, schiaccia loro.

Chissà perché, ma mi passa per la testa il viso di Aubrey. Il pensiero che le metta i suoi perversi occhi addosso mi manda l'animale in agitazione. Voglio che non sia nemmeno consapevole della sua esistenza.

"Mi fai schifo."

Le iridi gli luccicano. Il lupo si fa vedere. Vorrebbe lottare, ma sa di non potere. Non è abbastanza forte da battermi. Ed è ora che me ne ricordi anch'io.

Fa lo spaccone però. "Osi venire qui a..."

"No. Adesso parlo io." Oh, quanto gli piacerà sapere

come ho fatto a intrufolarmi nel covo del nemico e a ritrovarmi in vantaggio pure se loro erano di più... solo che in questo caso il nemico è lui. Gli rivolterò contro le sue stesse tattiche. E non solo: lo farò pure meglio di quanto abbia mai fatto lui! L'allievo ha superato il maestro – ed è il momento che papà impari la lezione. "Sei venuto nella mia città per vederti coi nemici del mio branco prima di bussare alla mia porta. Sei un alfa debole che guida un branco irrilevante. Non puoi far altro che strisciare sotto alla nostra tavola per raccogliere le briciole che ti diamo noi... ma non mi è andato giù che prima di venir a chiedere l'elemosina da me tu abbia cercato di allearti con gli Adalwulf."

"Incredibile!" Sputa fuoco praticamente. "Non osare parlarmi così!"

"L'ho appena fatto." Ed era ora. Che cazzo di soddisfazione! "E adesso ti dico pure di raccogliere armi e bagagli e tornare nel Maine. Lascia le faccende subdole ai professionisti."

William White II sputa. È in piena modalità ciarlatano: mi agita davanti il ditino, neanche fosse su un podio improvvisato. Sono abbastanza grande da vederlo per ciò che è veramente: un cacciaballe alla frutta. Non ha niente, all'infuori di un branco che ha indebolito a colpi di tirannide e di qualche soldatino neanche capace di tenergli alla larga dall'hotel gli intrusi. Non gli resta che smargiassare. "Verrà il giorno in cui dovrai scegliere da che parte stare."

"Ho già scelto. Quindi sta a te deciderlo. E ti consiglio di usare saggezza."

Giro sui tacchi e vado dritto alla porta calpestando i due che si contorcono a terra.

Papà mi segue – a distanza di sicurezza però. Non osa avvicinarsi e non intende alzare una zampa neanche per aiutare gli amichetti. "Il sangue è più denso dell'acqua," sbraita.

Mi blocco a trenta centimetri dalla porta. Detesto quando si citano male i proverbi. "Non fa così. Dice: 'Il sangue con cui si sugella un patto è più denso dell'acqua dell'utero materno'. Ossia l'opposto di ciò che si crede. E anche oggi hai imparato qualcosa."

"Ti schiereresti quindi dalla parte di Brick? Contro tuo padre?!"

Metto mano alla maniglia senza nemmeno girarmi. "Te l'ho appena detto. E se non mi credi... rompici le palle e poi vedi."

Capitolo dodici

Aubrey

Lunedì mattina mi presento da Billy con una *mise* secondo me *efficientemente sexy* sia per il lavoro sia per la tortura: salopette viola con mini bikini bianco sotto – che mi sta benissimo sulla pelle scura. Ho raccolto i capelli in cima alla testa, così si vede il collo lungo. E mi sono ripassata il lucidalabbra in ascensore.

Ieri ho fatto furore con la carta oro, e solo per farlo incazzare. Speravo gli mandassero delle notifiche, dato che ho fatto cinque acquisti diversi. Non so se lo sa già; non mi son giunte proteste nemmeno dopo che ho preso (pagando pure la consegna) tutto nuovo: teli, pennelli e vaschette, una latta di praticamente qualsiasi colore esistente al mondo... anche se comincio dal murale in bianco e nero! Non serviva nulla. Ha già lui l'attrezzatura qui. Bastavano solo una latta di nero e una di bianco. Magari qualche grigio dai sotto toni caldi.

Giro il pomello senza bussare e, come ieri, trovo aperto.

Mi levo gli auricolari. "Tesoruccio, sono a casa!" Battuta

scema già la prima volta – figuriamoci adesso – ma l'obiettivo è farlo scoppiare.

Ha scostato i mobili dalla parte parete da dipingere; accanto ha sistemato bene tutta la roba che ho ordinato. La scala. Ha persino tolto il lampadario da muro attorno al quale avevo già pensato di girare. O ha assunto un tuttofare?

Lo scorgo al bar della cucina; lavora al portatile bevendo una tazzina di caffè. È minuscola nelle sue manone.

Maledizione, ha mani sexy per essere un miliardario di Wall Street. Non fa la manicure, nessun pallore; sono grosse, dall'aria forte. Mai avevo pensato alle mani di un uomo, ma qualcosa in Billy mi spinge a domandarmi come sarebbe averle addosso. Ricordo la potenza con cui mi ha sollevata dalla vita... quelle dita potrebbe chiudermele attorno alla gola e probabilmente pure soffocarmi a morte! M'immagino quella mano enorme sculacciarmi il sederino...

Mi rivolge a malapena un'occhiata.

È lui a decidere il ritmo – come l'altra volta. Il messaggio è che non siamo amici. Lavoro per lui. Sotto di lui.

Ops. Non avrei dovuto pensarlo... soprattutto dopo le fantasie perverse su quei prosciutti che si ritrova attaccati ai polsi. Sotto al top mi s'inturgidiscono i capezzoli e mi bagno fra le gambe.

Fuma; tira di scatto su la testa dallo schermo. Di colpo è in piedi e viene verso di me; non ho nemmeno il tempo di escogitare un attacco.

La strategia da adottare contro i suoi tentativi di rimettermi al mio posto è fare troppo l'intima, sparpagliare roba mia dappertutto, impadronirmi dell'energia di casa sua.

Scacciarlo.

Ma no, mica vero. Non voglio farlo impazzire tanto da

spingerlo ad andarsene! Preferisco stia qui... così posso torturarlo.

Preferisco stargli addosso tutto il giorno.

Che sia il caso di levarmi il pruritino?

Mi si para davanti e perdo un po' di fiato. Troppo vicino. E in posizione dominante. Dall'alto mi guarda tanto in cagnesco da farmi alzare la testa con aria di sfida. Mi aspetto una sgridata sulle spese, invece chiede scontroso: "Cosa ti serve?"

La tua mano fra i capelli.

Che mi sbatti come una bestia contro al muro.

Ops. Sto perdendo la concentrazione. È ora che lo rimetta *io* al suo posto.

Mi rinfilo gli auricolari. Sta ancora andando la playlist anni Ottanta del lunedì. "Niente. Da te," faccio tranquilla. E lo ignoro per distendere il telo protettivo.

Avverto i laser dei suoi occhi sul fondoschiena quando mi curvo per sistemarlo.

Non mi offre aiuto.

Devo proprio chiederglielo, "Hai tolto da solo il lampadario?"

Si acciglia. "Certo."

"Accidenti..."

Alza le sopracciglia. "Colpita?"

"Be', non mi sembri tipo da lavori di casa."

Si stringe appena nelle spalle. "Mio padre era la quintessenza della mascolinità tossica," dice. "Non esiste lavoro da uomo che non sia stato costretto a imparare a fare entro i dodici anni. Per il lampadario mi ci sono voluti trenta secondi."

Mmm. Mi stupisce. Pensavo fosse cresciuto fra posate d'argento, che non fosse mai stato costretto ad alzare un dito in vita sua. Metto da parte la piccola informazione per rimuginarci su dopo.

Continuo a lavorare, finché non si stufa infine di essere ignorato e imbocca il corridoio – per andare in camera, presumo.

Non pensare al letto. Né a come sarebbe farcisi legare.

Chissà se gli piacciono queste cosine. È oltremodo dominante – fin dispotico! Però, come abbiamo supposto io e Madi, forse è egoista. E invece dovrebbe legarmi per il piacere mio.

Oddio. Devo frenare subito questi pensieri… sono sempre più eccitata!

Pesco il metro e misuro la parete, poi ci appoggio la scala e traccio una lieve griglia con le matite.

È la prima cosa che ho imparato quando ho cominciato a dipingere murales. È difficile farsi un quadro completo dell'opera da vicino: quando si crea su larga scala, bisogna osservare da lontano. Dividendo lo schizzo in griglie e riportando le stesse sul muro, diventa tutto più chiaro. È come creare pixel in immagini digitali.

Fatte le griglie, recupero il carboncino e mi metto a disegnare il fiore più grande.

I Boomtown Rats mi cantano *I don't like Mondays* nelle orecchie; sprofondo nel groove canticchiando assente.

Mentre il fiore prende forma mi smarrisco nel lavoro, dimentico dove sono. Che non sono sola. Non mi rendo conto di cantare forte finché non sento provenire dalla camera una specie di grugnito.

* * *

Billy

Canta.

Canta, cazzo.

Porca miseria... e ha la voce di un *angelo*!

Solo che invece di elevarmi, di trasportarmi... tanta bellezza m'inonda d'un'assurda lussuria.

Aggiungiamoci poi che indossa lo stesso bikini bianco con cui me l'immaginavo sulle spiagge di Monaco e le mutande mi tirano sul cavallo.

I canini mi affondano nel labbro inferiore e soffoco un gemito.

Non sarei dovuto rimanere a casa. La noce moscata si diffonde ovunque per l'attico – ma soprattutto giuro d'aver sentito profumo d'eccitazione quand'è arrivata.

Vado nel bagno *en suite* e apro il rubinetto per nascondere altri versi. Non ce la faccio. O mi scarico un po' o all'umana finirò col fare qualcosa di sconsigliabile...

...tipo sbrindellarle la salopette e scostare i minuscoli triangolini per arrivarle ai seducenti seni.

Abbasso la cerniera dei pantaloni e m'infilo la mano nei boxer. Mi agguanto la base.

Si è eccitata nell'istante in cui ha messo piede qui dentro. Avevo deciso di ignorarla, ma poi ho sentito l'odore e il lupo le è quasi saltato addosso.

Lo impugno forte e faccio scorrere la mano su e giù.

Si è messa quel top per me. Mi muovo più veloce. Cazzo, se l'è messo sicuramente per me. E quando mi sono avvicinato aveva i capezzoli turgidi.

Quindi è attratta da me quanto io lo sono da lei.

Sai che sorpresa. Quando ci siamo conosciuti mi hai insultato, certo, ma sempre con una punta di sensualità. Non col freddo sprezzo che c'era da aspettarsi, considerato che avevo ferito la sua migliore amica. Emanava calore, ma non rabbioso.

Più ardente.

Come sapesse d'essere una strafiga di dea e volesse che lo riconoscessi anch'io proprio mentre mi sputava in faccia ciò che pensava di me.

Ce l'ho durissimo, le palle pesano di sperma. Me lo meno abbandonandomi alle più oscene fantasie.

Aubrey, nuda e in ginocchio, le labbra polpose avvolte attorno all'uccello...

Io che glielo infilo nella bocca bagnata mentre lei gioca con le palle.

Cazzo. Sì... fato mio. Cazzo!

Si serrano e contraggono. Le verrei in faccia. No: sui seni con cui mi ha stuzzicato stamattina.

Mi scivola sangue in bocca – sono i profondi tagli sul labbro – e lascio andare la sofferenza. E nel momento in cui mi concentro...

...miro al lavandino. Erutto spirali sul ripiano, a terra. Un tributo alla diavolessa che ho nel soggiorno.

No, macché diavolessa.

Dopo lo sfogo ho un attimo di chiarezza. La resistenza a Aubrey scema.

Ovvio che non sia adatta. Non è materiale da accoppiamento.

È umana. Mi odia.

Ma una parte di me già la considera mia. È qui, a casa. Ubbidisce agli ordini.

Lei farà anche di tutto per dimostrare il contrario, però è venuta perché voleva venire. Sente la chimica che c'è fra noi tanto quanto me.

È mia.

Capitolo tredici

ubrey
Sono completamente immersa... quando bussano forte alla porta.

Sconvolta, strillo e traballo sulla scala.

Mi afferrano forti mani dai fianchi, da dietro, e d'un tratto sono in equilibrio, fermissima e sospesa in aria – grazie a Billy.

"Ehi." Porto la mano sulla sua. "Ok. Mi hai presa."

È una maschera vacua in faccia, ma pare riluttante a lasciarmi andare.

E non posso dire che mi dispiaccia...

Dopo un attimo allenta la presa e va a grandi passi alla porta. Senza proferire verbo.

C'è un corriere con tre borsoni. Sarà il pranzo; il profumino è paradisiaco. Tipo tailandese. Billy prende tutto e gli dà la mancia.

"Hai un pranzo di lavoro?"

Si volta per spararmi un cipiglio. "Perché me lo chiedi?"

"Hai intenzione di mangiare tutta quella roba?"

"Non sapevo cosa volessi, così ho preso un piatto di

"

tutto." Tono burbero, come lo scocciasse esserci stato costretto.

Come non potesse *chiedermi* cosa voglio, tipo.

Un piatto di tutto è quello che mi ha fatto recapitare a casa la sera in cui mi ha riaccompagnata dalla *Sentience*.

"Chi al mondo riesce a mangiare tanto?"

Non risponde; mi ignora e porta la roba in cucina.

Resami d'un tratto conto di morire di fame, lo seguo. Guardo il telefono: è già l'una e mezza. Ho saltato la pausa. "Grazie. Non mi ero accorta fosse così tardi."

"Ti ho sentito brontolare lo stomaco da qui." Molla le borsone gigantesche sul bancone e apre contenitori.

C'è davvero roba per dieci persone comunque.

"Quando il concerto mi ha permesso di sentire qualcosa, almeno."

Oddio. Cantavo a voce alta. Avvampo, ma scaccio subito e con forza l'imbarazzo.

Alzo il mento, anzi. "Il canto rientra nel processo. Se non ti piace devi trovarti un altro posto dove lavorare."

Eh sì. Adesso ho proprio esagerato.

Gli occhi gli brillano alla luce. Non palesa irritazione né altre emozioni. "Alla *Sentience* cantavi?"

Arrossisco di nuovo.

"Be'... boh. Non mi ero neanche accorta di averlo fatto qui, finché non me l'hai detto tu!"

Alza un sopracciglio, come non mi credesse. "Secondo me cerchi solo attenzioni." Piega il capo. Fra la mascella scultorea e gli acuti occhi grigi è sexy da morire... e vorrei tanto non farci così caso! Abbassa la voce in una specie di basse fusa – gli scendono appena appena pure le palpebre. "Vuoi la mia attenzione, Aubrey?"

Che bastardo!

Oh, quanto vorrei levargli a schiaffoni quell'espressione compiaciuta... non fosse che ho i capezzoli durissimi.

"Fidati di me, Elegantone: quando vorrò la tua attenzione sarà chiarissimo."

Sposta lo sguardo dal mio viso al collo arrossato. Piega la testa per sbirciarmi il lato del seno nell'apertura della salopette; ho messo di proposito il bikini proprio perché da quell'angolazione sottolinea il gonfiore delle tette.

E lui mi sta dicendo di saperlo bene.

Sa che mi sono vestita così per lui.

Ecco... volevo la sua attenzione.

Maledizione!

Con gran teatralità, alza il capo e mi guarda negli occhi. "Sicura?" Ammicca e mi porta il polpastrello sulla fibbia. "Se la sganciassi... cosa ci troverei sotto, Argento?"

"Argento?" Cerco di stargli dietro, eh, ma sono perplessa. Prima ragazza della caffetteria. Adesso Argento.

"Argento. Per l'anello al naso. E all'ombelico. Tu mi chiami Elegantone. E io ti chiamo Argento."

Accarezza il bottone. Vorrei toccasse *me*, non il metallo! La mia pelle... il capezzolo.

Ha notato il piercing all'ombelico. Mi ha dato un soprannome. Non sbagliavo: gli piaccio.

"Ti si sono inturgiditi i capezzoli per me, Aubrey?"

Serratina fra le cosce... "No."

Alza gli angoli delle labbra nel fantasma di un sorriso. "Bugiarda."

Porta anche l'altra mano alla fibbia. "Adesso ti apro un solo lato della salopette, così lo scopro da me. E se ho ragione... per il resto della giornata te la terrai così."

Sì, allo spietato affarista trattare piace. Dio, quanto vorrei lo facesse... voglio portare avanti la cosa di un altro passettino – sarebbe tanto male?

Qui però c'è in gioco il mio orgoglio. Non mi piace che vinca – a niente! È un miliardario maschio, bianco e cis di Wall Street. Possiede già il mondo. Potrebbe avere qualunque donna.

Ma io non sono una qualunque.

E non gli permetterò di sedurmi tanto facilmente.

Gli schiaffo via la mano. "Te lo sogni." Poi esagero: gli pizzico il capezzolo! Al di sotto della button down fresca di bucato da mille dollari e la canotta, sento il mozzicone grosso e duro come il mio. "Mi sembra che ce l'abbia duro *tu*," lo provoco.

Mi agguanta il polso alla velocità della luce. "Chi è adesso che tocca senza consenso?" Il tono è basso. Pericoloso.

Mi si rizzano i peli del collo – anche se sono sicura al novantanove per cento che è una minaccia puramente sessuale.

Oddio.

Mi succede qualcosa d'assurdo adesso che mi tiene il polso. Le carni fra le cosce non si limitano a strizzarsi – spasmano! Mi sta venendo un mini orgasmo solo perché *Billy Bigliettoni* mi tocca il polso!

Fuma dalle narici; abbassa la testa e inspira – il mio odore, sembra.

E senza neanche rendermene conto vado a sbattere con la schiena contro alle credenze.

"Ti piace il tocco dominante, Aubrey?" Ha una voce che è peccato allo stato puro. Non sapevo si potessero amalgamare sesso, lussuria e allusioni in poche parole.

Altro orgasmo in partenza!

"N-no..." Mi tremano le ginocchia, il bollore mi corre giù per braccia e gambe. Fra i seni.

Fatico a prendere fiato.

"Altra bugia. Ti ho fatta venire afferrandoti il polso. E stai per venire di nuovo, vero?"

Oddio.

Sì.

L'interno coscia trema. Mi carico come una trappola per topi pronta a scattare.

E mi fa incazzare il piccolo lamento di sottomissione che mi sfugge dalla gola! No. Questa battaglia non la perderò. Non...

"Non batterò più ciglio." È tanto vicino da scaldarmi il viso col respiro. Gli occhi azzurri hanno uno strano luccichio argenteo. "Ma scommetto che se ti mettessi un ginocchio fra quelle dolci cosce... me ne daresti un altro."

"N... no!" La voce mi esce strozzata. Sono troppo ipnotizzata dalle reazioni del mio corpo per rispondergli a tono – cosa che di solito mi riesce bene.

"Facciamo una prova?" mormora.

Non voglio.

Cioè... sì che voglio!

Voglio?

Non mi va di dargli un vantaggio, questo lo so bene. Accidenti però se vorrei vivermela! So che ha ragione. Mi struscerei su di lui e verrei *di brutto*.

Più di prima.

Cerco invano di deglutire. Allora riesco a gracchiare: "Scendi in ginocchio."

Verrò ancora solo prendendo il controllo – facendomela leccare.

E di nuovo è più veloce di quanto mai avrei creduto possibile. Come una pistola carica e armata, mi tira la salopette a terra. Il pollice è sul clitoride prima ancora che mi abbia scostato le mutandine con l'altra mano!

Mi aggrappo alle sue forti spalle e lo spingo via... anche

se lo vorrei più vicino. Quando mi preme il sacro bocciolo col polpastrello vengo, ma non aspetta mica che finisca. Questo qui vuole tutto.

M'infila la lingua fra le labbra esposte e mi penetra col medio.

"Gesù!" Trasalisco. L'orgasmo gli pulsa attorno al dito, in un tremolante serrare di ogni singolo muscolo abbia sotto la vita.

Mi spinge su il cappuccio e lo avvolge con le labbra, succhiando il minuscolo groviglio di nervi. Mi ficca dentro un altro dito, poi le piega tutte e due per accarezzarmi la parete interna.

Stringo di più con un urlo.

Non riesco a crederci... vengo di nuovo! E non lo stiamo neanche facendo davvero! Be', sempre sesso è, ma di solito mi serve la penetrazione per venire.

"Billy..."

Si ferma per levare gli occhi su di me. Le labbra sono umide dei miei succhi e negli occhi ha uno strano luccichio argentato – come quello delle iridi di un gatto la notte.

L'espressione è feroce, ma parte della follia sbiadisce quando mi guarda. Poi subentra il compiacimento.

Accidenti a lui.

Mi brontola lo stomaco.

Abbassa le sopracciglia e sfila le dita dal canale bagnato per infilarsele in bocca e succhiarmi tutta.

Vorrà portarmi in braccio in camera da letto. Insomma, siamo ai preliminari, no? Adesso potremmo levarci la voglia e andare avanti, magari persino abbandonare la farsa del murale... anche se ho già usato metà dell'anticipo per i debiti universitari. Quindi meglio non insistere sul punto.

Apparentemente però lui pensa d'aver finito. Mi

sistema le mutande di pizzo bianco – messe proprio perché coordinate al bikini – e poi mi ritira su la salopette.

E a me vengono le farfalle allo stomaco. È strano permettergli di prendersi cura di me.

Non perché di solito non lasci farlo ai ragazzi, anzi. Ma perché non lo credevo capace.

Non avrei mai pensato che sapesse darsi all'intimità. O alla tenerezza.

Ricordo cos'ha detto Madi: che è bravissimo a capire cosa vogliono le persone.

Ma mica gli ho dato motivo di pensare che da lui voglia altro all'infuori del criticarlo ogni volta che me lo ritrovo davanti!

Mi sistema una bretella sulla spalla ma lascia slacciata l'altra; la pettorina è ripiegata di lato, a espormi il seno. Poi mi passa il retro della nocca sul capezzolo turgido. "Avevo ragione."

* * *

Billy

Ha un sapore paradisiaco. Tipo sconosciuto e familiare al contempo.

Tipo... qualcosa di mio.

Fortuna che prima mi sono fatto una sega, o non sarei riuscito a trattenermi! L'avrei buttata a terra per sbattermela da matti.

Ma comunque questo round l'ho vinto io. Le ho dato un assaggino del piacere che potrei darle.

E adesso ne vorrà di più.

Il primo assaggio è gratis.

Il prossimo te lo farò pagare, tesoro.

Con la sottomissione. La voglio corpo e anima. Totalmente sottomessa. Mia... in modo che possa possederla.

Ora non sa se essere contenta o incazzata. Si sta chiedendo se sono in vantaggio io.

Se deve rispondere.

Le concedo di riacquistare la dignità girandomi verso la credenza per prendere due piatti. "Cosa ti va di mangiare?" Il tono è quasi amichevole. Quello brusco ha preso una sfumatura più calda.

Non posso negare l'ottimismo che mi pervade. Il lupo sta festeggiando d'aver messo le mani su questa seducente umana.

Dà soddisfazione sapere che sia tutto ciò che non voglio nella mia vita; adorerò anche il sapore, ma da lei non mi serve certo altro! Conduco già un'esistenza completa – non mi voglio certo far distruggere ordine e struttura da un'artista incasinata...

...che invade il mio santuario per renderlo il suo campo da giochi personale.

Gliene porgo uno, e quando lo prende per un attimo incrociamo lo sguardo.

Giuro – vedo l'esatto istante in cui decide di rilassarsi e permettermi di prendermi cura di lei. Probabilmente l'ossitocina le sta facendo scorrere dentro sensazioni di benessere, di legame.

Eh già, Argento. Opporsi a me non ha senso.

Io vinco sempre.

Ti resta solo da decidere cosa vuoi provare nella sconfitta.

Potrebbe pure piacerle prendermi l'uccello in gola. Strozzarcisi. Dovrà accadere, dai.

È solo una volgare metafora, ovvio. Io non prendo mai una donna senza consenso totale.

Osservo la pila di cibo che ha nel piatto e l'animale se la

tira: è contento d'appagarla in due modi diversi in un giorno solo.

Lei però non ha ancora appagato me, protesta lo spietato affarista che tiene il conto.

Sbagliato. Sono appagato. L'ho portata esattamente dove volevo: nel mio attico, in debito con me. Alle mie dipendenze. Ho i suoi succhi sulla lingua, e mi ha pure regalato due bellissimi orgasmi.

Il lupo è soddisfatto.

E anch'io.

Cazzo, non vedo l'ora di farla implorare... o cavalcarmi direttamente.

D'un tratto ce l'ho più duro del marmo.

Merda. Aspetterò si abbassi per portare il mio piatto alla tavola della finestra, dove lei si è già accomodata.

Non ha senso darle tanto potere.

L'obiettivo è toglierglielo tutto: farla ansimare, implorare.

Forse non lo sa, ma non esiste negoziazione in cui io non riesca a spuntarla.

Quando mi siedo s'infila gli auricolari nelle orecchie: è il suo modo di mostrarmi il medio. Sento provenire strimpellature melense di pop anni Ottanta.

Pranza in fretta, poi si alza e va bella tranquilla in cucina, dove sciacqua il piatto e lo mette in lavastoviglie. Quasi mi aspettavo lo lasciasse sul lavandino – come ennesimo messaggio – ma probabilmente le hanno inculcato bene le buone maniere.

Non è nata fra i nobili di un branco come me e Brick. Lei si sbatte per due soldi.

Attacca a cantare forte *Manic Monday* sculettando verso il soggiorno.

Adesso mi prende per il culo. Nel pomeriggio ho una

videoconferenza con la squadra. Avrà anche una voce meravigliosa, ma non posso certo farla sentire a loro!

Proprio perché meravigliosa.

All'animale si rizzano di colpo i peli del collo. *Mia.*

Nessun altro può sentirla.

Vederla.

Toccarla.

E dato che l'ondata d'aggressività emerge, sbotto: "Non cantare."

Si ferma e gira lentamente la testa. "Mi serve la musica per lavorare."

"Nel pomeriggio ho una riunione. Pretendo silenzio totale."

Abbassa il mento aprendo l'adorabile faccino in un sorriso. D'avvertimento. Fosse una lupa sarebbe pronta ad attaccare.

Mi sa che mi sta contagiando con quest'ossessione musicale per gli anni Ottanta, perché mi passa per la testa il primo riff di *Running with the Devil.*

Merda. L'umana non sa d'avere a che fare con un Grande bullo cattivo.

Ci sarà da divertirsi.

Capitolo quattordici

ubrey
Alla Penn Station trovo una panchina e mi ci butto.

Ho messo via tutto tardi e sono scappata fuori mentre Billy era in videoconferenza. L'ultima cosa che mi serviva era un altro passaggio.

O un inseguimento.

Perché devo vedere qui Jamie e Jan per parlare del caso *Sentience*.

Jamie s'è fatta prendere dalla paranoia; non so se con una ragione o per pura paura, ma stavolta non ha voluto vederci alla *Résistance*.

Un tipo strambo si siede accanto a me; mi sposto per distanziarmi. Ha un berretto da baseball e una mascherina chirurgica – di quelle che usavamo all'epoca del Covid. Tiene la testa bassa.

"Sono io."

Salto: sotto al travestimento c'è Jamie!

"Non guardarmi."

Mi sporgo di lato per guardare dietro di lei, come a leggere un cartello. "Ehm... tutto bene?"

"No. Mi spiano ancora. E tu?"

Fredde dita di terrore mi filtrano nel petto. No però: non mi spia nessuno... a parte Billy White.

Cui non ho nessuna intenzione di pensare al momento.

Soprattutto a com'è stato farmela leccare...

"No, tutto a posto."

Arriva Jan, leggermente infastidita dal luogo d'incontro prescelto. "Proprio qui dovevamo vederci?!"

"Ssh!" fa Jamie saltando in piedi per darci la schiena.

Jan si accomoda accanto a me.

Jamie si gira un po' verso di noi, però incrocia le braccia sul petto e guarda oltre le nostre teste. "Hai recuperato la chiave di sicurezza?"

"Chiave di sicurezza?" Jan si acciglia. "E a cosa le serve?!"

"L'hard drive non basta," dico. Mi volto verso Jamie in cerca di conferma. "Dobbiamo accedere ai server."

Jan già scuote il capo. "Ci stiamo spingendo troppo in là..."

"Jan..."

"No, Aubrey, stiamo esagerando! È troppo rischioso. E poi non posso usare nulla che venga ottenuto illegalmente."

"Non puoi chiedere al giudice di ammettere anche queste prove?" domando ricordando l'ultima conversazione che abbiamo avuto.

"Ancora non abbiamo a sufficienza per andare in tribunale."

"Ma avremo quel che serve, se riusciamo ad accedere alle email," mormora Jamie.

"Ripeto..." Jan sta perdendo la pazienza, però io capisco entrambe. "Se le avessimo non sarebbero ammissibili in

tribunale, però potremmo passarle al *New York Times* –
come vi ho già detto. Poi il procuratore potrebbe accettare il
caso e far ammettere tutto."

Jan inspira forte e sospira. "Io non sono contraria allo
scasso."

"Già fatto," dico. "Ho la chiave. Ti serve quella, no,
Jamie?"

"Solo come primo passo," fa. "Devi entrare anche nella
stanza dei server."

"Cosa?!" esclamiamo io e Jan all'unisono.

"Credevo d'aver uno cui passare il lavoro... ma ha
cambiato idea."

Io e Jan ci scambiamo uno sguardo. Mette a disagio
tutte e due che Jamie abbia messo a parte terzi della cospirazione.

Comunque lei sembra non far caso alla nostra preoccupazione. "E io non posso farlo; non mi fanno entrare nel
palazzo. Tu invece Aubrey..."

"Neanche per sogno!" fa Jan. "Non voglio che ci vai,
Aubrey."

Mi mordicchio il labbro.

Non vorrei andarci neanch'io... ma chi ci resta? Già
spiano Jamie! E poi io una mezza scusa per presentarmi lì ce
l'ho. O comunque potrei inventarmela.

"Ci tornerò. C'è il galà per l'inaugurazione del murale.
Se è facile svignarsela per scendere ai server, lo farò. Altrimenti lascerò perdere."

"Guarda che non risponderò ai tuoi quando mi chiede-
ranno perché te l'ho permesso, eh," dice Jan. "Fallo e non
rappresenterò nessuna delle due."

Fisso stupita Jan. *Maledizione.* Fermezza d'amore.

Jamie mi osserva inquieta. Conta che sistemi io la situazione. Ha rischiato, s'è fatta licenziare per degli ideali... che

io condivido. Farebbe anche altro, ma crede la tengano d'occhio.

Mi alzo. "Vedrò cosa posso fare. Non prometto niente però."

"Aubrey..." Jan adesso è turbata.

Sventolo la mano. "Tranquilla. Ce la farò. Non mi accollerò rischi inutili."

Si acciglia e scuote il capo. "Non voglio che torni lì."

"L'avevo capito." Sollevo le sopracciglia per puntualizzare la severità del tono. Lei non vuole e io sì. Sono adulta e vaccinata e posso decidere da sola.

Le crollano le spalle e mi fa di nuovo un cenno di diniego con la testa. "Dobbiamo riparlarne." E se ne va.

Lancio un'occhiata a Jamie. "In caso... cosa vuoi che faccia?"

"Lì c'è una jump drive." Fa un cenno al contenitore di cartone che ha lasciato accanto alla panchina. Non me n'ero neanche accorta. "Dovrai infilarla nei server. Così avrò un ingresso a tutta la rete."

Mi si secca la bocca. Praticamente l'aiuterò ad hackerare un'azienda da un miliardo di dollari! "Sicura?"

"Ce la farai."

Annuisco e prendo la tazza. Sferraglia un po'; dentro non c'è liquido – solo la chiavetta.

Già.

Ce la farò.

Lo devo agli artisti di questo mondo. Non è giusto che una grossa corporation li derubi del loro lavoro e poi perseguiti gli ex dipendenti per intimidirli in modo che non spifferino niente. Non è corretto – e poi qualcuno dovrà pur difenderli!

E io ho l'accesso.

Tocca per forza a me.

Capitolo quindici

B*illy*
Alle diciotto prendo l'ascensore per l'elisuperficie.

Non ho visto Aubrey andarsene... ma le ho messo un dispositivo di tracciamento nel telefono.

Come, come? Non sono ossessionato, no. Ho solo problemi di fiducia. E sono un maniaco del controllo. Lavora per me adesso, il che significa che devo sapere che combina. Se posso fidarmi.

Quand'ho finito la riunione ormai era già alla Penn Station. Ma non ha preso la metro. A giudicare dal telefono, è rimasta ferma venti minuti per poi andarsene; un appuntamento con qualcuno, immagino.

Nella stazione più frequentata della città.

Se questo non è sospetto, non so cosa lo sia.

E non mi sono neanche bevuto la storia del murale per la *Sentience*. Una donna come lei – un'artista guerriera della giustizia sociale! – per principio non accetterebbe mai un lavoro da loro.

Per la sinistra sono il demonio. Sfruttano il lavoro minorile nei paesi del terzo mondo per scovare informazioni con cui addestrare l'intelligenza artificiale, e senza pagare i creatori originali (lo sanno tutti).

In quanto artista, lei dovrebbe contestare una rapina tanto sfacciata.

Temo quindi sia un sotterfugio. Stamattina, mentre era in bagno, le ho rovistato in borsa, e ho trovato una cosuccia proprio interessante: una chiave magnetica della *Sentience* con la foto del bastardo che ha abbracciato la sera in cui sono andato a prenderla.

La voglia di farlo a pezzi c'è ancora, ma il lupo s'è quasi esibito in un salto mortale all'indietro quando ha capito che forse l'ha stretto solo per fregargliela.

L'alternativa è che scopino e lui l'abbia dimenticata da lei.

Forse è andata alla Penn Station per vederlo e restituirgliela.

Porca puttana!

Nel caso lo lancio giù dal tetto del grattacielo e lo guardo urlare!

Al momento la tensione mi sta quasi inselvatichendo; ecco perché devo andare nei boschi. L'animale ha bisogno di sfogarsi.

L'elicottero atterra. Abbiamo un eliporto su questo tetto e su quello della *Moon Co.* Quando ho chiamato John Acker, il pilota aziendale, ha detto che aveva già un giro programmato sugli Adirondack ma che c'era posto per un'altra persona.

Infatti qui dietro ci sono Jake, Vance e Sully. Mi sistemo sul sedile davanti e metto le cuffie.

Mi giro a fatica per fargli il saluto militare. "Corsetta?"

"Puoi dirlo forte." Jake ruota le spalle rigide. "C'è un limite alla tensione sfogabile in palestra."

D'accordo, Sully annuisce.

"Dove cazzo sei stato tutto il giorno?" chiede Vance.

Mi rigiro – gli do la schiena – e chiudo il discorso. "Ho lavorato da casa."

"Perché?" Non molla.

Non rispondo.

"Te la fai?" Sully parla piatto.

Che voglia d'ammazzarlo. In quanto vigilante del branco, ficca il naso nei cavoli di tutti. Non è solo muscolo: è un intero mucchio di guardie del corpo in una. "Sicuro di volerne parlare? Dubito tu abbia voglia che m'impicci della tua, di vita sessuale..."

Sully è un sadico che frequenta club appositi. Non fosse dei nostri lo considererei una vulnerabilità per il branco, visto il numero di femmine che si è ripassato negli anni. Però è cauto, e sa bene che il suo lavoro consiste proprio nell'eliminarle, le vulnerabilità. Dal branco e dalla *Moon Co.*

Sghignazza. "Allora è un *sì*. Ho tirato a indovinare quando l'ho vista in ascensore... senza di te."

Ricordo il suo sapore sulla lingua, quando ha reclinato la testa travolta dall'orgasmo... è lei la ragione per cui stasera devo tramutarmi e correre. Per le cellule mi vibra troppa potenza, troppo vigore. Devo fare a brandelli qualcosa. Correre finché le zampe non mi dolgono. Scopare.

L'ultima oggi è esclusa, ma domani tornerà da me. E non vedo l'ora.

"Brick mi ha ordinato di legare col gruppo umano di Madi per il matrimonio. Non sto facendo altro."

"Di che tipo di *legame* stiamo parlando?" scherza Jake.

"Sto solo servendo l'alfa," ringhio.

Adesso ridono tutti e tre; ah, che voglia di scagliarli giù dall'elicottero uno alla volta...

"A me pare che tu sia servendo un'umana... o è lei che serve te?" Stavolta è Vance.

Il lupo si apre la strada per la superficie. Balzo tra i sedili per rifilargli un pugno sul naso. Sono troppo veloce – non riesce a parare il colpo – e alla rottura dell'osso protesta.

Il pilota urla: "Ehi!" ma sospetto che la mia espressione gli dica di farsi i beati cazzi suoi, perché si rigira verso il vetro.

Vance si raddrizza il naso. È un mutante sano – entro domattina sarà guarito. Volevo solo puntualizzare, mica altro.

"Merda," brontola Jake. "Allora c'è davvero qualcosa sotto."

Vorrei strepitare: "No invece!" ma so che passerei solo per debole.

Gli farei credere d'aver ragione.

E non ce l'hanno.

Figuriamoci!

È umana. Una signorina Nessuno. Lei odia quelli come me e a me quelle come lei non servono a niente. Siamo del tutto incompatibili.

Ok, devo mettere subito fine alla questione.

D'un tratto mi rendo conto d'aver sbagliato tutto. Avrei dovuto parlarne come di un giocattolino.

"Lei non conta nulla," brontolo; mi rigiro, perché so che ancora mi luccicano gli occhi del pallido grigio del lupo e non voglio se ne accorgano. "È solo un compito datomi dall'alfa... con un bel culo."

"Guarda che non c'è niente di male a farsi un'umana," dice Sully.

"Infatti. Lui se le fa sempre!" Jake muove il pollice nella sua direzione.

"So che tuo padre è una specie di nazista, ma superala. Soprattutto adesso che la Luna è Madi," prosegue Sully.

Ottimo. Adesso pure la seduta psicologica! L'ultima stronzata di cui avevo bisogno.

Ma devo piantarla di reagire. Ho già mostrato troppo.

"Non è la mia prima umana," mento.

E bene anche. Sono cresciuto con un padre psicopatico. I mutanti sentono puzza di bugie, quindi ho imparato a bloccare la risposta emotiva nelle conversazioni difficili. Per questo sono tanto bravo a fare affari e risolvere problemi.

Stasera però – chissà perché – ne ho perso ogni capacità.

Penso comunque se la siano bevuta... finché Vance non borbotta una specie di: "Come no."

Capitolo sedici

ubrey
Giusto per rompergli le palle, gli addebito sulla carta oro lo *scone* e il caffè del mattino che prendo andando a Central Park. Non capisco se è tanto ricco da non accorgersene neanche o un maniaco del controllo tale da scuoiarmi viva. Incedo giù per il marciapiede con un paio di shorts di jeans strappati e sporchi di pittura, calze a rete e bralette push-up sotto a una semplice button-down pescata anni fa dalla pila di vestiti da buttare di papà.

La mamma mi tiene da parte tutto; è roba che mi serve per lavoro o come stracci.

Sto passando davanti al palazzo di Billy, quando accosta una Toyota blu. Si apre la portiera posteriore e, prima che quello al volante se ne vada, lanciano fuori uno scatolone.

Tutti i passanti raggelano, lo guardano in tralice. Pensano a una bomba, mi sa. O a un gas velenoso, tipo... ma da dentro proviene un piccolo uggiolio.

Merdaccia.

"Ehi!" grido alla macchina in corsa. Intanto mi metto in marcia.

Gli stronzi hanno abbandonato un cane!

"Deficienti," brontolo fra me; sollevo appena il coperchio: c'è un cucciolotto meraviglioso dal manto sale e pepe. È una specie di bastardino, credo; il pelo arruffato gli copre gli occhioni nocciola.

"Oh, tesorino..." Lo prendo su.

Mi piscia subito addosso.

"Cazzo!" Me lo allontano. "Che c'è, piccolino?"

Cerca di leccarmi la faccia.

"Hai le orecchie morbidose più carine del mondo, sai?" Parlo con voce da bimba. "Ti hanno abbandonato qui?"

Scodinzola tanto da muovere tutto il posteriore.

"Che dolce sei... chi mai potrebbe farti una cosa del genere?"

Guardo la strada. I padroni ormai non ci sono più – non che meritassero di avere questo tesoro, eh. E adesso cosa faccio? Non posso mica portarlo in un canile! Devo trovargli una bella casetta.

Nel mio condominio non sono ammessi animali...

...e fra due minuti devo essere da Billy.

La bozza di un piano si fa strada nella mia mente – e le labbra mi si sollevano praticamente da sole.

Sì. La comparsa di un cagnolino manderà fuori dai proverbiali gangheri Billy White III. Non vedo l'ora...

Me lo sistemo su un braccio per prendere il caffè con l'altra mano.

Fuoco alle micce.

Il portiere mi apre non appena mi avvicino.

"Salve, Grayson." Ieri mi sono imposta d'imparare il nome del gigantesco Marcantonio. Sto cercando di andar oltre alla fase delle formalità, ma lui fa resistenza.

"Signorina Cook." Scocca al cucciolo un'occhiata appena allarmata. "Il signor White lo sa che porta un animale?"

"Non si può proprio evitare." Lo supero tutta tranquilla per andar dritta agli ascensori – anche se deve farmi salire lui.

Il cane gli abbaia e si divincola per scendere.

"Eh no." Lo giro verso di me per guardarlo male. Cerca di leccarmi.

Grayson entra nell'abitacolo, posa la carta sul sensore e poi pigia il pulsante del piano di Billy.

Gli abbaia di nuovo.

"Buona fortuna," dice secco. E mi sorge il sospetto che forse stiamo davvero facendo amicizia.

Gli sparo un sorrisone. "Mi aspetto il peggio."

Alla chiusura delle porte gli vedo sollevare di scatto le sopracciglia, come sorpreso. Lo sento pure borbottare: "Oddio," mentre scende.

All'ultimo piano trovo la porta di Billy aperta; entro a passo di danza, pronta allo sclero.

È in cucina; si prepara il caffè. Ha i capelli ancora bagnati dopo la doccia, la button-down gessata sbottonata sulla gola. La cravatta a strisce nere e grigie giace sul bancone.

Oh... maledizione. Non ero pronta a scoprire quant'è sexy vestito... a metà! Chissà com'è appena uscito dalla doccia... sarà peloso? O è uno da ceretta su petto e schiena?

E chissà come sarebbe farsi legare con la cravatta...

Ah. Quante domande senza risposta.

Di cui la più grossa è: troverò risposta a tutte? So che potrei. La migliore però è... dovrei?

Gli fumano le orecchie quando si gira a guardarmi.

"*Quello* cos'è?!" Infligge parole come fossero punizioni.

"È stato lanciato fuori da una macchina." Gli alzo il musino verso il mio per dargli un bacio in testa.

"E perché l'hai portato qui?!"

Per tormentarti. "E dove dovevo portarlo?" chiedo con finta innocenza.

"Al canile. Dove devono finire i cani abbandonati."

Come percependo la disapprovazione, il cane nasconde la codina con un lamento.

Billy viene a grandi passi verso di noi. E l'uggiolato aumenta di volume. "Te l'ha fatta addosso?"

"Oddio, si sente?" Allontano il cane per vedere dove sono sporca. Non sono proprio un disastro – non ci credo che se ne sia accorto.

Fa per prenderlo, ma glielo allontano per proteggerlo.

La maschera che indossa ora è la solita: quella della crudeltà. Però non sembra più infastidito del solito. "Dammelo. Tu vai a lavarti."

Esito. Temo davvero che possa buttarlo giù dal balcone.

Oddio, forse esagero. Glielo porgo comunque dubbiosa; lui lo prende e poi se lo porta a livello degli occhi. "Sii gentile con Peperino."

"Gli hai *già* dato un nome?"

Mi stringo nelle spalle disinvolta. Perché non avrei dovuto?

Peperino uggiola e cerca di leccarlo.

Billy l'osserva per un attimo. Non so che cavolo faccia... ma poi dice: "Ok," come fossero giunti a un accordo.

Dato che volevo fare la sexy e la puzza d'urina non aiuta, seguo il suo consiglio e vado in bagno.

Quando torno me lo ritrovo in maniche di camice arrotolate; l'orologio è sul banco, accanto alla cravatta. Lava il cane nel lavandino in un flettersi dei fasci muscolari degli avambracci.

Oh... accidentaccio.

Le ovaie hanno partorito un uovo. O un paio.

Non dovrei essere tutta un bollore... ma per una qualche ragione mi fa impazzire. Non so se è il panorama degli avambracci, la scenetta quasi domestica o la novità di veder il solitamente gelido stronzo col bastone su per il culo far qualcosa di generoso per un altro essere vivente.

Pur se l'essere è un cagnolino.

Lo zuppo orfanello rabbrividisce, la coda si muove, gli occhioni scuri fissano in adorazione Billy.

Che guarda me. "Cos'hai intenzione di farne?"

Poso la tazza di carta sul tavolino di vetro e mi levo gli stivali. "Sinceramente non ho escogitato nessun piano. A parte portarlo qui per darti fastidio."

Gli occhi gli luccicano della strana sfumatura azzurro argentata che prendono ogni tanto. "Neanche per la carta di credito avevi escogitato nulla?"

Esser stata beccata m'inturgidisce i capezzoli. Come volessi una punizione, veder che succede quando l'onnipotente Billy Bigliettoni fa il duro.

E non ha proprio senso, visto che passo le giornate a ordire piani per aver potere su di lui!

Inclino un fianco. "Sta funzionando?"

"No."

"Bene. Perché pensavo di usarla per comprare qualcosa per Peperino."

Spegne l'acqua e prende un asciugamano per il piccino. Quando ha finito lo mette per terra e viene convinto verso di me. Il cane lo segue subito sculettando dallo scodinzolio.

"Bravo, Peperino!" lo adulo. "Sei tutto pulito adesso?" Sì, parlo al cane per distrarmi dal pericolo in avvicinamento...

Cerco di non guardargli gli avambracci nudi. Non sono poi così sexy. Per niente. Oddio – *ma perché sono così sexy?!*

Viene dritto da me, invade il mio spazio. "A quale reazione aspiravi?" Non venissi tirata verso di lui da una sorta di magnetismo elettrico, forse mi metterebbe pure paura. Sono sicura che i suoi dipendenti vanno a nascondersi quando fa l'espressione temibile.

Gli poso la mano sul petto per spingerlo via, ma lui mi agguanta il polso e me lo rigira, facendomi voltare per fermarmelo dietro alla schiena. Non mi fa male, però è tanto agile da sconvolgermi. Sembra un esperto di taekwondo.

Mi schiaccia contro di sé. "Ti aspetti che ti punisca?" Parla in un basso rombo. Che sexy. Mi sta tanto appiccicato che ne sento il fresco alito di menta. Sono acutamente consapevole che il mio probabilmente sa... di caffè. Incollo le labbra.

Che lui segue con lo sguardo. "Ho il sospetto che te l'aspetti tu." Cerco di rigirargli la frittata. Ah, se solo non avessi il fiato corto...

Si apre in un sorriso ferale. Non so se questo l'ho mai visto. Gli cambia tutta la faccia. Lo fa venti volte più bello. "Oh, poco ma sicuro."

In me s'accende tutto – le viscere mi si liquefanno, fra le gambe mi bagno – gocciolo! Sono tanto vicina da esaminargli la mascella squadrata rasata alla perfezione. La fossetta sul mento. Il naso patrizio.

"Ho il sospetto che adori essere sopraffatta." Il basso di velluto della sua voce sembra leccarmi la figa.

L'osservazione comunque mi dà le vertigini. Non ci avevo mai neanche pensato, ma le parole mi fanno scattare tanto forte gli allarmi interiori che è come se ogni mia singola terminazione nervosa reagisse.

Non mi piace esser tanto senza controllo – esposta. "Ti

piacerebbe." Infondo le parole di tutto il disprezzo che riesco a racimolare.

Riecco il fantasma di un sorriso... spaventosamente allettante. "Argento," tuona, "l'altra volta sei venuta solo perché ti avevo *preso il polso.*"

Mi sfugge uno sbuffo. Mi sento sbilanciata – lo odio! Santo cielo... non ci credo che se ne sia accorto!

"Potrei farti venire di nuovo adesso... e in meno di sessanta secondi. Basta dirlo."

Il cuore mi parte a razzo. Basta dirlo. *Dirlo!* Sì, ti scongiuro... ehm, no. Non posso dargli questa soddisfazione!

Mi avvolgo del manto dello sprezzo più totale. "Sei un tantino pieno di te, eh?"

Mi scocca un'occhiata fredda. Io vado in ebollizione e lui è la quintessenza della calma! "Sto solo descrivendo la situazione. Credo tu voglia sapere com'è farsi sottrarre ogni controllo."

Qualcosa mi si agita nel pancino: un miscuglio d'eccitamento e tensione. Nego tutto! "Tu non sai niente di me."

Piega il capo, sempre gelido come un ghiacciolo estivo. "Qualcosina la so, invece. E per il resto mi sono fatto un paio d'ipotesi. Vuoi sentirle?" Sono ancora sua prigioniera, il braccio dietro la schiena, la parte anteriore del corpo contro al suo... mi divincolerei, ma ha ragione lui: adoro sentirne il potere, la forza. E voglio scoprire il seguito.

Alzo la mano libera per fargli segno di farsi sotto, tipo nei film sulle arti marziali. *Fammi un po' vedere che sai fare, Elegantone.*

"Su, sentiamo."

"Sei attratta da me, ma mi disprezzi pure non poco. Ecco perché non vuoi darmi nulla... nemmeno questo corpicino da sogno. Non credi di poterti fidare di me. Comprensibile. Tanto per cominciare, ho fregato la tua migliore amica – cosa di cui in parte mi pento."

Apro la bocca per chiedergli che intende con *in parte*, ma lui non si ferma.

"E poi hai problemi in generale con la gente di Wall Street. O forse coi ricchi e basta. Presumi sia un conservatore perché vado matto per i soldi, e dato che tu sei comunista ti sembra di fraternizzare col nemico. Sono tutto il contrario del tuo tipo." Piega di nuovo la testa. Mi penetra con gli occhi grigi. "E forse ciò contribuisce all'attrazione."

Adesso lo interrompo, perché non posso tacere la mia rabbia! "Perché ti penti *solo in parte* d'aver fregato Madi?!"

"Il mio lavoro consiste nel proteggere Brick da qualsiasi pericolo per l'azienda. Soprattutto se ha perso il buonsenso perché ormai pensa con l'uccello... o col cuore, come poi s'è scoperto."

Strano sentirlo nominare il cuore. Temevo non fosse nemmeno a conoscenza dell'esistenza di tale organo.

"Quindi non mi pento dell'impulso d'identificare i pericoli. Mi pento però d'aver frainteso l'origine del pericolo... e d'aver ferito entrambi."

Mmm. Il sottotesto è che adesso tiene ai sentimenti di Madi. Bel cambiamento. Madi ancora non si fida di lui, ma io gli credo.

"Torniamo a te." Mi massaggia l'interno della mano – quella che mi tiene ferma. Col pollice m'impasta i muscoli doloranti del palmo. Accidenti. E chi s'era accorto che dopo aver tanto lavorato le dita mi facessero così male?

"Va' avanti." Ma ne incoraggio il discorso o il tocco?

"Penso che sospetti, e nel caso a ragione," – alza un sopracciglio con fare sexy – "che possa soddisfare ogni desiderio tu abbia mai avuto sulla perdita del controllo. Vuoi sapere com'è farsi legare... da me."

Smette di massaggiarmi la mano per farmi scivolare piano il grosso palmo sulla natica. Ne sento il calore della pelle attraverso jeans e calze. "E bendare. Sul mio letto." Mi strizza il sedere. "E ammanettare al soffitto." Alleggerisce di nuovo il tocco e sento un solo dito passarmi fra le natiche. Lo piega esattamente all'altezza dell'ano.

I sensibili nervetti reagiscono alla stimolazione. Mi si carica dentro una certa tensione...

"Vuoi che ti prenda in braccio per sculacciare questo culo meraviglioso fino a fartelo bollire."

Santissimo cielo... adesso vengo di nuovo!

Deve accorgersene; l'autocompiacimento gl'illumina il viso. Continua spietato. "Vuoi sapere com'è farsi sbattere forte mentre ti tengo ferma."

Mi ritrovo a guardarlo nei pallidi occhi grigi senza fiato. Finora le ha centrate tutte.

Porta l'altra mano davanti ai miei fianchi, fra i nostri corpi – e come me la piazza proprio lì, a stimolarmi contemporaneamente l'ano e il clitoride, vengo!

Mi piego in due, trasalisco. Perderei l'equilibrio, non fosse che sono schiacciata dalle sue forti braccia. Non fa praticamente niente, non muove le dita! Non massaggia, non traccia cerchietti... preme solo. E mi fa venire come mi toccassero per la prima volta in vita mia.

China la testa avanti e mi morde il collo. Un po' troppo forte.

Scatto.

La protuberanza gli tende i pantaloni, mi preme contro alla pancia. Sto per agguantarglielo per restituirgli il piacere, ma il compiaciuto bastardo gongola. "Un po' più di sessanta secondi... però ce l'abbiamo fatta di nuovo."

Oh, che impulso di spingerlo via... ma non voglio che smetta!

Adesso fa scivolare lentamente le dita sulla figa, su e giù, strofinandomi sui vestiti. Vengo percorsa da scosse d'assestamento, come un'onda che lambisce la spiaggia.

"Credo tu voglia venir privata del controllo, così per una volta non avrai responsabilità. Sei un concentrato di talenti, intelligenza e creatività che smuove montagne da solo – probabilmente fin da quando eri piccola. Vuoi che qualcun altro prenda il comando, tanto per cambiare."

Mi bruciano gli occhi. Forse mi vede davvero dentro. Finora avevo pensato vedesse solo quello che io volevo fargli vedere: la cazzuta amica della ragazza che una volta ha fregato. Quella che gli avrebbe fatto pagare i suoi peccati.

E d'un tratto mi ritrovo nuda. A chiedermi come e quando sia riuscito a dare questa sbirciatina oltre le difese della fortezza. E a vedere la persona vera, non la caricatura.

Il dito preme lentamente contro all'ano. Mi struscio contro alla mano davanti.

"Vuoi fingerti alla mia mercé sapendoti al sicuro." Leva il capo per guardarmi negli occhi. Mi sa che i miei sono vitrei, perché mi riesce difficile metterne a fuoco il bel viso. "Aubrey, fidati di me: mi dicessi di no mi fermerei. In qualunque momento."

Ora non mi studia: mi offre qualcosa.

"Ti propongo un patto reciprocamente vantaggioso: tu mantieni il diritto di sdegnarti quanto vuoi... ma sottoponendoti al piacere che ti daranno le mie mani." Ennesimo massaggino fra le cosce ed ennesima ondata di piacere. "Ti garantisco soddisfazione sessuale e sicurezza emotiva e fisica. E l'assenza d'impegno."

* * *

Billy

Le s'inacidisce qualcosa nell'odore. Colgo un lampo di rabbia negli occhi nocciola.

La mollo subito; barcolla all'indietro.

Ne osservo l'espressione andare in pezzi – il lupo esce allo scoperto. L'ho quasi avuta. Lo fa infuriare mi sia lasciato sfuggire l'occasione.

"Percepisco d'aver ignorato qualcosa d'importante per te."

Maggiore è la chiarezza, meglio so negoziare. Devo conoscere i suoi punti deboli. Cosa vuole da me. Cosa non tollera.

Cosa mi sono perso? Non vuole di certo una relazione, dai! Mai vorrebbe accompagnarsi a uno come me – così come io mai m'accompagnerei a una femmina come lei: un'umana. Un'artista hippie che si lascia dietro una scia di guai e casini.

Mi stringo nelle spalle nel modo più disinvolto possibile. "È una negoziazione. Proponi pure una controfferta."

Il cane che ha portato per infastidirmi sceglie proprio questo momento per abbaiare. È una specie di Shih Poo ancora giovane. Probabilmente il più piccolo della cucciolata. Abbiamo una cosa in comune.

"Ah-ah." Lo sgrido con severità e reagisce subito: china la testa e si butta sulla schiena per mostrarmi la pancia. Almeno è sveglio.

Controllare un cane è facile per un mutante. Riconosce la mia dominanza alfa – e in quanto animali da branco, comunichiamo a un basso livello di telepatia.

Aubrey è rossa in faccia; la pelle bruna è d'uno splendore stupendo. Alza il mento verso di me. "Sono io che comando. E *tu* ti sottometti."

Ah, che tenerezza... è cento volte più carina del piccino

che, ai nostri piedi, mi guarda con gli occhioni scuri. Vuole comandare. Che bello.

Mi torna in mente lo scorso Natale, quando la nipote di quattro anni di Brick, April, ci ha messo in 'prigione' per poi servirci il tè col suo nuovo servizio di porcellana. Era intossicata dal potere che le elargivano sei mastodontici adulti disposti a fingersi al suo cospetto per mezz'oretta.

Perciò... ok. Come quel pomeriggio con la cucciola di Ruby, giocherò. Se a letto vuole decidere tutto Aubrey, la farò stare sopra. Alla mia faccia, magari. Ovunque la sua assurda e sregolata immaginazione voglia mettermi. Sarò felice di darle l'illusione del controllo... basta che il lupo possa assaggiarla. Facciamo finta non possa rovesciare la situazione con uno schiocco di dita.

Serra le labbra carnose. Il piercing al naso mi fa l'occhiolino. Si vede che aspetta un'altra controfferta. Pensa che non mi sottometterei mai a letto.

Ma sottovaluta la mia sicurezza. Non può certo sapere che sono stato allevato da un alfa che era la quintessenza della mascolinità tossica, la cui paranoia per le mie dimensioni ridotte lo faceva temere che non avrei raggiunto la stazza necessaria a prendere il suo posto – e che quindi mi ha inculcato spietatamente tutte le cose che lui considerava da maschio.

A dieci anni sapevo combattere – e sconfiggere! – qualunque sedicenne o diciassettenne del branco. Vincevo a forza d'artigli e denti. Ero feroce. Inesorabile. E sempre all'attacco. Da adolescente non ero ancora cresciuto, ma m'ero fatto più furbo, più astuto e più veloce di tutti gli adulti.

Crebbi del tutto solo all'università, quando papà mi aveva già scaricato, e mi guadagnai la posizione di secondo di Brick, che in me trovava un fratello d'una lealtà fin feroce. E con lui e col mio nuovo branco finalmente non ebbi nulla da dimostrare.

La gloria non mi serve. Non devo salvare nessuna faccia. Per i miei fratelli faccio il cattivo e mi accollo tutte le colpe.

Allargo le braccia. "Sono ai tuoi ordini."

* * *

Aubrey

Lo guardo sconvolta.

Proprio non me l'aspettavo! Non... non mi sembra uno disposto a degradarsi. Soprattutto con una come me.

Insomma, Madi ha detto che è un classista di merda!

Perché sottomettersi?

La logica mi sfugge, certo. Ma non importa.

Mi ha fatta incazzare che abbia detto di escludere l'impegno, perché sembra dire che non valgo abbastanza per stare con lui. Vabbè. Tanto nemmeno lui vale abbastanza da stare con me.

Ma ciò non significa che non possiamo divertirci un pochino...

Al momento riesco solo a pensare che è *mio*. Posso comandare quegli avambracci muscolosi, posso farlo spogliare e...

Billy infrange subito la promessa prendendo l'iniziativa. Più veloce di quanto possa registrarlo, mi agguanta la vita e mi mette sulla sua.

A Peperino scappa un verso d'entusiasmo – ha capito che si gioca.

Un solo ringhio di Billy e si placa.

"Ah... ok. Sì, ti ordino di sollevarmi!" Non riesco a trattenermi dal ridere.

Che *adori* farmi sollevare da questo qui praticamente prova che ha ragione lui; Billy non è un Hulk enorme come Grayson il portiere; è muscoloso ma asciutto. Però mi fa sentire leggera come una bambina quando mi sistema l'avambraccio sotto al sedere...

"Portami in camera."

Risponde con un tetro rombo, però percorre rapido il corridoio. Gli sbatacchio i seni in faccia; me ne morde uno attraverso la camicia sottile.

Urlo e serro le cosce ancora più forte attorno alla sua vita – la figa ha uno spasmo.

D'un tratto non ricordo più perché non ci volevo fare niente... ah sì: perché non volevo farlo vincere. È chiaro però che sono io la vincitrice, no? Vengo portata in braccio da un miliardario alto e forte apparentemente disposto a ubbidirmi a letto.

E senza impegno, senza relazione. Solo sesso.

Adesso che non sono più offesa, mi rendo conto che la situazione è perfetta: che siano solo gli uomini a volere il sesso mentre le donne usano il loro corpo per costringerli a impegnarsi è un'idea antica risalente ai tempi in cui le donne non potevano far nulla, non avevano diritti di proprietà. Figurati se non adoriamo farlo anche noi, se non possiamo goderci un po' di sano piacere e basta!

Perciò... sì. Sono qui per abbattere il patriarcato io. E comincerò dispensando ordini a Billy Bigliettoni in camera da letto.

La stanza è come il resto dell'attico: tutta vetro e metallo, priva di colori tranne che per il nero, il bianco e il grigio. Pareti candide. Moquette grigio scuro. Enorme lettone a baldacchino nero laccato al centro. Da un lato, finestre che si allungano dal pavimento al soffitto e che danno su Central Park. Di fronte tre stampe in bianco e nero di generici monti e boschi. Somigliano a quelle di Ansel Adams dello Yosemite. Prendo nota mentale di guardarle bene dopo.

Pare che Billy non sappia di non comandare, perché mi molla al centro del materasso e mi sbottona i pantaloncini.

"Ehi, ehi, ehi!" Alzo la mano. "Spogliati tu!"

Vediamo se è davvero capace di ubbidirmi.

Regge il mio sguardo; un sorrisino gli gioca sulle labbra mentre si apre velocemente la camicia elegante. Trattengo il fiato – aspetto si levi anche la canotta. Muoio dalla voglia di vedergli il petto per scoprire se...

Peli. Niente ceretta.

Gnam. Li adoro.

Scendo di corsa dal letto.

Billy porta le mani alla cintura.

"Aspetta!" Sollevo il dito stavolta. Improvviso.

S'immobilizza – i polpastrelli ancora sulla cintura. Che sexy. Chissà perché... ma m'immagino quella cintura addosso. Che mi lega i polsi. Le cosce. Che mi sculaccia.

Non mi sono mai abbandonata tanto alle perversioni, ma in Billy c'è qualcosa... e poi ciò che ha detto di me m'ispira pazzie!

Mi piazzo dietro di lui e prendo il comando: gliela sfilo lentamente dai passanti. La lascio cadere a terra, poi gli passo il palmo sulla protuberanza. Santo cielo, che grosso! Gli sbottono i pantaloni e abbasso la cintura.

"Via le scarpe."

Si toglie i costosi mocassini italiani di pelle.

"Siediti sul bordo del letto."

Si gira e siede. È rilassato; le palpebre sono semichiuse, come ubriaco di lussuria. Fossi davvero malvagia gli ordinerei di spogliarsi, lo legherei e qui lo lascerei per andare a dipingere il murale.

Potrebbe pure fargli bene, ma non so se sopravvivrei alla ritorsione. Forse comincio a tenere a questa specie di relazione...

E poi voglio altro. Tipo assaggiarlo. Come lui ha assaggiato me.

M'inginocchio sulla sfarzosa moquette – costerà più di quanto abbia mai guadagnato io in vita mia – e gli libero l'erezione.

Geme e stringe i pugni sui fianchi, però li tiene lì, come fosse in uno strip club e gli danzassi addosso. Io posso toccarlo, ma lui non può toccare me. Gli agguanto l'uccello e faccio scivolare la mano su e giù.

Gli rimbomba in petto un basso verso.

Accidenti. Più animale del previsto. Fino alla settimana scorsa pensavo che farlo con lui sarebbe stata un'impresa fredda e cauta... ma questo qui ribolle tutto!

Gli mostro la lingua e mi sporgo lentamente avanti per metterlo in trepidazione. Irrigidisce le cosce.

"Vuoi che lo prenda in bocca?"

"Non stuzzicarmi." Parla piatto. Forse mi sfida un pizzico.

Messaggio ricevuto – forte e chiaro! Ubbidirà anche, ma non m'implorerà mai.

E l'illusione d'avere il controllo scivola via. Mi sta prendendo in giro: mi ha concesso un turno (diciamo così) prima di tornare al comando.

Gli do una leccata alla fessura umida. "E se invece ti stuzzicassi e basta?"

Gli passa un luccichio perverso negli occhi. "Le stuzzicatrici e basta si beccano la punizione."

Un lampo elettrico mi colpisce dritto il clitoride e mi si contraggono i muscoli pelvici. Eh già. Mi capisce proprio.

Meglio di quanto mi capisca io, pare. Forse è dall'inizio che desidero inconsciamente che mi punisca...

Gli espiro sulla punta, ma senza prenderlo in bocca. Mi sale in mano, s'ingrossa in modo fin spaventoso, le vene esplodono!

"Chiedimelo in modo educato," dico tutta fusa.

"Mostramelo, Argento."

"Cosa?" Gli sorrido. Sì, l'ho portato dove volevo.

"Il paradiso."

Ah, allora va bene. Implorare no, ma chiedere gentilmente sì. Gli passo la lingua sotto e glielo ingoio tutto.

Scatta e inspira a scossoni. Lo prendo in profondità lentamente, in modo da rilassare la gola.

"Oh, cazzo..." brontola quando la punta mi tocca la gola – e insisto.

Gli afferro le palle. Gli scappa un sospiro sofferente. "Aubrey..."

Mi piace sentirgli dire il mio nome in questo stato, saper d'essere io a far perdere la freddezza al controllato miliardario...

Glielo succhio forte e arretro; lui mi agguanta i capelli. Unisce le dita a pugno e mi guida su e giù.

Mi stacco passandomi la lingua sulle labbra. "Ti ho detto che potevi toccare?"

Molla i capelli, ma le dita volano alla mia gola. Me la piglia tutta – senza stringere; me la culla e basta. "Qui posso toccare?" La voce è profonda, roca.

Deglutisco. Mi arrovello a caccia di una risposta. Un po' vorrei dirgli di no, ristabilire il controllo, rifiutarmi di farmi dominare... ma mi si sono infradiciate subito le mutande.

Opto per una non risposta e glielo riprendo in bocca. Lui mi tiene le dita sulla gola, ma col pollice mi accarezza delicatamente il mento, come a sentire a che altezza si trova l'uccello.

Stringe le dita con l'eccitazione, ma come m'irrigidisco le allenta e va a massaggiarmi la nuca, poi risale sui capelli, che impugna di nuovo. Mi fa aumentare la velocità, e per un attimo glielo lascio fare perché è eccitante da morire... poi smetto di nuovo.

Stavolta mi molla subito.

Glielo alzo e abbasso il viso per leccargli e succhiargli lo scroto.

Comincia ad ansimare. Quando gli sfioro il pisello col naso fa un verso strozzato e s'irrigidisce tutto.

Capitolo diciassette

Billy

Per un momento l'odore di carne bruciata offusca il delizioso aroma di miele e noce moscata di Aubrey – mi sfrego il naso per spazzarlo via. Il piercing mi ustiona l'uccello, sì... ma nulla al mondo m'indurrebbe a fermarla! Tanto per cominciare sono immune al dolore: da piccolo ne ho prese troppe per registrare fastidio fisico.

Ma sono in paradiso, più che altro.

Me l'avranno succhiato mille volte, ma mai così. Non riesco a capire se è il suo profumo o il fatto che mi odi a eccitarmi tanto. Forse mi piace che insista a seguire la sua natura e fare l'alfa – pure quando si mette in ginocchio per farmi godere.

Non ero mai stato con una femmina del genere. Non avevo mai provato una voglia che va oltre la fisicità, che mi arriva dritta dentro. Come se la mia stessa *essenza* bramasse Aubrey.

I riccioli esageratamente lunghi e folti le ricadono a cascata su spalle e schiena.

Me lo sposta a lato della faccia e riprende a leccarmi le

palle – il bruciore scema. Mi verranno le bolle, ma domani sarò guarito.

Osservo l'adorabile umana allungare la linguetta per risalire su su, dallo scroto fino alla base del membro e poi alla cappella. La vedo scorgere i pomfi rossi laggiù, perciò mi muovo subito per distrarla.

Le afferro i polsi, li unisco e la tiro su alzandomi anch'io. Adesso è in piedi con le braccia sopra la testa. "Vuoi dentro lingua o uccello?"

Dilata le pupille, barcolla. Vengo investito da una nuova ondata di lussuria: si è eccitata ancora di più. "Tutti e due."

"Avida. Mi piace." Le levo di colpo la maglia. Porta un reggiseno di pizzo rosa pallido che mi fa venire l'acquolina.

Si abbassa sui fianchi pantaloncini e calze a rete. "Ti piacerebbe."

Scuoto lentamente la testa senza staccare gli occhi dai suoi. "Riecco la boccaccia..."

Mi restituisce lo sguardo senza timore. Mi sfida a prendere il comando? Dall'odore so che l'idea la eccita, ma visto che non le ho davvero chiesto il consenso... Sospetto voglia mantenere il controllo e farsi dominare al contempo. O vuole che faccia io ma salvandosi la faccia. Qui ci vuole cautela.

Se va male e lo dice a Madi, Brick mi evira!

La giro e le schiaccio le scapole sul lato del letto. S'irrigidisce e trattiene il fiato, però non si divincola né protesta. Le slaccio il reggiseno. La trepidazione mi fa formicolare tutto. Il bisogno di farmela s'infiamma ulteriormente. La voglio tutta mia. Possederne il corpicino sexy. Farle provare di tutto.

Voglio sentirla gemere. Urlare. Implorare.

Voglio Aubrey Cook. L'irrispettosa umana seminacasini

e portatrice di cagnolini che, chissà per quale inspiegabile ragione, me lo fa diventare più duro dell'acciaio.

Le do uno sculaccione, poi le passo le mani su e giù per l'esterno coscia per toglierle del tutto shorts e calze.

Dato che non s'è lamentata dello schiaffo non so se punirla sul serio o metterle la bocca sul fradiciume della figa.

Prima che ricordi di non mostrarle quanto sono forte già le sollevo i fianchi per metterle le ginocchia sul materasso. È carponi, ma io la spingo dalle scapole per schiacciarle i bei seni sul copriletto di seta grigia.

Le labbra luccicano di rugiada. Do una sculacciata all'altra natica – abbastanza potente da far casino. Mi sporgo per morderle il culo. "Sei proprio squisita..."

Non è da me lodare – nemmeno a letto – ma mi è proprio scappato. Le separo le natiche per leccargliela. "Spingiti in fuori," ordino in un latrato.

Fuori dalla porta Peperino guaisce. Prima gli avevo inviato mentalmente l'immagine d'aspettarmi nell'atrio, e lui ha saggiamente ubbidito.

Le passo il pollice nel canale umido, allargo le dita sull'osso sacro e pompo dentro e fuori. È più succosa d'una pesca... pronta, matura. "Adesso ti faccio vedere cosa succede quando ci si guadagna la punizione."

Mi serra le pareti interne attorno al pollice, a dimostrazione del fatto che è *più* che disposta a scoprirlo.

Estraggo il dito e le spalmo i succhi sull'ano.

Stringe tutto.

La sculaccio – solo una volta – ma quando geme di piacere decido che è ora della punizione vera e propria.

Scendo in una pioggia di schiaffoni che le scaldano il culetto senza esagerare, poi smetto per tracciarle dei cerchietti col palmo, massaggiare e strizzare. "Sta' ferma qui," ordino.

Chissà se ubbidirà.

O se mi risponderà a tono.

No, non lo fa. Pare aver alzato bandiera bianca.

Le do un bacio su una natica, dopo corro a prendere il lubrificante dal bagno in camera.

Peperino infila il naso nella porta scodinzolando, ma lo ignoro. Si ritira di nuovo.

Torno con la boccetta aperta e gliene verso un po' sull'ano.

Scatta, perciò la tengo dal fianco e la rassicuro. Come il cucciolotto – che ha solo bisogno di un alfa – il suo corpo ha bisogno della sicurezza che deriva dall'appartenere a qualcuno; così potrà lasciarsi andare e provare un piacere profondo. Se non si sente al sicuro il cervello resta attivo per analizzare la situazione e cercare di capire cosa fare, come reagire. E Aubrey entra in modalità performance o protezione.

Io la voglio in modalità ricezione. Ho bisogno che senta il mio controllo del tutto. Di sapere di essere io a comandare adesso – lei non deve preoccuparsi d'altro che di ubbidire alle direttive.

Una benda aiuterebbe. E anche legarla aggiungerebbe esperienza sensoriale.

Devo rallentare e farle un regalino che mi chiederà ancora. Il lupo mi agita, muore dalla voglia di scoparsela a morte... ma non è il momento di prenderla. Ma di dare.

Riacquisisco l'autocontrollo e metto l'animale sotto chiave. Vado all'armadio per prendere due cravatte. Quando torno gliene sistemo una attorno alla testa a coprirle gli occhi. Lei si muove, gira il capo per aiutarmi ad agganciarla dietro, poi riposa la guancia sul copriletto.

Prendo un cuscino dalla pila della testiera e le sollevo il busto per infilarglielo sotto al petto, così da levarle un po' di pressione dal collo e farla stare comoda una volta che avrà le mani legate dietro.

Le piglio un polso, glielo tiro dietro e poi prendo l'altro. Con gran calma, li lego con la cravatta di seta – stretti comunque. Se vorrà liberarsi dovrà chiedermelo. Sento la trepidazione montarle dentro: il suo odore è caldo, come fosse già preda del piacere...

"Adesso concentrati, Argento," le dico. "Ti darò lingua e uccello, come richiesto. Ma prima c'è la punizione."

L'unica risposta è un dolce sospiro.

È d'accordissimo.

Per destabilizzarla un po', non la sculaccio subito. Le spalanco la parte alta delle cosce coi pollici e la lecco. Punto al clitoride gonfio, poi le succhio le labbra. Si è appena rasata tutta: ha la pelle liscia, facile da divorare.

Mentre l'assaggio vengo assalito da una strana sensazione, da un'ondata di piacere... non fisico. Più etereo. Metafisico. Le muovo la lingua nelle pieghe, le lecco i succhi e il godimento aumenta. È una sensazione giusta mescolata a eccitazione – come l'entusiasmo del lupo quando riconosce l'odore fresco della natura e sa che l'uccisione è prossima.

Cerco di dirmi che è l'uccello a parlare.

Per quest'umana ce l'ho duro dalla festa di fidanzamento di Brick e Madi. Anzi, da quando l'ho conosciuta alla *Résistance*! E lì sotto lui è felice e contento che finalmente possa farmela... e dimenticarla.

Non è il fato a parlare, certo che no. Altrimenti...

No.

No!

Non sono destinato a stare con un'umana!

L'idea mi dà così fastidio che mentre lecco la sculaccio pure.

Geme. Altro sculaccione – la lingua insiste mentre le colpisco il morbido culetto col palmo.

Figurarsi se devo stare con un'umana.

Cambio mano e passo all'altra natica, cui rifilo tutta una serie di pungenti schiaffoni mentre la divoro con la lingua.

Le trovo l'ano col pollice destro. Il lubrificante di prima ormai si è scaldato come lei, quindi m'infilo dentro facilmente.

Geme – più gutturale stavolta.

Non le scopo il culo col dito; glielo lascio fermo lì. Dopo alzo la testa e comincio a sculacciarla con foga – brutale, la piglio all'intersezione fra sedere e coscia, prima da un lato e poi dall'altro.

Si lamenta, però accetta tutto bene. E resta perfettamente immobile. Cominciano a tremarle le cosce. Mi gocciola eccitazione sul copriletto.

Sono praticamente un ossessivo-compulsivo, ma so già che non laverò niente. Stanotte voglio dormire in mezzo al suo odore.

Ogni notte, insiste il lupo.

Lo scaccio sculacciandola più forte. Le urla si fanno più acute, perciò smetto per massaggiarle le carni surriscaldate scopandole lentamente il culo col pollice.

Quando mi accorgo che sta per venire le accarezzo il clitoride con le dita dell'altra mano.

"Oddio!"

"Le sculacciate ti hanno scaldata, Aubrey?" tuono. "Hai intenzione di venire prima che te l'abbia messo dentro?"

Le ficco due dita dentro senza neanche volerlo, tanto è gonfia, viscida e spalancata!

"Oh, cazzo..."

Pompo con pollice e dita.

"Oddio. Caaaaaaazzo!" Si ripiega subito su sé stessa, come in attesa di qualcosa. Mentre viene i suoi succhi m'inzuppano tutto.

L'animale ulula soddisfatto.

E l'appagamento metafisico di prima m'avvolge.

Insisto finché non ha finito, poi dico: "Cattiva. Non ti avevo mica detto che potevi venire."

Aubrey

Adesso che la punizione l'ho avuta – e *bollentissima* – mi sforzo di riprendere il controllo.

"Sono io a dare gli ordini, eh," asserisco – un po' di sprint mi sa che s'è perso, però, visto che biascico col fiatone.

Billy morde, poi mi bacia il fondoschiena bruciante e mi slega i polsi. Gemo quando il sangue mi corre alle spalle – si erano un po' irrigidite.

Lui sembra capire esattamente cosa provo, perché me le massaggia per farle tornare in vita. Be', adesso lo so. Billy White III a letto è un *animale*. L'ipotesi di Madi – che non fosse tanto male, dato che presta attenzione ai desideri altrui – era giusta. È calmo. Esperto. Squisitamente dominante.

E ne voglio ancora.

Mi spinge giù e mi sale sopra. Ha gli occhi incollati all'anellino al naso. Lo trova sexy, mi sa.

Lo spingo via e cede. L'espressione di norma velata resta imperscrutabile, ma v'individuo una dolcezza inedita. Apprezzamento?

Ormai morirà di voglia visto che io sono già venuta due volte e lui nemmeno una... invece ha pazienza.

Devo concederglielo: l'autocontrollo ce l'ha.

Gli salgo in vita, e quando mi porta quelle brave manone sui fianchi abbassa le palpebre.

Squilla un telefono; gli occhi gli vanno al pavimento, dove ha lasciato i pantaloni.

"Devi rispondere?"

Digrigna i denti. "Merda."

Lo prendo per un *sì* e salto giù.

Balza in piedi e pesca il telefono dalla tasca. "Brick."

Ah. Capo e amico. Chissà quale ruolo viene prima nel loro rapporto... quasi sembra il primo, dato quanto era caduto in disgrazia per via di Madi. Strano però; mi pareva che Madi avesse detto che erano amici d'università, prima che diventasse il suo capo.

"Dove sei?" Brick parla tanto forte che lo sento fin dal letto.

"Oggi lavoro da casa."

"Da quando *lavori da casa?* Che cazzo stai combinando?!"

Billy si fa vuoto in viso – non che prima palesasse chissà quali emozioni, eh.

Oh-oh. Ho il sospetto che la festa sia finita. Scendo e parto alla ricerca dei vestiti.

"Sto cercando di organizzare una riunione coi dirigenti e mi hanno detto che non ci sei. Devi venire in ufficio. Subito!"

"Mezz'ora e sono lì." Agganciano senza salutarsi. Quando Billy mi guarda mi aspetto un'occhiatina piatta da professionista... invece colgo il lampo di qualcos'altro. Delusione? Desiderio?

Questo barlume veramente umano sotto all'esterno patinato mi fa qualcosa di bizzarro al cuoricino.

Provo compassione adesso? Per un miliardario?!

Assurdo. Se l'è scelta lui questa vita importante. E s'è scelto lui Brick come migliore amico.

Viene da me; sono in piedi con addosso l'intimo coordinato che mi sono messa proprio per momenti come questi. "Scusa." Mi mette la mano sulla nuca per tirarmi il viso verso il suo. "Devo andare. Per favore, dimmi che possiamo rifarlo..."

Accidenti. Addirittura *per favore*. E *scusa*. "Vedremo."

China la faccia verso la mia, ma si ferma a metà strada. "Posso baciarti?"

Mi scappa proprio da ridere; mi chiede il permesso di baciarmi dopo che fino a poco fa mi teneva il pollice nel culo?! Ma non sono dell'umore di dargli chissà quali soddisfazioni al momento... "No." Prendo subito il controllo: gli agguanto il viso per abbassargli le labbra sulle mie. Lo bacio come una pazza, gli trasmetto tutta la voglia che speravo di sfogare... in altro modo. Strofiniamo i nasi. Sfreghiamo le labbra. Mi butto su una lunga passionalità per fargli vedere cosa si sta perdendo. Non che l'asta che mi schiaccia contro alla pancia non dimostri che lo sa già...

Quando ci scostiamo ha il naso brutalmente segnato di rosso. Tocco uno dei punti. "Ti ho graffiato col piercing?" Ma dai, non ha senso! Non vedo altra spiegazione però.

Billy ignora la domanda e mi culla la guancia nella mano – in un gesto decisamente troppo tenero per uno con cui litigo da mesi. Mi dà un altro bacino, poi si gira per vestirsi. Nella gara a chi si prepara prima vinco io, ed esco dalla stanza.

In corridoio ci aspetta Peperino, che – accidenti! – ci ha lasciato una pozzetta di pipì.

Merda. Be', almeno l'ha fatta sul parquet e non su una moquette che non potrei permettermi di ripagare.

"Attento a dove metti i piedi. Pipì di cane!" gli grido. "Pulisco io."

Lo sento ringhiare dalla camera e Peperino ne fa un altra po'.

"Non prendertela con lui, è solo un cucciolo!" Corro a prendere degli asciugamani di carta.

Billy mi becca uscendo. Altro bacio. "Ti voglio," dice. E se ne va.

Così mi saluta.

Fisso la porta da cui è uscito e gli rivolgo un lento sorriso. "Prendo nota."

Billy

Scendo in garage gustandomi il suo sapore sulla pelle. Mi formicola la faccia dove mi ha bruciato l'anellino. Ho le palle che stanno per esplodere e mi fanno un male cane, ma il lupo fischietta. L'ho fatta venire.

Ce l'ho avuta a letto, nuda. Non avrò il suo odore semplicemente in casa... ma sulle lenzuola.

Quando però esco furiosamente con la Porsche, la sgridata di Brick mi risuona ancor più forte nelle orecchie.

Nessuno della *Moon Co.* lavora da casa. Il venticinque per cento dei dipendenti è lupo – quindi nessuno si ammala. Mai. Brick gestisce l'azienda col pugno di ferro. Non pretende si lavori la sera e nei fine settimana a meno che non sia necessario, ma quando ti vuole bisogna farsi trovare alla scrivania.

Io mi sono sempre sbattuto sessanta ore alla settimana. Arrivo per primo. Esco per ultimo. Il mio obiettivo è essere il migliore in ogni singolo aspetto del lavoro che potrebbe metterci nei guai. Insieme a Eagle – l'avvocato, nonché cognato di Brick – risolvo ogni debolezza. Gestisco l'azienda quanto Brick. Forse di più.

Quindi le videoconferenze di ieri non c'entrano un cazzo con me.

Cosa mi sta succedendo?

Abbasso i finestrini per farmi sferzare il viso dall'aria inquinata di New York. Il profumo di Aubrey scema mentre colgo i vari odoracci della strada – il grasso dolce delle ciambelle, le gomme bruciate, i gas di scarico.

Mentre il disgusto per la città m'invade, il piacere d'averla toccata svanisce.

Non resta che la rabbia.

Perché cazzo mi fa questo effetto?! Come ho potuto permettere al bisogno d'infilarmi nelle sue mutande d'impedirmi di lavorare?! Ho deluso l'alfa – di nuovo. E mentre tentavo di riparare all'errore precedente!

E se Brick non c'entrasse nulla? E se Aubrey fosse davvero la mia rovina?

La befana di Adalwulf ha predetto che Madi avrebbe portato alla fine il branco dei Blackwood, però non è successo. E se sbagliasse? Se più che una previsione... fosse una maledizione? E se questa maledizione avesse trovato modo di arrivare a me?

Gli Adalwulf strinsero un patto con le streghe molto tempo fa, e adesso ogni nuova generazione produce una veggente mezza lupa e mezza strega che guida l'alfa.

La loro è morta insieme a Odin – l'ultimo alfa – ma le mie fonti dicono che ne ha preso il posto Aster, una giovane. La maga vergine.

Forse ci avevano mandato Madi per distruggere Brick, e quando non ha funzionato ha rivoltato la magia contro di me. Perché altrimenti dovrei esser tanto rapito da un'umana? Io li odio, gli umani!

Dell'arte non me ne frega un cazzo. Della giustizia sociale nemmeno – in quanto lupo, opero in un'altra società.

Abbasso il retrovisore per guardarmi allo specchio. Ho ponfi rosso acceso sulla narice e sul labbro superiore – dove Aubrey ha sfregato il piercing.

Che bello quel bacio.

E che bella la passione. Che bello sapere d'averla ispirata.

Mi sono fatto marchiare da un'umana...

...e intanto l'alfa aveva bisogno di me, e io ero assente.

Che cazzo ho?!

Devo riprendermi. Basta lavoro da remoto. Basta scopatine col nemico.

Le pagherò il murale e sopravvivrò agli addii a nubilato e celibato e al matrimonio, punto. E se nel frattempo finiremo a letto, non mi lamenterò di certo... ma non posso farmi distrarre.

Non posso soccombere al suo bizzarro fascino.

Aubrey Cook è l'incarnazione dei guai. La sua bellezza caotica è pericolosa.

Qualsiasi cosa accada nelle prossime settimane, non posso farmi prendere da quella lì.

Capitolo diciotto

Aubrey

Be'. Per esser uno che mi ha salutata dicendomi: "Ti voglio," devo concludere che Billy White non mi voleva poi tanto.

Oppure alla *Moon Co.* è successo qualcosa di grave, perché non lo vedo né sento da due giorni – cioè da quando è scappato via per la telefonata di Brick.

Ecco perché sono tornata per provocarlo... calpestando tutti i suoi confini.

Ieri e oggi mi ha fatta entrare in casa sua Grayson, il nerboruto alla porta, senz'altra spiegazione che Billy gli ha detto di farlo. Niente biglietti o messaggi. Silenzio radio.

Vabbè.

Non fa niente. Ho lavorato un sacco sul primo murale.

E non mi è dispiaciuto avere la casetta tutta per me.

Visto che probabilmente ci saranno telecamere seminate ovunque, oggi mi sono messa bella comoda per dargli fastidio: in cucina mi sono sparata caffè e contenuto del congelatore: quasi solo carne, per la cronaca. Sarà uno di quelli che segue la dieta paleo.

Adesso sono nella gigantesca doccia per due del bagno *en suite*; mi pulisco dalla vernice prima della serata con Madi. Sì, ho trovato appropriato spogliarmi proprio dove si spoglia lui...

Apro il coperchio del gel doccia. È in una bottiglia di vetro – chi si porta vetro in doccia?

Spero tanto torni a casa mentre sono qui, che mi becchi mentre mi faccio i fatti miei – come una pessima prostituta che il mattino dopo non ha ancora levato le tende.

Ancora non ho deciso se poi lo lascerei fare o gli farei patire la fame per andarmene tutta baldanzosa sui sexy stivali gogo di Caroline.

Ma sarò qui dentro da trenta minuti, e lui non arriva. Mi sa che è il caso di darsi una mossa, Madi mi aspetta. Speravo di partire insieme a lei, ma mi ha scritto che tarderà al lavoro e ci vediamo lì.

Non ho ancora pensato a Peperino, che siede sul soffice tappetino grigio in attesa, con gli occhioni marroni incollati alla porta di vetro della doccia.

Non gli ho trovato casa; bel problema, visto che da me gli animali non sono ammessi. Finora me lo sono portato a casa di nascosto tutte le sere, e poi qui da Billy. Non ho nemmeno dovuto usargli la carta di credito per comprargli cibo e giochi, dato che mi sono ritrovata tutto sulla soglia – come per opera di magiche fatine.

Sospetto che la fatina sia l'assistente di Billy. Mi stupisce si dia tanto da fare per un cucciolo? Sì, forse un pochino; meno però di quanto pensassi. Fa tanto il burbero, ma è più altruista di quanto dimostri. Finge che Peperino gli dia fastidio, ma il bagnetto gliel'ha fatto con delicatezza. Forse sotto sotto sapevo che aveva lati gentili nascosti; altrimenti non gli avrei portato un povero cagnolino indifeso.

Devo però trovargli un babysitter per stasera. Se la sta

cavando bene; ha già imparato a farla solo fuori o sui tappetini assorbenti. Se io e Madi fossimo partite da qui insieme
avrei potuto lasciarlo con Billy o con Brick... e invece niente.

Perciò potrei farlo dare di matto lasciandogli la sorpre-
sina! Ma anche se l'idea mi entusiasma... non voglio ne
paghi le spese Peperino.

Mmm... quante decisioni da prendere!

Agguanto il rasoio di Billy – commettendo il peccato
capitale di smussare la lama da barba usandola per gambe e
inguine – e poi esco dalla doccia e mi butto su un morbido
asciugamano. Indosso con calma (e fatica) l'abito grigio
chiaro e aderentissimo a mezze maniche e gli stivali bianchi
gogo.

Rovisto in frigo in cerca della cena. Alle diciotto e trenta
ancora non è tornato ed è ora di andare, perciò sistemo
Peperino nel borsone di lana grossa che gli ho comprato per
portarlo di nascosto qui – può sembrare una sacca da viaggio
se non si guarda con troppa attenzione – e lo lascio alla
porta.

"Scusa, piccolo. Stanotte ti lascio col mostro. Spero
faccia il carino e domattina ti dia qualcosa da mangiare, ma
verrò presto per verificare che ti abbia portato fuori, ok?"

Risponde con un piccolo cinguettio d'abbaio.

"Lo so. Ti voglio bene anch'io. Fa' il bravo." Gli lancio
bacini rumorosi e chiudendo la porta mando giù il groppo
che ho in gola.

Andrà tutto bene. Peperino se la caverà – e poi ne vale
la pena, per infastidire Billy.

Soprattutto vista la latitanza.

Entro in ascensore cercando di ignorare i dubbi. Stasera
sembra tutto sbagliato. Billy è irreperibile. Madi non può
partire da qui insieme a me. Odio lasciare Peperino senz'a-
vere la sicurezza che qualcuno se ne occuperà.

Sono smarrita.

Non so neanche cosa ci faccio qui, a vagare per l'attico mentre dovrei pensare alla *Sentience*.

Sabato c'è il galà, sveleranno il mio lavoro. Sarà quella l'occasione di recuperare prove per il caso.

Rischierò più che mai... ma non c'è nessun altro che possa farlo al posto mio. Ho l'invito, visto che sono l'artista. E il pass della sicurezza.

Sarà la nostra migliore opportunità di distruggerli.

* * *

Billy

Entro in casa alle sette – il dispositivo di tracciamento dice che Aubrey è appena uscita.

Ottimo tempismo, per quanto mi riguarda. Con lei mi serve un reset totale: devo assolutamente evitare la tentazione del profumino di noce moscata, di quel succulento corpicino...

Alzo il naso per abbeverarmi del suo odore. È mescolato all'aroma della pittura che s'asciuga, dell'umidità di una doccia appena fatta... e di cane.

All'ingresso c'è una piccola borsa di lana, sopra un tappetino assorbente. Ah già. È un trasportino.

Quando entro Peperino si lancia in un acuto guaito di gioia.

"Ehi." Parlo brusco e uggiola.

Mi slaccio la cravatta. Aubrey si è lavata qui e ha lasciato la maledetta bestia. Ma perché?! Non le importa niente del cucciolo? O cova un'opinione ingiustificatamente troppo elevata del livello di compassione che provo per gli animaletti domestici...

...oppure vuole tentarmi affinché la punisca. Ecco, m'è venuto duro.

Apro la borsa e sollevo il gomitolo di pelo. "Non abbaiarmi contro."

Scodinzola con violenza e cerca disperatamente di leccarmi faccia, mani, qualsiasi parte del mio corpo riesca a raggiungere.

"Sono io l'alfa. Non dimenticarlo."

Altro scodinzolio.

Sarà un giovane bastardino, ma è sveglio. Gli leggo nei grandi occhi marroni che mi comprende alla perfezione. Lo gratto dietro alle orecchie.

"Devi uscire?" Gli invio l'immagine mentale di una pisciatina nell'erba di Central Park. Così i mutanti comunicano in forma lupigna. Non siamo telepatici – figuriamoci – ma le idee semplici riusciamo a passarcele. Di solito quale direzione prendere durante una corsa o quale animale cacciare.

Gira la testa di qua e di là per guardare fuori dalle finestre che danno sul parco.

Sì. È sveglio.

Aubrey ha lasciato il guinzaglio vicino al trasportino, ma non mi porterei mai dietro un cagnolino legato in pubblico! Non sarebbe alla mia altezza, tra l'altro, ma dare l'idea che non sappia tenere sotto controllo una bestiolina minuscola è assurdo.

Lo metto giù. "Vieni." Apro la porta e trotterella con me fin nell'ascensore, di cui annusa ogni angolo. Alza una gamba per farla qui e ringhio. Raggela, si butta sulla schiena e si rotola per mostrarmi la pancia, nella resa.

Gli rifilo un'occhiataccia alfa.

"Solo fuori."

Nell'atrio vorrei chiedere a Grayson se Aubrey mi ha

lasciato messaggi – tipo che cazzo ci fa qui il cane – ma non posso mostrarmi debole. Sono il braccio destro dell'alfa. Già mi sto ridicolizzando abbastanza a uscire dall'ascensore con un cane nano al seguito... io dovrei avere appresso un doberman di un metro e venti!

Gli faccio un cenno col capo ed esco a grandi passi sul marciapiede. Di solito mentre passeggio la gente distoglie lo sguardo, ma Peperino induce i passanti a scoccarmi sorrisi. Che ovviamente svaniscono all'istante quando io rispondo con una gelida faccia alla *non rompetemi i coglioni*.

Peperino zampetta veloce quanto le gambette gli permettono, per starmi dietro. Giriamo l'angolo per andare sul prato del parco, che indico dicendogli di farla. Ubbidisce. Non ho un debole per bambini, cagnolini o gattini, ma è difficile negare che questo stronzetto è proprio carino. Sarò un mostro praticamente morto dentro, ma nella giovinezza – mutante o animale – c'è qualcosa che tira fuori l'alfa protettivo che c'è in me.

Soprattutto quando vedo avvicinarsi una con una bastarda più grossa che ha tutta l'aria di volerselo sgranocchiare. Ringhio di gola – troppo piano perché la padrona umana senta ma abbastanza forte perché la cagna si blocchi di colpo e ci superi avvinghiata alla gamba della signora.

Mentre Peperino si fionda da un cespuglio all'altro per marcare il territorio, mi squilla il telefono. Lo prendo.

Madi.

Non mi chiama mai; anche se sto cercando di dimostrarmi leale verso la Luna, non siamo certo amici.

Do una strisciata di pollice. "Sì, Luna?" Non m'interessa piacerle, ma la fiducia conta. Sono il suo leale soldato, pronto a prendere ordini, a dare la vita per la sua.

"Billy, ciao. Per caso Aubrey è ancora da te?"

Mi acciglio. "No. È uscita mezz'ora fa. Perché?"

"Dovremmo vederci stasera, ma devo restare in ufficio. Non risponde al telefono."

Mi si aggroviglia lo stomaco. E non è timore per Aubrey – anche se c'è pure quello. È qualcos'altro. Qualcosa di meno chiaro dell'istinto protettivo. Di più torbido. Qualcosa di macchiato di gelosia. E dolore.

Merda. È *empatia*.

Chissà perché, ma so che il bidone farà soffrire Aubrey.

E io vorrei sguainare la spada e ammazzare il drago colpevole di tanta sofferenza!

"Dove dovevate vedervi?" Cerco di non essere tagliente. È sempre la mia Luna, e a lei devo più lealtà che a Aubrey.

Per una qualche ragione non è così... ma adesso non posso pensarci.

"All'*All Night*. È accanto alla *Résistance*, a Brooklyn."

"Lo conosco. Vado a dirglielo."

Resta zitta un attimo mentre digerisce l'informazione. "Ci vai?"

"Certo, Luna," dico tranquillo – come lo facessi per lei, non per Aubrey!

"Bene. Falla divertire. Accompagnala a casa, se le serve." Infonde la voce di un pizzico di comando ingiustificato. Ma è una tipetta sveglia; più della maggior parte di noi, che siamo tutti usciti da un'università della Ivy League. Credo sospetti qualcosa su di me. Ho dimostrato troppo interesse per la sua migliore amica, e adesso mi dà un ordine che mi costringerà a starci insieme tutta la sera.

Poteva andarmi peggio.

"Vado," concludo, e riaggancio prima che possa cavarmi di bocca qualcosa.

Veloce fischio e Peperino gira la testolina a guardarmi con le orecchie alte e gli occhi spalancati in attesa dell'ordine. Quando schiocco le dita e mi indico le scarpe parte di corsa – incespicando un po' dalla fretta.

"Andiamo. La mamma ha bisogno di noi."

* * *

Aubrey

Non viene. E no, non ho risposto alle ultime dieci telefonate. Perché se avesse avuto solo qualche minuto di ritardo m'avrebbe scritto. Se chiama è per scusarsi, e sinceramente non voglio sentire scuse. Rischio di dire qualcosa di cui poi mi pentirei e rovinare del tutto l'amicizia o di piangere: due eventualità poco appropriate ora che mi trovo a un concerto nel locale che preferisco al mondo. E con addosso una fantastica giacca turchese di pelle che mi dona un sacco.

Strizzo il lime nel bicchiere e mescolo con la cannuccia piccolissima. Non ho mangiato niente e la vodka tonic mi sta andando dritta alla testa. Ovviamente è la seconda – ecco forse spiegato il mistero.

Un gruppo di turbolenti universitari bianchi e asiatici qua accanto, al bancone del bar, continua a guardarmi scoccando sorrisi. Cercando incoraggiamento per rompere il ghiaccio. Ma io li ignoro ostinatamente e guardo la band.

Suonano la mia canzone preferita di Pat Benatar, *Invincible*, e vorrei tanto fregargli il microfono perché la vocalist non ha abbastanza estensione vocale. Mica giudico, eh. Non penso ci voglia chissà che voce per fare musica. Vanno bene tutti. Conta solo il desiderio di cantare, d'esprimersi.

Si apre la porta e segue un momento tipo saloon del vecchio west quando entra una persona... che più fuori posto di così si muore.

Billy Bigliettoni.

Ancora in tenuta da Wall Street. Che ci fa qui? E come ha fatto a trovarmi?

È incazzato nero, pronto a far rotolare teste. Eh. Probabilmente perché gli ho scaricato Peperino. Guardo per vedere se ce l'ha, ma è a mani vuote.

Fa saettare lo sguardo ai tipi qui accanto, poi lo incolla su di me.

Chissà perché, ma quando parte a grandi passi mi vengono le farfalle allo stomaco. Non temo la sua rabbia. Cavolo... la voglio! Le farfalle non sono impaurite, bensì oltremodo eccitate. Ho uno spasmo in mezzo alle gambe anche solo al pensiero che mi punisca di nuovo.

Glielo lascerò fare?

Domanda da diecimila dollari.

A me non dice nulla quando arriva, però. Si fa strada a spintoni fra i ragazzi dandogli la schiena per restare rivolto verso di me.

Aspetto apra bocca, ma fa segno al barista. "Crown Royal. Liscio."

Sgancia un centone sul banco.

Appoggia il fianco al bar in quella che probabilmente è la sua posa più disinvolta, poi mi guarda. "Bella giacca."

"Grazie. È vintage." Speravo di tirarmela con Madi però...

Mi sa che non la vedrà mai.

Continua a esaminarmi. Potrei buttar lì un commentino sulla posa da arrogantello, ma non mi va. Eh, se non ho l'energia nemmeno per prendere per il culo Bigliettoni sono proprio alla frutta...

Poi dice: "Madi ti ha tirato un bidone."

Di tutte le cose che mi aspettavo dicesse, questa proprio non l'avevo messa in conto.

Ha parlato con empatia. Comprensione.

Cose di cui mai l'avrei creduto capace.

Sgrano gli occhi, mi si chiude la gola, il naso all'improvviso si tappa e brucia.

Mi tocca il braccio – all'inizio in modo lieve, ma poi chiude le dita in una stretta rassicurante.

"Sarà la decima volta." Ho la voce rotta. Parlo come una ragazzina, ma Billy se ne sta qui a guardarmi con qualcosa di simile al calore, e allora mi scappa anche tutto il resto. "Non la vedo più! Credevo che il murale da te ci avrebbe permesso di recuperare, ma è sempre con Brick o in ufficio. Saranno settimane che cerco di organizzare qualcosa per noi due..." Mi sfugge una lacrima – che scaccio subito.

Che scema.

"Lo so. Hai la sensazione d'aver perso la tua migliore amica."

Lo guardo in un rapido sfarfallio di palpebre. Deve provare lo stesso per Brick. "Sì. Insomma... *l'ho* persa." La consapevolezza mi schiaccia.

È ora di affrontare la cosa. Le persone cambiano. Non tutte le amicizie durano. Forse sono rimasta aggrappata a qualcosa che devo lasciar andare.

Billy scuote il capo. "Madi ha bisogno di te, e ti vuole bene. Dovete solo adattarvi alla nuova situazione."

Lo fisso. Bah, non voglio più parlarne – soffro troppo! "Che ci fai qui?"

"Madi mi ha chiamato, visto che non rispondevi. Ti va di cenare? Non hai ancora mangiato, no?"

Strizzo gli occhi. Litigarci è decisamente meglio che parlare di Madi. "Mi spii con le telecamere?"

Sbuffa. "Dai... non mi servono telecamere per sapere che combini, Argento."

Piego la testa e mi adeguo al tono civettuolo. "E cosa combino?"

Alza appena appena gli angoli delle labbra. Finirò con l'adorare quest'espressione. "Ho visto che ti sei fatta doccia e caffè. E che mi hai lasciato il cane." Alza le sopracciglia.

"Già. E quindi?"

"E quindi dopo ti punisco."

Mi travolge un formicolio bollente. *Gnam.*

Secca il whiskey e fa un cenno del capo all'uscita. "Dai, andiamo a cena. Devi mangiare un boccone come si deve."

"Ok. Ma come fai a sapere che sono a stomaco vuoto?" insisto.

"So che sei uscita da poco. E poi non ti sento addosso odore di cibo."

"Hai installato le telecamere per verificare che non ti rubi niente, quindi non devi più lavorare da casa," l'accuso. "Mi hai guardata sotto la doccia?"

La Porsche è parcheggiata a un isolato di distanza; si ferma davanti alla portiera del passeggero, che però non apre. "Credi temessi che *rubassi?*" Pare offeso. Se per me o per sé, boh.

Adesso sono io ad alzare le sopracciglia.

Mi piglia prima un polso e poi l'altro, e mi gira i palmi verso l'alto. Vi preme i pollici e comincia un massaggio. "Io non temo niente, Argento. Men che meno tu possa derubarmi. Lo volessi fare, sospetto che me lo faresti sotto il naso in modo sfacciato, non di nascosto non appena metto piede fuori casa."

Mi scappa un sorriso. Lo sguardo bollente e il tono roboante danno l'idea che mi ammiri per questo. Che gli piacciano le discussioni quanto piacciono a me.

"E se qualcuno ti spiasse mentre fai la doccia... gli strapperei le palle degli occhi e gliene ficcherei in gola."

Vengo invasa da un bel calore. "Mmm... sexy," riesco a gracchiare sorpresa. Non lo facevo tipo da delitti passionali.

Lo guardo in faccia. Ciò che prima era altezzoso ora è fin dolorosamente bello: la salda linea della mandibola con la barba corta, i fumosi occhi azzurri incorniciati da ciglia esageratamente scure e folte... è presuntuoso, sì, ma quando dirige tutta la sua sicurezza su di me riesco a vederne il fascino – nuova prospettiva che mi rende più difficile mantenere la barriera della *résistance* che ho innalzato proprio per lui.

Gli abbasso il capo verso il mio per un bacio. Lui mi avvolge la mano sulla nuca e m'infila la lingua in bocca. Sa di whiskey. Ha le labbra morbide... tranne sulla barba del labbro superiore, quella che mi graffia la pelle.

Finisco di culo contro alla portiera; lui mi ci schiaccia contro facendomi scivolare una mano giù per il fianco per afferrarmi la coscia e sollevarla, spalancarmi.

Dall'abitacolo si sente un guaito e ci scostiamo. "Hai portato Peperino?!"

"Certo!" Guarda male nel finestrino; mi giro e vedo il cagnolino sul sedile del passeggero. Con le zampette gratta la portiera e si alza su quelle posteriori per guardarmi.

Billy arretra e mi molla. Mi apre la macchina.

Prendo in braccio Peperino, ma Billy se lo riprende subito e lo mette sull'asfalto.

"Non metterlo giù! E se scappa?!" Non ha neanche il guinzaglio! Non riesco a credere che l'abbia portato qui fuori dal trasportino. È pericoloso...

Mi ignora. "Piscia lì e torna dentro," ordina, come se lo capisse, come se non rischiasse di scappare e non dovessimo corrergli dietro, o non rischiasse di perdersi o finire sotto a un'auto o un milione delle altre cose che possono accadere a un cucciolino in città...

Stranamente però Peperino fa proprio ciò che gli è stato

detto: alza una gambina e fa la pipì, poi rimonta in macchina.

"Dietro," ringhia Billy. "Lì si siede la mamma."

E ubbidisce di nuovo. Stranissimo!

Salgo anch'io. "Parli il cagnese, vedo. A me mica mi ascolta."

"Sì." Chiude la portiera e va dal suo lato. Prende il telefono e apre l'app di un ristorante, poi me la porge e avvia il motore. "Ordinaci qualcosa da far portare da te."

Mi passa per la testa una decina di battute sulla presunzione che ci vuole ad autoinvitarsi a casa mia... però mi rendo conto che mi va da matti. Mi piace si assuma queste responsabilità – e pure che voglia venire da me!

Mai avrei immaginato di vederlo varcare la soglia del mio appartamento. Be', mai avrei immaginato neanche varcasse quella dell'*All Night*.

Ma più che altro non dico nulla perché lo voglio. Ho già avuto un assaggio di Billy a letto, e non mi è bastato.

Valuto il menù. "Cos'hai voglia di mangiare?"

Mi scocca un'occhiata immettendosi in strada; gli occhi luccicano sotto ai lampioni. "Te."

Faccio un sorrisetto. Nessuna obiezione. La lecca da vero campione.

"Prendi quello che vuoi, perché stanotte io banchetto con te, Aubrey."

Capitolo diciannove

B*illy*

Le strappo i vestiti di dosso come mi porta di sopra – col cane nascosto sotto alla maglia, dato che apparentemente qui non sono ammessi animali.

Ho aspettato anche troppo. L'autocontrollo cede, e io sono uno che di solito domina qualsiasi voglia. Non permetto a niente e nessuno di comandarmi.

Le butto la maglia a terra e la spingo verso le camere.

Si toglie gli stivali.

Le sbottono la gonna e gliel'abbasso sui fianchi.

Quando Peperino si lancia in un piccolo abbaio entusiasta, lo zittisco con un ringhio.

Una sola scopata. Una sola – come si deve – e me la leverò dalla testa.

Il problema è che non le sono ancora venuto dentro. Una volta eliminato il problema mi sarò tolto il prurito che mi dà l'umana e potrò andare avanti.

Questo mi dico mentre il suo profumo m'invade le narici con le sue gustose note di miele e noce moscata. Sono teso, una molla di desiderio inespresso e gioia per averla quasi nuda.

La sollevo e la porto in camera. Quando sgrana gli occhi mi rendo conto d'aver dimenticato di fingere che mi pesi.

La stanza è come lei: un casino di caos e colori. I mobili sembrano da mercatino dell'usato di terza categoria – pezzi di legno scoordinati dipinti di colori accesi e allegri.

"Stavolta comando io," asserisco buttandola al centro del letto. L'altra volta le ho lasciato tutto il divertimento, ma stasera il guinzaglio del mio autocontrollo non reggerà.

"Ah sì?" mi sfida. Però dilata tanto le pupille da far sembrare d'onice gli occhi color cannella. Schiude le labbra gonfie. Quando le abbasso di colpo le spalline del reggiseno scopro che ha i capezzoli turgidi.

"Non fingere che non ti piaccia." Le infilo le dita fra le gambe per muoverle delicatamente sul tassello delle mutandine rosa pallido. "Menti pure a me, ma non mentire a te stessa."

Le s'infradiciano subito. L'odore dell'eccitazione me lo fa venire più duro dell'acciaio. Il corpo di Aubrey è maturo per me. Pronto al saccheggio.

E stanotte lo saccheggerò eccome.

Le passo una mano sul culo e stringo.

"Credo che stanotte mi darò a una classica sculacciata..."

Continuo a massaggiarle il sedere e le infilo le dita dell'altra mano nelle mutande.

"Mmm. Bella bagnata..." Le stuzzico l'ingresso fradicio. "La punizione ti eccita."

Mi slaccio con gran teatralità la cintura. Aubrey segue il movimento, e percepisco un pizzico d'incertezza. Dovrei continuare a recitare, farle credere che la picchierò così, ma al lupo non piace la punta di nervosismo che le ha invaso l'odore.

"È per i polsi, Argento."

Mi siedo sul bordo del letto e gliel'avvolgo attorno al busto per trascinarla da me. Le gambe le scivolano oltre il materasso, accanto alle mie, e si tira seduta; si scosta un ciuffo di capelli via dal volto.

"A meno che tu non la voglia sul culo..."

"Passo!"

"Vieni qui, bellissima." Apro le gambe e la sistemo distesa su una coscia sola, col busto sul letto e i piedi a terra.

Con calma le abbasso le mutande sulle curve del sedere. I lunghi riccioli neri si sparpagliano su schiena e spalle. È stupenda da morire, e il lupo adora averla alla sua mercé.

Aspetta un attimo... no. Forse è il mio lato umano invece. Difficile a dirsi. Stanotte la vogliamo entrambi sotto di noi a urlare di piacere... quando finalmente l'avrò fatta mia.

Le pesto il culo con tutte e due le mani – ci metto un po' più di forza del previsto.

Trasalisce e gira la testa a guardarmi con gli occhi strabuzzati.

Peperino abbaia. Santo cane... protegge la mamma.

Le massaggio via il dolore. "Scusa. Troppo forte, eh?"

Rilassa le spalle.

Scocco un'occhiata a Peperino. "Va' a stenderti in soggiorno." Gli invio l'immagine mentale: lui steso davanti al divano. Allora il cucciolo fa dietrofront e trotterella via ubbidiente.

Il bastardino sta cominciando a piacermi.

Altro sculaccione, stavolta più leggero. Aubrey geme.

"Ecco cosa succede adesso," le faccio con un'altra botta. "Ti farò soffrire perché mi hai lasciato Peperino senza chiedermelo, e poi ti premierò per aver concesso questo corpicino sexy alla punizione." Accelero, sempre con leggerezza. Lei mi rotea i fianchi sul grembo dal piacere.

Santo fato... che bello! Il rumore dei colpi sulla carne, il panorama vertiginoso del culo in aria, l'odore dell'eccitazione che aumenta a ogni colpo... sono preda d'una sorta di vertigine. Nulla nella mia mente razionale avrebbe mai scelto questo momento; è illogico che non solo mi piaccia, ma che stia godendo nel venire a Brooklyn da una femmina umana che odia tutto ciò per cui mi batto io.

Eppure non sono mai stato più soddisfatto in vita mia. È difficile negare questa sensazione di fare la cosa giusta. Significa forse che è...

No. Certo che no!

Non può essere la mia compagna. Il fato non mi accoppierebbe mai con un'umana. Sono figlio di un alfa, nato per comandare un branco. Ho scelto io di lasciare casa per fare il braccio destro di un alfa degno, ma ciò mica significa che sono meno alfa! Mi serve una lupa alfa degna del mio lignaggio. Una che continui la razza di purosangue che risale addirittura a prima della nascita degli Stati Uniti!

Il fato non mi metterebbe mai con un'umana.

La sculaccio più forte. Aubrey si contorce e agita, facendomelo pulsare.

No: è lussuria. Tutto qua. Frustrazione repressa per tutta la settimana in cui l'ho fatta godere senza godermela io.

L'ondata chimica partita dalla consapevolezza che stasera finalmente la penetrerò.

La pianto per tracciarle dei cerchi sulle carni surriscaldate. Ha un culo perfetto, pieno e rotondo, a forma di cuore. Adoro il calore che emana questa radiosa pelle bruna...

È magnifica per essere un'umana.

Le infilo le dita fra le gambe per farle risalire in carezze il nettare su, fino al clitoride, e concentrarmi lì.

Viene, scossa tutta da brividi – mi serra le dita, il centro del suo corpo si stringe in spasmi pulsanti.

Facile. Esplode già solo dopo una breve sculacciata e una strisciatina sul clitoride. Non posso ignorare l'armonia che dimostra il corpo di questa femmina al mio. Lei negherà anche di provare affetto, magari detesta persino essere attratta da me... ma è evidente che sono il padrone del suo corpicino.

"Adesso mettiti in ginocchio." Infondo la voce di comando alfa per renderle il tutto più sexy – e anche perché così può ubbidirmi senza litigare con l'orgoglio.

Scende ai miei piedi e guarda su.

Splendida, cazzo! Ha gli occhi vitrei d'orgasmo, le guance arrossate. I riccioli spettinati, sparsi su spalle e schiena. Muoio dalla voglia di farmela.

Aspetta istruzioni – da brava sottomessa. Anche se non ha una sola cellula da sottomessa in corpo. E qualcosa sotto sotto mi dice che deve esserci una ragione; che il suo corpo risponde all'ordine perché già mi appartiene.

Sbagliato però. Dai, è solo perché ho usato il comando alfa e qualcosa nella sua biologia l'ha riconosciuto.

"Tiramelo fuori."

Si lecca le labbra e mi sbottona i pantaloni. Mi accarezza appena coi polpastrelli sotto, mi stuzzica.

Sono in paradiso.

"Succhiami le palle." L'altra volta l'anellino me le ha ustionate, quindi devo essermi fritto – per l'appunto! – il cervello per chiederglielo ancora. Ma il dolore è irrilevante; e poi quella volta ha solo intensificato la goduria della sua bocca calda sulla zona più sensibile del mio corpo...

Me le risucchia in bocca con gran calma, ustionandomi intanto l'interno coscia. Sono in estasi.

"Adesso prendilo tutto."

Ubbidisce di nuovo. Apre le meravigliose labbra carnose e le fa scivolare su e giù succhiando forte.

Alla base della schiena mi si appicca un incendio mentre muove la testolina...

Cazzo, devo assolutamente entrarle dentro. Mi sta sfuggendo il controllo – strano per me. Questa femmina è la mia debolezza. Non dovrei star qui a godermela; mi dà dipendenza.

"Basta." Sono stato più brusco del previsto. L'afferro dalla vita e la sollevo. Il piano era di metterla in piedi, ma il mio corpo fa a modo suo e mi piazza la figa sulla bocca. Mi sistemo le sue cosce sulle spalle e inizio a banchettare.

"Santo... *oddio*." Si aggrappa alla mia nuca. "Sei... fortissimo." L'ansito mi mette foga. Non ce la faccio più!

Il bisogno è volato oltre il mio controllo.

Mi alzo e mi giro tenendola dalle reni e distendendola sul letto. Le alzo le ginocchia oltre alle spalle per prenderla bene, ma senza freni. Succhio e lecco come un uomo che muore di fame. Come un ubriaco. I suoi succhi mi rivestono la lingua, coi denti le graffio le morbide carni...

Coi denti?!

Ma...

No. No, impossibile! Non è la mia compagna di fato. Non voglio marchiarla, è follia!

Mi sale un ringhio. Arretro e sbatto le palpebre. M'è come scesa una cupola sugli occhi, come vedessi con gli occhi dell'animale.

Mi giro subito perché Aubrey non mi veda.

Preservativo. Me ne serve uno. Devo solo venirle dentro e vedrai che la voglia mi passa.

Mi spoglio dandole la schiena, poi pesco un preservativo dal comodino. Lo apro e me lo infilo.

Quando mi rigiro ho ormai messo sotto controllo il respiro. La vista è ancora più acuta di quel che dovrebbe essere, ma è buio quindi probabilmente non mi vedrà gli occhi.

"Spalanca le gambe, Argento," ordino salendo sul letto.

Piega le ginocchia e me le apre senza smettere di guardarmi... e si tocca con una mano.

"Cazzo, che sexy..."

Lo sa bene. Me lo dice il sorrisino che mi fa. Questa donna adora torturarmi col suo potere erotico.

Tortura che dovrei odiare... ma non c'è parte di me che non ne sia contenta. Mi piace che rivolga le sue attenzioni a me. Che usi il potere del suo corpo. È incantevole.

"Adesso fai la brava e lo prendi tutto?"

Le palpebre le crollano a mezz'asta mentre s'accarezza. "Cosa succede se dico di no?"

La rigiro sulla pancia e le do uno sculaccione. "Ti punisco ancora. O dovrei invece prenderti nel sedere?"

"No... ma da dietro mi piace." Inarca la schiena per spingermi il sedere addosso a gambe divaricate.

E quasi vengo già così. Ogni mio controllo si disintegra. Nella stanza si ode un ringhio, e prima ancora d'accorgermene affondo in lei fino alle palle. Penetrarla è come tornare a casa...

In senso mitico. Religioso. Mica lo schifo di casa dove sono cresciuto.

Le agguanto i fianchi e la tiro in ginocchio per sbattermela bene. La schiena fa una curva elegante, adesso che si regge sugli avambracci.

So di dovermi trattenere – non ci sto mettendo la

minima delicatezza – ma non riesco a rallentare. Non riesco a controllare la smania.

Adesso è mia. Sotto di me. Le sto dentro. E ne ho *bisogno*, cazzo. Ho bisogno di lei.

Le schiaffeggio più forte il culo coi lombi. Più in profondità. Più veloce. Sono febbricitante. Il caos della cameretta si chiude su di me, poi arretra. Cavalco un'onda all'inseguimento di un godimento... di nome Aubrey Cook.

Attraverso il ruggito che ho nelle orecchie mi rendo conto che sta urlando. Cerco di concentrarmi malgrado la frenesia dei colpi. Le faccio male?

I miagolii sono lamentosi.

Sì, le faccio male.

Merda.

"Troppo?" dico a denti stretti. Cerco di rallentare, ma il corpo non ubbidisce.

"No," si lagna. S'aggrappa alle lenzuola, mi prende tendendo i muscoli della lunga schiena snella. "Scopami, Billy!"

Santo fato! Gli ultimi appigli della mia sanità mentale si sfarinano e scoppio. Ruggisco, ci metto tanta potenza da sollevarle le ginocchia dal letto. Le proteggo la nuca con la mano per non farla sbattere contro al muro.

Grida.

Registro debolmente dei colpi alla parete. Ah sì. I vicini. È povera.

Ruggisco ancora e la infilzo in profondità per riempire di seme bollente il preservativo. Non smetto più – continuo a venire! Con le dita della mano libera le trovo il clitoride e glielo massaggio.

Viene anche lei, fra strilli di piacere. Fa scattare i fianchi contro ai miei, col sedere spinge per prendermi sempre più dentro mentre le pareti interne pulsano per mungermi tutto.

E io sto ancora venendo.

E lei sta ancora venendo.

Così andiamo avanti tutto il giorno!

E poi mi ritrovo sul fianco, a cucchiaio contro Aubrey, ad abbracciarla come avessimo appena partorito un nuovo universo.

Ed è adesso che mi rendo conto di essere fregato.

Venirle dentro non mi ha liberato.

Mi ha trasformato. Non sono lo stesso uomo che ha messo piede qui dentro stasera.

Anzi... chissà se lo sarò mai più.

Capitolo venti

A*ubrey*

Stasera si tiene il galà della *Sentience*. Sveleranno il mio murale al mondo...

...e io gli ruberò ciò che serve a fermarli.

È col denaro fregato agli artisti che pagano la superfesta. Non mi farò scrupoli quindi a berne lo champagne e darli alle fiamme.

Bruciate, figli di puttana. Bruciate.

Quando bussano alla porta sto pensando a cosa indossare. È un corriere con un grosso scatolone nero.

"Consegna per Aubrey Cook. Firmi qui." Firmo – anche se non aspettavo niente. Vince la curiosità.

Poso il pacco sul tavolo della cucina per aprirlo. Mi soffia in faccia l'aroma di legno di sandalo essiccato quando rompo la carta velina e scopro... un meraviglioso abito da sera argentato! La cosa più glamour che abbia mai visto. Odora persino di soldi.

Che me l'abbia mandato Madi per scusarsi? Dopo il bidone non ha fatto che chiamarmi tutta la sera. Alla fine ho risposto quando se n'è andato Billy; mi ha chiesto perdono fra le lacrime. La stanno stressando il matrimonio e la gestione dell'azienda di famiglia, e giovedì sera al lavoro c'è stata una crisi cui non è riuscita a sfuggire.

Ovviamente ho accettato le scuse. È uno schifo, certo, ma capisco: ha nuovi obblighi... nonché un nuovo rapporto a eclissare il nostro. Voglio sia felice, però soffro per la perdita della nostra intimità. Non sarà mai più la mia coinquilina, non faremo mai più tardissimo per mangiare gelato al gusto biscotto cantando *Push It* in pigiama.

Ma possiamo comunque rimanere amiche. Al telefono ci siamo aggiornate un pochino. Mi ha chiesto della *Sentience*, quindi le ho spiegato tutto – anche le parti illegali. Le ho detto pure che mi faccio Billy. Ci siamo salutate concordando che a Monaco avremo tutto il tempo del mondo per stare insieme.

Non ha accennato a regali però. Non che ne avesse bisogno... però mi fa stare bene che mi abbia pensata.

Con un bel calore dentro, mi levo di corsa i vestiti macchiati di pittura e infilo questa sottospecie di guaina. Sembra fatto apposta per me: l'abito è in stile sirena, e senza tacchi mi si raccoglie ai piedi come mercurio liquido.

E ho pure le scarpe giuste: quelle della festa di fidanzamento di Madi! Stasera volevo mettermi qualcos'altro, ma questo è molto più costoso.

Sono bellissima, formidabile. Somiglio alla regina di un telefilm di fantascienza. Il tipico personaggio che spara laser dagli occhi.

Finisco di sistemarmi trucco e capelli. Stamattina mi sono fatta le trecce; mi sa che sono in sintonia con chi mi ha regalato il vestito, perché per chiuderle ho usato un nastrino argentato invece che oro e rosso. Giusto un pizzico di glam... perfettamente abbinato al vestito.

Qualche gioiello argento e il look è finito. Ho ancora la

borsetta metallica perfetta con le scarpe. L'unica parte non ancora da *red carpet* sono le unghie: sono pulite e curate, sì, ma c'è ancora un po' di pittura bianca attorno alle cuticole. Le lascio così. Dopotutto sono un'artista.

E a chi non gradisce verranno incenerite le retine dai miei occhi laser.

Bussano ancora. Stavolta mi consegnano un gran bouquet di girasoli – i miei fiori preferiti. Il biglietto dice: 'Congratulazioni per la grande serata! Farai faville. Buona fortuna. Un abbraccio, Madi.'

Ah. Ero convinta mi avesse mandato il vestito, ma adesso mi viene qualche dubbio. Possibile mi abbia regalato entrambe le cose... ma non me le avrebbe spedite insieme?

Forse Madi non c'entra. Prima mi hanno chiamata i miei per felicitarsi, e con Jan e Caroline ho parlato di persona. Avrebbero potuto prendermi l'abito tutti insieme, ma non è il loro stile.

Se non sono state le mie amiche più care e i miei parenti, allora chi è stato?

Esco ad aspettare la macchina e vedo una limousine oziare qui davanti; blocca un lato della strada. Non ci sono altre auto in attesa, ma sto per urlargli di levarsi di torno... quando si apre la portiera dietro. Smonta un uomo... che mi spariglia tutti i pensieri. Indossa un classico smoking nero ed emana una sicurezza e un *aplomb* da far invidia a James Bond.

Poi metto a fuoco il viso.

"Oddio... Billy?!" Raccolgo la gonna e scivolo giù per le scale per andargli incontro. "Non ti avevo neanche riconosciuto!" Ero troppo occupata ad ammirare lo smoking, ma questo mica glielo dico. "Su, spara un insulto."

Mi squadra da capo a piedi, come in cerca di difetti.

Attendo una derisione, ma lui par perso in fantasticherie, ipnotizzato com'è da tutto quest'argento luccicante.

"Be'?" Sventolo la mano per richiamare la sua attenzione. "Sto aspettando."

Gli scappa un mezzo sorrisino pur ustionandomi con lo sguardo. "Niente salopette stasera?"

"Eccolo. Ed ecco la mia macchina." Faccio un cenno della mano al povero autista della berlina blu, che non riesce ad avvicinarsi visto che la limousine ostruisce il passaggio.

"Stasera no. Ti accompagno io."

"Eh?!"

Ma è già in moto, e coi tacchi non sono abbastanza veloce da intercettarlo. Prende il portafoglio e ne pesca delle banconote per far ripartire felice e contento il tipo.

È quando torna che noto il gilè grigio chiaro che porta con lo smoking.

"Pronta, Argento?" Mi porge la mano.

Esito. "Come facevi a sapere del galà?"

Mi scocca il suo solito sorrisetto. "Ho visto l'invito sul tuo comò. Ho pensato fossi tu l'ospite d'onore. E dovresti arrivare con stile. A meno che tu non preferisca la metro..."

"La metro non ha niente che non va." Gli prendo la mano, e quando il suo grande palmo inghiotte il mio sento una scarica elettrica. Il suo calore mi penetra tutta, mi si surriscaldano le guance. Mi sembra d'aver varcato un confine. A letto è stato fantastico... ma adesso ci stiamo avventurando in un territorio ben diverso da quelli di due scopamici. Questo è un appuntamento vero e proprio.

Mi aiuta a salire in macchina. Il mio corpo reagisce al suo tocco, sereno e sicuro. E l'eccitazione mi parte di nuovo a mille, distraendomi.

Dentro gli poso la mano sulla spalla, immobilizzandolo.

"Argento," mormoro accarezzandogli il gilè di seta di

colore sottilmente coordinato al mio abito. "Sei stato tu, vero? Me l'hai mandato tu." Ha visto l'invito e ha deciso di recitare il ruolo della fata madrina mandandomi vestito e limousine. Incarnando però due ruoli al contempo: quello della fata e quello del principe.

Arrogante da morire... ma anche premurosissimo!

A luci basse l'atmosfera è fin dolorosamente intima. Mi si accalcano le emozioni in gola – felicità, confusione, un pizzico di rimpianto. Prima si presenta la sera in cui Madi mi tira un bidone, e adesso addirittura questo? È troppo, dai...

Che stia vivendo un momento magico con William White III? Con l'uomo che non molto tempo fa si è vantato di far dedurre dalle tasse la mia tariffa – in pratica quasi frodando lo stato?

Impossibile.

"Non so di che parli." Sbuffa. "Sono solo contento che tu non sia in salopette."

Scoppio a ridere. Ecco l'Elegantone che conosco e adoro odiare!

"Solo tu puoi farmi un regalo e trasformarlo in un insulto." Contenta d'esser tornata in territorio sicuro – quello delle frecciatine in libertà – sprofondo sul sedile. "Mi sembra di capire che tu voglia farmi da cavaliere. Avresti potuto chiedermelo però."

"Io non chiedo. Ordino."

Levo gli occhi al cielo. Quando dice stronzate del genere è come mi sfidasse a prenderlo per il culo. "Magari perché sai che nove volte su dieci la farai franca." I vantaggi d'essere bianco e ricco.

"A volte è più facile chiedere perdono in ginocchio."

"Quindi vuoi implorare?" Incrocio le gambe per fargli vedere bene lo spacco vertiginoso. Non mi tiro spesso, ma quando le circostanze lo pretendono mi piace risplendere!

"Le implorazioni sono sempre sul tavolo. Solo che magari non starà a me farle."

Mi si mozza il fiato, vado a fuoco. Il pensiero che mi s'inginocchi fra le gambe e mi baci l'interno coscia mi avvicina pericolosamente all'autocombustione. E poi ha ragione: qualche minuto di tormento da parte di quella lingua esperta che si ritrova e implorerei eccome!

Serro le cosce. Billy fa guizzare lo sguardo giù. Gli si abbassano le palpebre, sbatte le ciglia inspirando profondamente. Cerco il modo di cambiare argomento e distrarci, prima che ci venga la tentazione di farlo in limousine...

"Grazie d'essere venuto stasera. I miei volevano venire, ma gli ho chiesto di evitare."

"Non vuoi vedano che sei diventata l'imbonitrice del nemico?"

Alzo di nuovo gli occhi al cielo. "Guarda che sei tu il testimonial del capitalismo."

"Sei brava a trasformare il denaro in arte. Quando ti sarai laureata dipingerai a tempo pieno?"

Trattengo il fiato. Non ero pronta ai complimenti... e neanche alle domande serie. Ci penso su. "Be', sì, voglio dipingere a tempo pieno..."

"Ma?"

"Avevo pensato di diventare avvocato. Come Jan, la mia mentore. Voglio fare la differenza."

"E l'arte non fa la differenza?" Gli occhi azzurri sono aperti, sinceri. Non mi sta sminuendo; è curioso davvero.

"Sì. Però..." Ammutolisco. Cerco di mettere a parole perché non ho mai voluto fare dell'arte una carriera. Pensandoci comunque capisco di non voler studiare Legge:

voglio dipingere. Solo che a livello inconscio ho già deciso che è impossibile.

Che Billy si chieda pure perché – tanto sarebbe l'unico al mondo.

"Fino alla *Sentience* – e fino a te – non ci ho mai guadagnato. Non mi serve molto denaro, ma questa città è costosa. Sono molti gli artisti che faticano ad arrivare a fine mese. Sono già fortunata ad avere un posto a casa dove dipingere. Sospetto di non aver mai neanche pensato di farlo per lavoro." Mi mordo il labbro. Dovrei detestare dirglielo... ma Billy sa ascoltare. Meglio di quanto credessi.

"Se continui a trovare spudorati capitalisti che paga un occhio della testa le tue opere, ne farai di soldi."

"Voglio di più. Mi farebbe un piacere immenso aiutare la comunità, far sì che tutti abbiano opportunità e spazio per produrre arte. Non so..." Che frustrazione. Qui parliamo di problemi grossi che richiedono soluzioni grossissime! "Forse diventare avvocato d'ufficio mi permetterebbe di contribuire, almeno in parte."

"E chi sarebbe adesso il capitalista? Contribuire non è mica obbligatorio. Già la tua esistenza su questa Terra è un dono." Batte le palpebre, come non si fosse aspettato nemmeno lui di dire una cosa tanto gentile.

Vorrei scherzare su 'sta roba del dono – tipo che dovrebbe essere grato, allora! – ma invece dico: "Grazie."

"Prego. Ah: se ti serve un *business plan* su come diventare artista a tempo pieno, sappi che io prendo solo centomila dollari l'ora."

"Ma va' a quel paese..."

Quando arriviamo sto sorridendo. La *Sentience* ha assunto un parcheggiatore: hanno pure srotolato il tappeto rosso per i dirigenti e la *crème* di New York su cui vogliono fare colpo. Mi sprofonda sottoterra lo stomaco quando ricordo che ci faccio qui: non sono venuta a scambiarmi allegri insulti con Billy Bigliettoni; a un certo punto dovrò sgattaiolare via e intrufolarmi nella stanza dei server che c'è di sotto.

Ma come?

Billy mi aiuta a scendere dalla limousine e mi porge il braccio. Percorriamo il tappeto e c'infiliamo fra la gente. Dopo brevi saluti col direttore operativo e qualche altro dirigente, il sorriso è sparito. Questi qui sfruttano artisti per creare una macchina che condurrà ad altri sfruttamenti... eppure stasera festeggiano il loro 'impegno nei confronti dell'arte' spendendo un'esagerazione per un murale e dando un galà in suo onore. "Guardateci, noi adoriamo gli artisti! E non li derubiamo neanche!"

Non vedo l'ora di distruggerli. Devo solo capire come.

Billy arriva con un bicchiere di vino bianco per me e un gin tonic per sé. Beviamo osservando la gente lanciarsi in sospirate esclamazioni davanti alla mia opera. So d'aver firmato il contratto solo per entrare qui dentro, ma sapere che il mio lavoro viene usato per ripulirsi la reputazione mi dà acidità di stomaco.

Accortosi del mio tetro silenzio, Billy attiva tutto il suo fascino e si scusa a nome di tutti e due per portarmi al bar.

"Nervosa?" Mi dà una piccola gomitata.

Sono tutta presa dal chiedermi come filarmela senza farmi notare. Ho la gola piena di acido, però deglutisco e scuoto disinvolta il capo. "No."

"Bene. Perché non hai ragione d'innervosirti. Sei la persona più vera qui presente."

Sbatto le ciglia e lo guardo. "Sembra un complimento..."

Sorride. "Perché lo è. Questi qua," – indica col bicchiere la folla – "non aggiungono niente alla società. Sono solo ingranaggi di una macchina aziendale. Tu invece crei dal nulla. E vivi secondo i tuoi valori."

Altro groppo in gola. Mai mi sarei aspettata mi dicesse una cosa del genere. "Ci provo."

"Ci riesci. Ecco perché le tue opere sono tanto potenti: ci metti dentro tutta te stessa. Tutto ciò in cui credi... e tutto ciò che sei." E quando si volta verso di me vedo ogni singola striatura delle iridi azzurre...

Il cuore ha preso velocità e la mano che regge il calice trema un po'. Sono travolta dalle emozioni, e non solo perché Billy mi ha fatto un complimento sincero. Ma perché sembra vedermi pienamente. Mi ha presa alla sprovvista, mi fa venir voglia di fuggire. O combattere.

Scelgo la seconda, perché così faccio sempre con lui. "E tu? Tu cosa crei e porti al mondo?"

Gonfia le guance – accetta la critica. "Bella domanda," ammette. "So che credi che la *Moon Co.* sia solo l'ennesima azienda tagliagole volta al mero profitto..."

"Non lo è?" Poso il calice per girarmi del tutto verso di lui. "Dici che qui sono tutti ingranaggi, ma tu non sei come loro?" Ho le guance in fiamme. Sbotto per indurlo ad ammettere che le mie accuse sono valide. Ma non voglio che ceda: voglio si difenda. Chissà perché poi.

"Io penso al profitto. Ma la mia azienda può fare del gran bene."

"Ma dai..." Sbuffo. "Avete cominciato con le criptovalute. Siete identici a questi qui dell'intelligenza artificiale: vi arricchite con le tecnologie speculative e distruggete l'ambiente."

"Tranne che la *Moon Co.* è leader dell'investimento *green*," dice dolce. "Sole e batterie al litio, che danno energia verde e affidabile – facendo fare dietrofront al cambiamento climatico."

"Ah. Non lo sapevo." Credevo che Billy fosse l'ennesimo tipetto tutto profitti...

"C'interessa molto salvare il pianeta. E abbiamo la visione e i fondi da investire in ricerca e sviluppo. Prova a pensarci." Alza il telefono e lo scuote, gli occhi brillanti d'entusiasmo. "Un giorno una batteria delle dimensioni di questo telefono alimenterà per un anno quest'intero palazzo! Riusciremo a conservare quella solare a lungo termine... e poi l'elettricità sarà praticamente gratis."

"Davvero?"

"Davvero." Mette via il telefono con un sorrisone da ragazzino. Una ciocca di capelli gli finisce in viso e se la scosta – come imbarazzato d'aver detto troppo. "Sembri sorpresa."

"Lo sono." Ho l'impressione d'aver conosciuto un nuovo Billy; un Billy con cui ho in comune molto più di quanto pensassi. "Non sapevo t'interessasse qualcosa oltre ai soldi."

"Ahi. Mi sa che me lo sono meritato. È pieno di aziende avide e capitaliste che distruggono pianeta e società. Ma ci creiamo noi il mondo che vogliamo, e io ho scelto di crearne uno in cui inventarmi delle soluzioni ai problemi maggiori dell'umanità."

"Guadagnando al contempo miliardi." Strizzo gli occhi.

"Il denaro è potere. Potere di creare, di proteggere le cose cui teniamo. Secondo te perché la *Fondazione Blackthroat* mira alla preservazione del territorio?"

"Per le deduzioni fiscali?"

"So che pensi che i miliardari andrebbero tassati anche solo per l'aria che respirano, ma ricorda una cosa: le aziende guadagnano creando valore. E se noi creiamo un valore di trilioni di dollari, perché non dovremmo guadagnarne miliardi?"

Levo gli occhi al cielo. Un giorno presenterò Billy a Jan,

così gli risponde lei sui miliardari e le tasse. "Siamo d'accordo di non essere d'accordo."

"Mi accontento." Alza il bicchiere per brindare e beve tutto. "Altro giro?"

Apro la bocca, poi mi torna in mente che devo scendere dai server. "Ehm, sì. Me lo ordini tu? Devo andare a incipriarmi il naso." Il corridoio per i bagni mi permetterà di usare la chiave magnetica che ho rubato per salire agli uffici.

Fa una pausa prima di rispondere. Che abbia notato che mi sono distratta? "Ok," mormora alla fine. Si porta la mia mano alle labbra per un bacio. Mi vengono le farfalle allo stomaco. "Non farmi aspettare."

"No." Ansimo in modo spero sexy, non nervoso. Attendo che sia al bar, poi scivolo in corridoio. C'è un dirigente al telefono; gli sorrido con un cenno del capo e poi piazzo la mano sulla porta dei bagni. Si allontana e cambio direzione: punto alle scale in fondo. E comincia la lunga discesa verso il terzo piano interrato...

La rampa è vuota, ma il cuore mi rimbomba nelle orecchie. Jamie mi ha detto che non c'è tanta sicurezza – e stasera le guardie saranno tutte impegnate alla festa. Procedo comunque in punta di piedi per non ticchettare sul cemento. Alla fine della scala mi sbarra la strada una porta chiusa a chiave, ma guardie non ce ne sono.

Ho la chiave in borsa; la passo al lettore trattenendo il fiato. Paiono trascorrere secoli prima del bip e del lampo di luce verde.

Mi scapicollo giù – ne manca ancora di strada.

Col battito cardiaco nelle orecchie, avanzo cauta verso la stanza di cui mi ha parlato Jamie. Devo usare di nuovo la chiave, però funziona. La porta si apre e vengo sferzata in viso dall'aria gelida.

C'è silenzio, se non si conta il ronzio del condizionatore

e dei macchinari. Sfreccio giù per le file di attrezzature e inserisco la flash drive speciale di Jamie nel server in fondo, dove non si dovrebbe notare. Se funziona riuscirà a vedere tutti i file di cui hanno fatto il back up.

Faccio un sospirone. Tengono bassa la temperatura per proteggere i computer. Mi viene la pelle d'oca, e già mi si vedono i capezzoli attraverso il vestitino argentato.

"Finito di fare quel che stai facendo?"

Quasi muoio di paura!

Sulla soglia ombrosa c'è Billy. Per niente contento, a quanto pare.

"Aubrey?" Si avvicina accigliato. "*Cosa* stai combinando?" Fa guizzare lo sguardo da me ai server alle mie spalle, poi lo riporta su di me. "Gli spegni tutto?!"

"Posso spiegare..." Ammutolisco però. Mi ha beccata con le mani nel sacco, e anche gli dicessi la verità è più probabile si schieri con la *Sentience* che con me. No?

"Dobbiamo andarcene." Mi fa segno di raggiungerlo. "Arriverà da un momento all'altro uno della sicurezza."

"Come hai fatto a entrare?" sussurro correndogli incontro.

Alza un sopracciglio. "Potrei chiederti la stessa cosa." Mi piglia dal braccio per trascinarmi fuori. "Non hai visto le telecamere." Fa un cenno al soffitto.

"Merda," rantolo. Non ci ho neanche pensato. E nemmeno Jamie. Ovvio però ci siano. Forse Jamie riuscirà ad alterare i filmati una volta entrata nei server.

"Me ne occuperò io," borbotta.

"Cosa?!" Scatto indietro, ma lui mi cinge la vita e mi spinge avanti.

"Ssh. Arriva qualcuno."

Io non sento niente, però non ribatto. Infiliamo la scala e

saliamo di corsa. Siamo quasi al pianterreno, quando mi tira indietro.

"Che fai?!" sibilo. Io ho il fiatone e lui respira quasi normalmente!

Mi tira a sé, praticamente m'incolla al suo corpo. "Fa' come me." Mi ficca la testa nella piega fra collo e spalla e inspira. Torna la pelle d'oca... ma stavolta mica per il freddo.

No, mi rifiuto categoricamente di eccitarmi in questo momento! Siamo in piena fuga, santo cielo... Billy però si comporta come fossimo adolescenti sul sedile di una macchina.

Sto per spingerlo via, quando sento delle voci avvicinarsi.

Trasalisco; Billy mi prende nella mano il lato della faccia. "Respira. Ci penso io."

Chissà perché, però mi fido. Gli faccio un piccolissimo cenno d'assenso, poi lui si sporge per impossessarsi delle mie labbra.

È surreale sbaciucchiarsi adesso, mentre aspettiamo d'essere beccati in flagrante da una guardia – nonché eccitante. E spaventoso. Sono bollente e gelida, cerco di tenere sotto controllo il respiro. Dentro mi ruggisce l'adrenalina, formicolo tutta in mezzo alle cosce...

Poi vengo invasa dall'odore di Billy, e mi smarrisco nelle sue morbide labbra. È solo una recita, ma non lo sembra affatto. La sua bocca promette cose turpi, e io non posso far a meno che abbandonarmi contro di lui.

Mentre i passi arrivano chiudo gli occhi e mi lascio baciare. La porta qui accanto si apre e una voce brusca sbotta: "Che ci fate voi qui?!"

Sono due dirigenti; uno è perplesso, l'altro ci adocchia sospettoso.

Billy si mette di profilo per pararmisi di fronte e proteggermi. "Qualche problema?" Il tono è tutto boria.

"Non potete venire qui dietro," dice l'infuriato. "Ve lo chiedo di nuovo: che ci fate qui?"

"Non si vede?" biascica Billy. È rilassato – io invece sono un fascio di nervi. "Finalmente ho convinto la perfezione fatta e finita a rallegrarmi la giornata... volevo far due chiacchiere in privato, da soli. Ma dato che non siamo più soli, ce ne andiamo." Fa l'annoiato e il seccato, come se quei due gli avessero invaso il territorio – e non il contrario!

"Ma come avete fatto a entrare?"

Fa spallucce con ogni grammo d'arroganza che lo permea. "Era aperto. Se non volete che gli ospiti vengano qui, chiudete a chiave." Mentre il tipo va in escandescenze, mi mette una mano sulla schiena per spingermi fuori. Ci chiamano e mi scappa una smorfia, ma rieccoci fra gli ospiti – pare non abbiano voglia di seguirci per una scenata.

Proseguiamo con calma puntando quasi a caso all'uscita.

"Grazie," rantolo appena siamo fuori.

"Non ringraziarmi. Non siamo ancora in salvo. Ma quando lo saremo," – e mi spara un'occhiataccia che mi fa sprofondare di nuovo lo stomaco – "mi dovrai delle spiegazioni."

* * *

Billy

Non so che succede. Ho appena beccato Aubrey mentre cercava di darsi a una sottospecie di spionaggio aziendale.

E l'ho aiutata! Non so come ho fatto a infilarmi in questo casino... a parte il fatto che ho visto l'invito sul comodino e non sono riuscito a sopportare il pensiero che andasse al galà con altri.

Ora sono al telefono con Sully; gli dico di cancellare tutte le prove dei filmati per esser sicuro che non ci scoprano. Percepisco curiosità dal suo tono, ma non mi curo di spiegare. Non so neanche se potrei farlo – anche se ho l'abitudine di dir sempre tutto al branco.

Riaggancio. "Sistemato."

Sospira e annuisce sprofondando sul sedile della limousine. È una visione da sogno con l'abito argento che le ho scelto... il pensiero di stenderla per mangiarmela proprio qui, in macchina, mi fa venire l'acquolina. Ma non sono ancora pronto a distrarmi.

"Non te la sei ancora cavata. Parla."

"È una storia lunga..."

"Ti ho aiutata a scansare qualche reato. Penso d'essermi guadagnato il diritto di sapere perché hai fatto questa cazzata."

Sbuffa, ma secondo me ha capito che ho rischiato per lei. Le conseguenze non mi spaventano chissà quanto, ma ho il lupo su di giri per la voglia di proteggere la piccola umana dal pericolo. "La *Sentience* deruba gli artisti," sbotta. "Un'informatrice ha le prove che carichino opere illegalmente."

"È un LLM. Viene addestrato su tonnellate di dati..."

"Resta comunque sbagliato!" Mi guarda sbattendo gli occhioni nocciola. "Fanno del male alle persone, Billy... ad artisti come me."

"Questo deve deciderlo la legge."

"La legge è in ritardo di un secolo. E quando le leggi sono ingiuste, il nostro compito è resistere."

"È stata comunque una cazzata. Potevano beccarti!" Non dimenticherò mai il tuffo al cuore che ho avuto quando l'ho vista fra i server. Fortuna che ho sentito l'odore della guardia e l'ho portata fuori in tempo.

"Ma non ci hanno beccati." Fa un sorrisetto. "E adesso Jamie – l'informatrice – potrà ricavare le prove che ci servono."

Mi passo una mano sul viso. Malgrado ammiri la lealtà e il senso di giustizia di Aubrey, vorrei tanto avesse un istinto d'autoconservazione un tantino più spiccato. Questa piccola umana sarà la mia morte.

"Tranquillo, Elegantone. Ha funzionato. E tu sei stato un fenomeno! Li hai proprio fregati... come hai fatto a capire che stavano arrivando?"

"Li ho sentiti." Già: dall'*odore*.

"A me non sarebbe mai venuto in mente di salvarci le chiappe dandoci bacini."

"Magari volevo solo baciarti."

Le luccica l'anellino al naso quando sorride. "Come hai fatto a trovarmi?"

Ne ho seguito il profumo, ma mica posso dirglielo. "Ti ho vista infilare le scale. Perciò ho rubato una chiave e ti ho seguita." L'ultima parte è vera.

"Ah. Pensavo d'esser stata brava a non farmi notare..."

"Sei stata brava, Argento. Ma io sono più bravo di te."

Sbuffa davanti a tanta spacconaggine – e me l'aspettavo. "Che delicato. Sai, quando ti ho visto stasera ti ho preso per James Bond."

Arriccio il labbro. "Mamma mia..."

"Be'? Credevo lo prendessi per un complimento."

"Io non bevo martini da smidollati. *Agitato, non mescolato,*" scherzo. "Ma dai..."

"Vabbè. Siamo una bella squadra comunque."

"Sì, Argento. Concordo." Ci facciamo un sorrisone che

mi provoca una strana sensazione al petto. "Però adesso sei in debito con me."

"Prego? Ma se sei stato tu a decidere di perseguitarmi fin qui!"

"E per fortuna! Senza di me non ne saresti uscita. Cos'avresti fatto se ti avessero scoperta?" Metto un po' di forza nella voce per farle capire che la situazione è gravissima.

Alza però una spalla con pigrizia. "Avrei fatto la scema."

"Già," sbuffo. La scena di Aubrey che si finge una cretina mi fa venir voglia di spanciarmi dal ridere nonostante tutto. "Non avrebbe mai funzionato."

"E perché?" Oltraggiata, si tira bella dritta. "Guarda che la so fare la cogliona, eh."

"Non ci sarebbe cascato nessuno. Avevi bisogno di me, ammettilo."

Scuote il capo e borbotta fra sé.

Le metto la mano sul polpaccio, poi la faccio risalire su fino al ginocchio. "Sei in debito."

"Ah, davvero?" Alza un sopracciglio, ma colgo del tremore nella voce...

"Tutto ha un costo." La mano risale ulteriormente. Ha la pelle di seta, calda, e quando socchiude appena le gambe giunge il suo odore inebriante – e con lui le vertigini.

"Sbagliato, Billy Bigliettoni. Le cose migliori della vita sono gratis." E con un sorriso da volpe mi piazza la mano sulla patta dei pantaloni. Sotto al suo tocco mi pulsa l'uccello.

"Attenta..." Sibilo fra i denti quando si mette a massaggiarlo. Si sta avventurando in un territorio pericoloso. Il lupo è su di giri. Vuole che me la sbatta di brutto, che la distrugga e me la tenga nel letto in modo che non faccia più nulla di tanto rischioso.

Si sporge in avanti tracciandomi una scia sulla parte

superiore del busto con le trecce e ci mette più foga. Tutto perfetto finché... "Magari ne sarei uscita così," dice. "Ci hai mai pensato?"

Il cervello ci pensa subito, e mi restituisce l'immagine di Aubrey che seduce una guardia. Trattengo un ringhio. "Taglierò la mano a chiunque ti tocchi."

Strabuzza un attimo gli occhi. Mi scruta in viso, come chiedendosi da dove salti fuori tanta intensità. Non m'importa d'aver fatto la figura del possessivo. Sono serissimo io.

Dopo un attimo di esitazione, fa un sorrisetto. "Geloso?"

Senza neanche pensarci, me la metto sopra. Trasalisce. Le do uno schiaffo sul culo perfetto. "Nessuno ti tocca. Dico davvero."

La risatina tetra che mi fa mi dice che ci sta. "E se tocco io?"

"Ti punisco." Ma è lei a punire me! Torturandomi col pensiero che vada con altri...

Le sfrego il bocciolo sopra al vestito, già smarrito adesso che lo sento sotto al palmo, adesso che mi pesa sul pisello. Le infilo la mano sotto alla gonna alla ricerca del suo calore. Sospiriamo tutti e due quando ci arrivo e le scosto il sottile tassello del perizoma. Gocciola.

"Nessun altro. Questa..." – l'accarezzo piano – "è mia."

Aubrey è molle, troppo concentrata sui movimenti delle mie dita per ribattere. E d'un tratto vado fuori di testa. Devo tenerla al sicuro. Dev'essere mia.

Ma che cazzo sto facendo?!

"Promettimelo, Aubrey: basta server. Basta cazzate."

"Io non prometto niente."

"Non verrai finché non avrai promesso." Le do un colpetto al clitoride – questo stallo mi fa sorridere: i suoi ideali contro al desiderio di venire.

Altro colpetto.

Mi si agita addosso, facendomelo quasi esplodere nei pantaloni.

"Facciamo così... se voglio commettere altri reati prima ti chiamo."

"D'accordo." La penetro col dito.

Rantola; guarda oltre me con le labbra color bacca socchiuse. È proprio stupenda... voglio appagarla. Farle urlare il mio nome. Farla mia.

Aspetta un attimo... no!

L'ultima parte no. Voglio solo che non vada con altri. Mai più.

Santo fato... che confusione.

Muovo lentamente il dito e lei si morde il labbro inferiore senza scollare gli occhi dai miei. "Voglio succhiartelo." Lo dice con voce roca, come miele e polvere d'oro.

Mi scappa un ringhio contento. Tolgo il dito e lei scivola in ginocchio. L'aiuto a liberare l'erezione.

La afferra dalla base e passa la lingua attorno alla punta.

Inspiro a fatica. Mi sta facendo perdere il controllo... e io odio perdere il controllo.

Trascina la lingua su dal basso, poi se lo divora tutto.

Quest'umana porta guai. Le riconosco d'aver coraggio visto quello che ha fatto, ma cazzo se è spericolata! Nei confronti della sua sicurezza, ma anche del suo futuro.

Io conduco un'esistenza controllata, attenta. Così mi sono assicurato superiorità su ogni altro maschio del branco tranne l'alfa. Così gestisco la politica degli affari e dei lupi.

Aubrey sta chiaramente interferendo nella mia vita ordinata. Già lo dimostra il fatto che stasera sia venuto senza che vi fossero per me o per il branco guadagni strategici o finanziari. Cosa speravo di ricavare dal mescolarmi con l'umana? Porterà solo problemi a me e alla mia specie.

Poi però mi prende in mano le palle e accelera...

...e il piacere mi viaggia dentro come una marea.

Non dovrei godere tanto. Stare con lei non dovrebbe dar tanto piacere.

Cazzo. Sto perdendo di nuovo il controllo. E la rabbia che mi provoca quest'epifania si mischia al godimento.

Mi tiene gli occhi addosso. Le labbra tese attorno all'uccello. Le ho appena sculacciato il culo succulento e a casa avevo intenzione di scoparmela fino allo svenimento.

Troppo.

Le metto la mano attorno alla gola: una minaccia bella e buona alla sua stessa esistenza. Mi dimostro d'essere ancora in vantaggio, di comandare. Nonostante mi senta privo del benché minimo controllo.

Sgrana gli occhi, però continua a succhiarmelo da brava scopatrice.

Ed è questo a finirmi: che si sia inginocchiata ai miei piedi per darmi piacere... è troppo.

Quando esplodo scoppio pure in un ringhio. "Vengo!" riesco a grugnire stringendole la presa al collo. "Fammi vedere come ingoi bene."

Dato che è Aubrey – e che è disubbidiente per principio – arretra e le sparo tutto fra le tette.

La risata dura mi esce improvvisa.

Questa femmina mi rovinerà la vita.

Capitolo ventuno

ubrey
A   Tutta indolenzita, mi butto sul meraviglioso sedile di pelle bianca del jet privato di Brick che ci porterà a Monaco. Sono due settimane che con Billy esploro il lato più oscuro del sesso.

Sculacciate. Bondage. Brutalità.

Quanto mi piace che perda il solito e gelido controllo quando si fa prendere dalla passione, che cerchi di tener tutto dentro per poi andare a fuoco! Sospetto lo odi – il che è anche meglio. Come gli fossi entrata sottopelle. Come avessi vinto.

Non stiamo insieme; questo è chiaro. Non mi dice nulla di personale. Non parla mai di lavoro né di altro. Solo risse verbali e interludi bollenti.

E mi va benissimo. Tanto con uno come lui non ci uscirei mai.

Però sta cominciando a piacermi.

La sera del galà alla *Sentience* la mia padrona di casa mi aspettava fuori dall'appartamento quando sono tornata. Mi sa che Peperino sentiva la mia mancanza e piangeva, quindi ha scoperto del cane. Temevo mi cacciasse ma se n'è occupato tranquillamente Billy, che ha detto che era suo e si è scusato con un bel mucchietto di soldi che hanno eliminato completamente il problema.

Così come ha fatto sparire il filmato che mi riprendeva nella famigerata stanza dei server. Jamie dice che adesso ha tutto ciò che le serve. È impegnata a compilare documenti da usare per la vera e propria class-action.

Da quella sera Peperino dorme da Billy.

Perciò... sì. Non staremo insieme, ma abbiamo un cane. E scopiamo come conigli.

L'assistente di volo arriva con calici di champagne pieni di prosecco.

"Comincia la festa!" Accendo la Bose portatile che mi sono portata su *White Wedding* di Billy Idol, così entriamo nel *mood*.

Billy mi scocca un'occhiata oltremodo sofferente e io gli faccio un sorrisino.

Alzo il labbro superiore nella mia migliore smorfietta alla Idol e canto. Per un attimo temo che Madi mi lascerà far la scema da sola, poi però si unisce a me: leva il pugno in aria e procede con la sua versione della canzone.

Non ero mai salita su un aereo privato. Né ero mai uscita con Brick e i suoi amici – salvo la festa di fidanzamento. Sono decisamente fuori posto. Qui sono tutti miliardari; Nickel dev'essere addirittura un duca! O sta per diventarlo con un matrimonio combinato. Assurdo.

Secco il drink per rilassarmi e godermela; per piantarla di pensare a quanto sto aumentando la mia impronta carbonica con questo viaggetto.

Come leggendomi nel pensiero, Billy si sporge verso di me. "Il jet è elettrico. Zero emissioni."

Trasalisco. "Davvero?!" Sbircio fuori dal finestrino per

vedere l'ala, come sapessi riconoscere la differenza fra un motore elettrico e uno a gas.

"Sì. È un prototipo," fa Brick. Lui e Madi sono davanti a me. Non so come, ma Billy mi è finito accanto. Eccoci di nuovo in una farsa di appuntamento a quattro.

"Che bello," dico. "Billy l'altro giorno mi ha parlato di una batteria..."

"All'*All Night*?" domanda Madi. Sa che è venuto da me al club la sera del bidone. Ma non ho avuto modo di dirle che da allora continuiamo a vederci. Ci starebbe una bella chiacchierata fra donne. "Al galà, a dire il vero. Mi ha dato un passaggio." Mi ci ha accompagnata, in effetti, ma non so se ci va di dirlo.

Sbatte le ciglia. "Non sapevo ci fossi anche tu, Billy. Com'è andata?"

Io e Billy ci guardiamo per concordare muti di omettere dei server e dell'arresto schivato.

"Bene," rispondiamo all'unisono.

Madi ci fissa digerendo la nuova alleanza. Brick pare divertito, poi chiede: "Come sono quelli della *Sentience*?"

"Un mucchio di gradassi," fa Billy. "Non hanno una tecnologia notevole come credono loro, ma ultimamente gli investitori informali buttano soldi ogni volta che si nomina l'IA. E poi hanno una sicurezza che fa schifo."

Brick annuisce. Tiene la mano di Madi fra le sue. Ogni tanto la solleva per baciarla, come non riuscisse a scollarsi da lei.

Molto melenso... ma anche dolce, dai. Sono contenta che la mia amica abbia trovato un uomo che la venera come merita.

E lo sono pure che Billy non mi stia attaccato a quella maniera – anche se non mi sta nemmeno tanto lontano. Non stiamo insieme però ci frequentiamo, e ha chiarito che non vuole che altri mi tocchino. Anche se forse era solo il momento, l'ho beccato guardar male i colleghi qui presenti, come per avvertirli. Dovrei trovar sgradevole tanta possessività... invece non mi dispiace. E poi non me ne frega niente di scoparmi i suoi amichetti.

Il fratello minore di Madi, Brayden, non può venire con noi perché ha l'ultima sessione di esami all'università di New York. Io sono all'ultimo semestre del City College e stavolta ho solo due corsi, quindi qualche giorno di pausa non mi ucciderà. Ci sono tutti gli amici di Brick tranne Eagle, il marito di Ruby. Loro li troveremo lì con Scarlett, la sorella più piccola di Brick, che studia in un'università europea. A parte il pilota, io e Madi siamo le uniche donne. Ma quelli della *Moon Co.* sono attentamente educati con tutte e due – non so se al mio cospetto riusciranno mai a rilassarsi, ma sarà divertente scoprirlo.

"Sono contenta che vi siate divertiti." Madi inclina il capo verso di me, ovviamente per scoprire altro sul galà ma sapendo che non snocciolerò nulla finché non saremo sole. "E vi voglio ringraziare d'aver organizzato il viaggio. Io e te dobbiamo recuperare."

"Eccome," dico. "Devo dirti che io e Billy siamo diventati genitori di un cagnolino!"

Spalanca la bocca. "Tu... e Billy? Di un cane?!"

Brick si acciglia; non ci crede.

"Sì." Trascino la *i*. Accanto a me sento Billy brontolare.

"Lo sapevo che ci nascondevi un cane..." lo accusa Jake.

"Non è mica mio!" Ah, quanto è facile prenderlo in giro... "Non sono genitore di nessuno. Aubrey lo porta da me quando dipinge e basta."

"Ma se sei stato tu a comprargli tutta la roba..."

"L'hai solo pagata con la mia carta."

"Solo il cibo e i tappetini. I giocattoli glieli hai presi tu."

So che stiamo bisticciando davanti a tutti come una vecchia coppia di sposi... e mi piace un sacco! "Ogni volta che arrivo ne trovo altri dieci. Fra poco non vedrai neanche più il pavimento."

Billy nega.

"Ho le prove." Alzo il telefono. Il salvaschermo è una foto di Billy che si coccola Peperino; l'ho scattata senza che se ne accorgesse. L'espressione affettuosa mentre guarda il cucciolo salta agli occhi.

"E chi lo tiene adesso?" domanda Madi.

"L'assistente di Billy." Quando ho conosciuto Annabeth – la meravigliosa rossa che si è fermata all'attico per prenderlo – mi sono subito irrazionalmente ingelosita. Ma Peperino l'ha accettata all'istante, quindi almeno so che è in buone mani.

"Ooooh, guarda che bellino..." fa Jake. Lui e il bianco sedutogli accanto – credo si chiami Vance – scoppiano a ridere mentre lo prendono in giro. Un po' mi pento di avergli mostrato un momento così tenero. Mi piace veder Billy con la guardia abbassata. Capita molto di rado.

Ma sa difendersi. "Peperino è sveglio. L'ho già fatto addestrare. Se non state attenti gli insegnerò a svolgere il vostro lavoro." Arrotola il tovagliolo e lo lancia in testa a Vance, che lo piglia e scaglia in fondo all'aereo, dove sta Sully. Che lo prende al volo senza neanche scollare lo sguardo dal telefono.

"Ok, papà cagnolone, ricevuto," fa Jake.

Billy alza le mani in svariati gesti. Ho visto Madi farlo abbastanza spesso da sapere che stanno parlando la lingua dei segni.

Non sapevo la conoscesse anche Billy. Ancor più sorprendente, paiono conoscerla anche Jake e Nickel, perché rispondono a loro volta.

Madi ride.

"Un attimo... ma che dice?"

"Gli sta insultando gli avi." Fa un sorrisone. "E tutto il resto."

Adesso Vance sta cercando di usare i segni, ma sembra poco pratico. Con tutte e due le mani però fa il medio. Io e Madi scoppiamo a ridere.

"Quand'è che avete imparato la lingua dei segni?" chiede Madi tutta contenta.

"Prendiamo lezioni da quando Noah è stato promosso a dirigente," le dice Billy. "Non potevamo permetterti di sminuirci con le tue doti."

"Noah è un dirigente? Che bello!" esclama. "È sempre stato il mio collega preferito alla *Moon Co*."

Brick si schiarisce la gola e lei gli fa un sorrisino. "Escluso te," chiarisce.

"In prova," dice Billy. "Ne ha di strada da fare... ma penso che dovremmo ammetterlo nel club. Fa il suo dovere; merita l'ingresso."

Quale club? Atletico? Sociale? Oddio, non saranno tipo la famiglia Mason, vero?! Mi sembra parlino di ben altro che un circoletto di ricchi viziati.

"Ne parleremo. Per questo fine settimana pensiamo a divertirci e rilassarci," proclama Brick e, come se la sua parola fosse legge, tutti si accomodano meglio sui sedili.

"E ad allenarci per il gran numero dei Queen," intervengo io. "Brick, Madi ti ha proposto come volontario per il ruolo di Freddy Mercury!"

La guarda in cerca di conferma e lei annuisce con gli occhi luccicanti. "Eh già. Ho una tutina tutta bianca come quella del *Live Aid*. Starai benissimo."

Aggrotta le sopracciglia preoccupato, e io e Madi scoppiamo di nuovo a ridere.

Si rilassa. "Scherzavate, vero?"

"Sì."

"Avresti dovuto vedere la tua faccia," fa Madi. Lui scuote il capo e si porta la sua mano alle labbra per un bacio.

Io e Billy ci guardiamo. Levo gli occhi al cielo e lui sogghigna.

Capitolo ventidue

ubrey

"Allora, cosa c'è fra te e Billy?" Ah, quindi si è accorta che ieri sera mi ha accompagnata nella mia cabina privata...

Per poi... sì: entrare e distruggermi in modo che riuscissi a dormire fino all'arrivo nel nuovo fuso orario.

E sì: è stato bellissimo come sempre. Quest'uomo sa farmi venire a ripetizione finché non ne posso più.

Madi si è distesa su una comoda chaise longue blu, accanto a me. Indossiamo tutte e due i soffici accappatoi forniti dalla meravigliosa spa – con tanto di piscina salata. Ci siamo appena sottoposte a massaggio, manicure e vizi vari, e adesso sgranocchiamo hummus e crudités fra la sauna e l'idromassaggio.

Le sue due future cognate sono ancora ai massaggi, quindi abbiamo modo di chiacchierare.

"Quante cose devo raccontarti!" Comincio dal galà e le dico i particolari delle giornate e notti trascorse con Billy. È una brava ascoltatrice: trasalisce e ride nei momenti giusti.

"Cos'ha fatto?!" Spalanca la bocca quando le dico che

mi ha dato la carta di credito. Le snocciolo tutti gli acquisti per cui l'ho usata e se la ride sotto i baffi. "Continua pure, bella. Torturalo."

"All'inizio lo facevo per come ti ha trattata. Ma poi ho cominciato a divertirmi."

Arriva un'addetta con minuscole tazzine bianche di sorbetto al limone, e ne prendiamo due a testa. È sia fresco che pungente sulla lingua.

"Con Peperino però è bravissimo. Non avrei mai pensato che avesse un lato dolce."

Non con gli esseri umani, apparentemente; ma coi cagnolini sì. Vorrà pur dire qualcosa, no?

"Rifammi vedere la foto, dai." Tende la mano e le do il telefono. La esamina con le sopracciglia aggrottate. "Non l'avrei mai pensato neanch'io." Me lo restituisce con uno scossone della testa. "Odia la debolezza – in chiunque. Ma forse i cani sono esentati da cotanto disprezzo."

"Credo sia solo una recita."

"No. Ho dovuto dimostrarmi degna io stessa per guadagnarmene la lealtà. E comunque ce l'ho fatta solo perché gliel'ha ordinato Brick."

"A proposito... non è strano che prendano ordini da Brick? Non erano amici d'università? Ah, forse è perché è l'amministratore delegato..." Ma che c'entrano le vite personali?

"Loro funzionano meglio con un capo," fa. "Sono stati educati da gente tosta. All'università legarono proprio per via dei traumi, e aprirono la *Moon Co.* per dimostrare di valere qualcosa. E fu Brick a guidarli."

"Quindi prendono ordini tutto il tempo? Come fossero nell'esercito?"

"Più o meno." Mmm, ho la sensazione che Madi voglia

lasciar perdere il discorso. Non mi sta dicendo tutto – e non mi piace.

Capisco possano esserci sotto informazioni confidenziali, ma sono abituata al fatto che mi spifferi anche i segreti! Mi delude non voglia più aprirsi con me. Mah; forse alcuni segreti vanno mantenuti.

"Sai, Billy ti somiglia tanto."

Poco contenta del paragone, arriccia il naso.

"È leale," spiego. "S'impegna per gli amici. Hai detto che odia la debolezza, ma penso si aspetti solo il meglio da sé stesso e richieda lo stesso da chi lo circonda. Se fai parte della sua cerchia combatterà per te fino alla fine." Ripenso a lui sulla rampa di scale della *Sentience*, dove mi ha baciata come glielo imponesse la sua stessa anima. Era una recita, certo... ma adesso che ci penso aveva i muscoli tesi. Era in missione per me, ma se quelli lì avessero tentato qualcosa non ho dubbi che avrebbe fatto di tutto per farmela sfangare. Persino prenderli a pugni.

Non ha avuto bisogno di ricorrere alla violenza però. Gli basta fare quello che ce l'ha più grosso di tutti e s'impone su chiunque.

Aiuta che ce l'abbia *davvero* più grosso di tutti, mi dico con un sorrisone.

Poi mi rendo conto di essermi persa nei ricordi mentre Madi mi guarda perplessa.

"Aubrey..."

"Che c'è?"

Distoglie lo sguardo, come per trovare le parole. "Billy è impegnato... con la *Moon Co.*, Brick e il resto." Sta cercando di dirmi qualcosa, ma ci gira intorno.

"Lo so."

"Non è tipo da sistemarsi."

Ah, questo voleva dirmi? Che non cerca relazioni? Lo

so. Non la cerco neanch'io! "Billy è l'ultimo ragazzo della Terra che vorrei al mio fianco. Ci frequentiamo e basta," dico. "Per divertimento."

"Ok." Si costringe a un bel sorriso. "Bene."

Vengo colta da un attimo d'irritazione. "E *perché* sarebbe un bene?"

"Credo non sia capace di stare in una relazione. Brick dice che proviene da un ambiente violento con un padre esigentissimo."

La notizia mi spacca in due il petto.

Per forza si trattiene tanto ed è così freddo e controllato!

"A me sembra gli abbiano inculcato il successo a ogni costo e non molto altro," fa.

Ci sta. Vengo travolta dal dolore per tutto ciò che ha subito.

Accidenti. Non voglio cominciare a vederlo come una persona a tre dimensioni! Il sesso senza impegno per il momento funziona. E non voglio altro.

Mi alzo per togliermi l'accappatoio e sistemarlo sulla chaise longue. Uso l'elastico che ho al polso per raccogliermi le trecce in un lento chignon. "Faccio un tuffo."

E senza aspettare risposta, mi giro per andare all'infinita piscina. La temperatura è perfetta e l'acqua limpida sulla pelle nuda mi rilassa. Nuoto fino al bordo e mi ci appoggio, lasciando che sciabordi. Questo lato della spa dà su una bellissima spiaggia. C'è della gente laggiù; corre avanti e indietro sulla sabbia urlando e lanciando una palla a forma di limone.

Mi accorgo che c'è Billy. E Brick, Jake, Nickel e gli altri. Chissà che gioco è. Rugby? Si sono tolti la maglia tutti tranne Nickel, e mentirei se non ammettessi che sono dei manzi di prima qualità. Non sapevo esistessero ragazzi con addominali del genere. Tesi e cesellati, tanto sagomati da tener impegnato Michelangelo per una vita intera.

Quando hanno il tempo di allenarsi così?

* * *

Billy

Quella che era cominciata come una mattina rilassante sulla spiaggia, si è trasformata in un'intensa partita di rugby mutante.

È piuttosto simile a quello umano – almeno quando siamo in pubblico. In privato ci sono molte meno regole; sono consentite le due forme. Dobbiamo giocare con una palla speciale perché i denti da lupo bucano e sgonfiano quella solita. M'è capitato di giocare partite con mandibola di cervo o pezzi di palchi.

Adesso che ci penso, il rugby umano e quello mutante non hanno niente in comune. Ci sono molte più risse, molti più morsi. E ululati.

Ora però ne giochiamo una versione addomesticata. Finché non mi pizzica la pelle e non mi rendo conto che abbiamo pubblico. Mi giro e scorgo la colpevole: l'elegante spa in cui Madi ha portato le damigelle dà su questa striscia di spiaggia. C'è Aubrey; mi osserva dalla piscina. Con le trecce fermate sulla testa sembra una regina.

Mi si gonfia il petto. È ora di farsi notare. Avanzo raggruppandomi con Vance e Sully, davanti a Brick e agli altri. Ci segnaliamo con le mani cosa fare e poi ci separiamo.

Il kickoff è mio, poi parto subito di corsa. Sully si fionda sulla palla schivando a pelo Nickel e Vance, che si sono tuffati per fermarlo. Vance grida e Sully gli passa indietro la palla. È dura, perché Brick sta sfrecciando incontro ai due.

È allora che lo placco però. Punto al centro e mi ci butto addosso – finiamo nella spuma. Cadiamo in acqua.

E poi, non so come... cerca di affogarmi! Ha imparato mosse nuove: è scivolato via dalla mia presa con una tecnica che deve avergli insegnato l'orso con cui si allena. "Sottomettiti," ringhia.

Di solito cedo... ma Aubrey mi guarda. "Mai," urlo, e mi tuffo sulle sue gambe. Mi piglio un calcio alla testa e una manciata di acqua, ma Brick ricade giù.

"Mi prendi per il culo?!" ruggisce. Biascica perché lo schizzo quando apre la bocca. Beve.

"Sorridi, bello." Lo schizzo di nuovo. "Siamo su *candid camera*." Mi giro e saluto con la mano Aubrey. L'ha raggiunta Madi; salutano ridendo.

Brick brontola ma saluta; s'illumina addirittura quando Madi gli lancia un bacio.

"Abbiamo vinto?" chiedo a Vance, che coperto di sabbia ci osserva dalla spiaggia.

"Sì. Nickel e Jake mi hanno placcato, ma Sully ha fatto punto quando ci siamo fermati a guardarvi menarvi."

Scaglio il pugno in aria. La tattica del diversivo stavolta ha funzionato. Non si ripeterà, ma la vittoria è bella.

"Cretino," mi fa segno Jake, e cominciamo a insultarci nella lingua dei segni.

La brezza porta un odore che ci avverte che abbiamo compagnia. Ci giriamo insieme verso i mutanti che risalgono la spiaggia nella nostra direzione.

Sempre nella lingua dei segni, Jake dice: "Chi sono?"

I mutanti hanno un udito amplificato. I segni ci danno un vantaggio quando non vogliamo farci capire.

"Il re di Monaco e i lupi migliori del suo branco," risponde Sully. "Gli abbiamo fatto sapere che saremmo venuti. Come cortesia."

"Andiamo a salutarli, su," dice a voce Brick; lo seguiamo in formazione lasca: lui in testa e io alla sua destra.

Sono grossi e massicci. Nel mondo umano verrebbero etichettati come body builder. Il capo ha la barba scura e un groviglio assurdo di capelli giù per la schiena. Con la pelle abbronzatissima sembra un pirata. Sully ha dato a Brick un dossier su di lui e sul branco, così so che proviene da una famiglia di magnati delle spedizioni.

"Luka Atlantea," lo saluta Brick. "Re lupo di Monaco."

"Blackthroat." Luka ha una voce profonda, risonante. "Il miracolo di Wall Street. Benvenuto nel mio regno. Siamo onorati della tua visita."

"L'onore è nostro." Mi sa che Brick si sta proprio impegnando, perché le parole suonano vere.

"Siete venuti a festeggiare le nozze imminenti, vero?" Luka si guarda intorno, come alla ricerca della compagna di Brick.

"Sì. La sposa è laggiù con le amiche." Indica Madi e Aubrey alla spa. M'irrigidisco appena. Al lupo non piace che l'attenzione finisca su Aubrey. Questi lupi noi non li conosciamo.

Con la coda dell'occhio vedo Sully spostare il peso da un piede all'altro. È il capo della sicurezza. Avrà messo di stanza qualcuno attorno alla spa.

Pensiero che mi rilassa.

"Faremo un addio al nubilato e al celibato," continua Brick. "Da tradizione umana."

"Ah." Chissà cosa gli passa per la testa. L'odore è sovrastato da una fitta colonia. E quando leva gli occhi sulle umane ha il viso in ombra.

Sono nervoso. Che Brick abbia preso una compagna umana è ancora uno shock per tanti. Le accoppiate umana-mutante non sono inedite, certo, ma l'alfa di un branco grosso quanto il nostro di solito rispetta la tradizione e si trova una mutante forte per mantenere potente il branco. O almeno così si pensava un tempo.

Così pensa papà.

E così pensavo io. Madi però ha dimostrato la sua forza... e il mio errore.

Altri branchi però potrebbero vedere la cosa come una debolezza e decidere di sfidare Brick.

Anche il re di Monaco?

Dal volto di Luka scompare ogni circospezione – come non fosse mai esistita. Fa un ampio sorriso e spalanca le braccia, da bravo ed esuberante padrone di casa. "Be', non potete saltare i casinò. Sono dei vampiri. Salite a bordo del mio yacht e vi mostrerò cosa c'è da fare a Monaco. Festeggiamo l'accoppiamento in stile Atlantea!"

"Grazie. Con piacere."

Guardo Sully. Pare che andremo a far festa su una barca con un mucchio di sconosciuti. Alcol, moltissimi mutanti e due femmine umane – inclusa una che non sa neanche di noi.

Merda.

Cosa potrà mai andare storto?

* * *

La *Signora del mare* è un superyacht di duecento milioni di dollari della *Imprese Atlantea*. Coi sui settantacinque metri, è il più grande del molo. Ho saputo che l'ormeggio costa più di sei zeri al mese.

Al tramonto luccica come un gioiello. È tanto mastodontico da sembrare una luminosa città bianca a pelo dell'acqua.

Osservo Aubrey mentre saliamo a bordo. Chissà

perché, ma lei e Madi venendo qui hanno cantato *You're So Vain* di Carly Simon. Adesso insieme alle sorelle di Brick – Ruby e Scarlett – sospirano davanti ai parquet lussuosi e alla pelle bianca del salottino. In divisa bianca e azzurra, l'equipaggio ci serve prosecco. Io rifiuto il mio con uno sventolio della mano, ma lo intercetta Aubrey e se lo beve con gli occhi scintillanti. Mi fa piacere che si diverta.

Vedo che i nostri maschi sono molto meno rilassati. Io resto sempre fra le donne e i lupi del branco di Monaco. Luka ha concesso alla squadra di Sully di salire per un controllino. Sully ha dato l'ok al viaggio, perciò non dovrei essere tanto inquieto.

Il pericolo principale è proprio il re. Che tra l'altro sbevazza. Ci vuole molto alcol perché un mutante si entusiasmi, ma lui sembra determinato ad arrivare a quel punto. Insiste anche per farci fare il tour completo – incluso di cinema, palestra, spa e stanza del ghiaccio. Le signore l'adorano.

"Invece che andare alla spa potevamo venire qui," fa Scarlett fra i risolini.

"Quando vuole, milady." Luka le agguanta la mano e si curva per un bacio.

Non mi piace che ci provi con Scarlett; la vedo come una sorellina, anche se è una lupa che sa cavarsela. Brick l'allena tutti i giorni in autodifesa.

Ci mescoliamo agli altri sul ponte, accanto alla piscina coperta di vetro.

Gli altri lupi restano indietro a mormorare educatamente. Tutti si comportano bene.

Non so come, ma sono finito vicino a Luka; mi sta parlando, e sarebbe maleducato ignorarlo.

Preferirei stare con Aubrey. Dopo la giornata di relax è

raggiante. Al momento lei e Madi sono sul ponte superiore a guardare il panorama.

"La vostra Luna è adorabile... per essere un'umana," bisbiglia.

Gli faccio un cenno d'assenso, anche se vorrei tanto chiedergli che cavolo intende con 'per essere un'umana'. Che sia un suprematista come papà? Come sarei dovuto diventare io?

"Anche tu sei venuto con un'umana." Alza la testa e annusa l'aria. "Quella dal profumino squisito. Arancia speziata?"

Gli odori sono un argomento privatissimo. M'irrigidisco; l'animale odia che si parli con tali intimità e disinvoltura di Aubrey... forse però la nostra è una fissa da americani.

Luka rigira il bicchiere per mescolarsi il drink. È ouzo, il cui forte anice ne nasconde l'odore corporeo.

"Anch'io mi godo un'umana di tanto in tanto. Sono fragilissime... le domini un attimo e subito non vedono l'ora di compiacerti. Facili animaletti domestici."

Ho il dono di rimanere impassibile io. Di controllare le reazioni per manipolare le situazioni come voglio – ma mi esplode il cervello di rabbia. Lo stronzo ha davvero paragonato Aubrey a un animale domestico?! Come fosse un cane? Tipo Peperino?!

Adesso l'ammazzo. Seduta stante. Oh, sarebbe così facile... non se l'aspetta. Gli salto addosso, gli strappo gli occhi dalle orbite e lo strangolo prima ancora che s'accorga di cosa sta succedendo.

Il lupo ulula – ci sta. Nessuno parla così di Aubrey.

Però... non posso. È il re alfa di Monaco. Siamo nel suo territorio.

Ecco l'ennesima prova che Aubrey interferisce col mio lavoro. Cazzo.

Nickel s'accorge che sono teso e mi dice a gesti: "Vacci piano, tigre." Io lo mando a 'fanculo. Figurati se perdo il controllo del lupo in un paese straniero.

Sorrido al re mostrando i canini. "Il nostro branco tratta gli umani come pari. D'altronde viviamo nello stesso mondo. Non so poi come funzioni altrove... ma noi gli animali domestici non ce li scopiamo." Nascondo il sogghigno, ma non serve. La derisione s'è sentita tutta.

Il re ha ricevuto il messaggio – forte e chiaro. Gli occhi gli lampeggiano d'ambra, lo stesso colore di Brick, e poi rimette a bada il lupo. "Hai frainteso. M'incuriosisce solo che l'alfa di un branco tanto forte si abbassi ad accoppiarsi con una debole umana. Diluirà il sangue. I cuccioli saranno difettosi."

Basta.

So che sta solo dicendo ciò che molti dei lupi più vecchi del nostro stesso branco pensano, ma non sopporto insulti del genere.

"La nostra Luna non è debole." Alzo abbastanza la voce da farmi sentire da tutto il ponte. "Anzi, ci rafforza."

Luka arriccia le labbra, ma sembra capire d'aver esagerato. "Non intendevo questo, ovviamente. È mera curiosità."

"Vedi che la curiosità non ti levi la cortesia."

Altro lampo negli occhi. Ho appena dato un ordine al re di questo territorio. E sul suo yacht!

Nickel probabilmente sente puzza di pericolo, perché viene da noi. "Luka, sono felice di conoscerla finalmente. Credo che le nostre famiglie siano legate da qualche matrimonio... i cugini di Gibilterra, magari."

Ma Luka lo ignora. Tiene lo sguardo incollato al mio. Mi aspetto una sfida, quindi m'irrigidisco.

Invece ride e beve il drink. "Concedimi un'ultima curiosità. La tua umana?" Indica Aubrey, che ride e si sporge verso il vento. Si è alzata le trecce dal collo e ci arriva una zaffata di freschi boccioli. "Cosa dà lei... a parte qualche buchetto con cui far godere?"

Non penso neanche: agisco e basta. Il re di solito sta coi piedi ben piantati a terra, come il capitano di una nave nei mari in tempesta. Ma ha commesso l'errore di appoggiarsi al parapetto per indicare Aubrey.

Mi abbasso, gli agguanto la gamba e gliela alzo. Non se l'aspettava – soprattutto che m'inginocchiassi davanti a lui. In una frazione di secondo gli faccio perdere l'equilibrio – la gravità fa il resto.

Spalanca la bocca e cade all'indietro. Non su un altro ponte, eh: più sotto di noi non c'è niente.

No: cade oltre il parapetto. L'osservo al rallentatore ruggire – un verso che spacca in due la notte – e precipitare nelle tetre acque con uno *splash*.

Oddio. Cos'ho fatto?

Ho buttato a mare il re del branco di Monaco!

Le due guardie del corpo già vengono sbraitando. Adesso mi pigliano per rinchiudermi.

Col cavolo. Faccio una finta e li schivo, zigzago e mi fiondo dietro di loro per approfittare dello slancio che si sono dati. Uno inciampa e, facendo perno su me stesso, gli faccio spiccare il volo. L'altro mi sbatte addosso. Ruoto, devio e rifilo anche a questo un calcione sul fianco.

Adesso sono tre i lupi in acqua. Nessun problema; sono sicuro che sanno nuotare. E le guardie proteggeranno il re dagli squali.

A me si prospettano guai ben più grossi. Mi urlano ancora addosso mentre il branco sfreccia verso di me.

Qualcuno mi scivola accanto e quasi lo piglio a calci... quando mi accorgo che è Nickel. Puzza di gin, e la polo perfetta è zuppa del liquido al ginepro. Ha il fiatone, e mi rendo conto che è venuto per far inciampare un aggressore. Sta prendendo posto per combattere al mio fianco.

Un ululato e sul ponte, accanto a me, atterra Jake. È a petto nudo; gli addominali luccicano, bagnati dopo la piscina. Gli occhi brillano: l'animale è uscito per giocare. Mi sfreccia accanto, dalla parte opposta rispetto a Nickel. Gli faccio segno di mettersi in formazione da rugby, di fronte ai lupi furibondi del re.

"Le umane," borbotto. Levo lo sguardo, ma non vedo più né Aubrey né Madi.

"Ci pensa Brick. Le porteranno in salvo lui, Sully e Vance. Anche dovessero guidare la barca."

Meglio. Ho già combinato un casino – ho dato inizio a una rissa coi padroni di casa! Dopo avrò qualche spiegazione da dare. "Sarà meglio distrarli allora."

Jake grida. Le zanne lampeggiano d'un sorrisone. "Pigliamo a calci questi culoni mutanti."

* * *

"Dunque, cos'è successo davvero?!" Siamo nell'attico di Brick; solo io e lui. Sullo yacht ho spiegato al gruppo che Luka si era ubriacato ed era diventato maleducato, che la situazione era degenerata. Per fortuna erano tutti strafatti di adrenalina e ancora in modalità festaiola. Aubrey e Madi si sono rimesse a cantare *You're so vain* e Jake e Vance si sono addirittura uniti a loro! Pure la fuga dalla barca è stata uno spasso.

Adesso Nickel e Sully si sono rintanati in una stanza delle comunicazioni; Nickel è al telefono con la famiglia; usa le sue conoscenze personali per sistemare le cose col branco di qui. Sully sta aggiungendo sicurezza perché il branco resti al sicuro. Tutti gli altri si fanno una dormitina; tanto entusiasmo li ha distrutti.

Restiamo io e Brick. Che vuole risposte.

"Hanno insultato Madi."

Gli occhi gli si fanno cattivi. Non è contento di com'è andata – più che altro perché le umane hanno rischiato grosso. Ma capisce il bisogno di difendere la Luna. Lui avrebbe fatto lo stesso.

"E le umane in generale. Ci sbattono fuori da Monaco?"

"Se ne parla, ma credo che possiamo sistemare e finire il viaggio. Le conoscenze di Nickel ci aiuteranno. Luka è una nota testa calda, e anche se è il re si fa guidare dai parenti più saggi. Dovremo evitare il paese nel prossimo futuro, ma dubito voglia si sparga la voce che l'abbiamo sconfitto sulla sua barca."

Sbuffo nel ricordare con che aria oltraggiata è caduto in acqua.

"Di solito hai più controllo." Mi aspettavo una bella sgridata, invece è più preoccupato che arrabbiato.

"Ha colpito nel segno. Sbraitava le stesse cose che dice mio padre." Brick è una delle poche persone che sanno quant'è stato tremendo papà. "E poi... ha parlato di Aubrey."

"Ah." Sillaba pesante. Chissà quant'ho svelato... o se tanta cautela è il proclama dei profondi sentimenti che provo per quel casino di femmina. "Un anno fa non avrei alzato un dito per un'umana."

Inspiro. Brucio di vergogna. Ho trattato malissimo Madi perché credevo che avrebbe distrutto il branco. Non mi fidavo di lei, e pensavo che alla fine si sarebbe rivelata una debolezza che non ci potevamo permettere. E invece c'entrava il feroce pregiudizio di papà. "Sono cambiato."

"Sì. Eccome."

Si appoggia alla sedia e incrocia le braccia sul petto. "Aubrey è la migliore amica di Madi. Sono come sorelle. Devo sapere quanto conta per te."

Mi sento un ragazzino interrogato dal padre la sera del ballo di fine anno. *Prometto di riportarla a casa prima delle ventidue.*

"La tratto bene," dico sulla difensiva.

"Non ti ho chiesto questo. Perché già so che, quando contava, l'hai trattata con rispetto. Altrimenti ti avrebbe tagliato via le palle. Con l'aiuto di Madi, tra l'altro."

Verissimo, ma una smorfia mi scappa lo stesso.

"E poi ti avrei ammazzato io," continua in tono piatto. "Con poco piacere, visto che sei il secondo del branco e il mio più caro amico, però..."

"Capisco. La facessi soffrire non riuscirei più a perdonarmelo."

"Mmm," mormora di nuovo. Strizza gli occhi, mi studia. Mi sto tradendo.

Quanto conta Aubrey per me? Non posso rispondere perché non lo so nemmeno io. Lei è caos di fronte al mio controllo, luminosi schizzi di pittura su un arcobaleno monotono, profumo d'arancia, cannella e noce moscata a riempire la limousine.

Che posso dire... ha un anellino d'argento al naso che mi brucia la pelle. I baci sono migliori, dato che fanno un po' male.

Ma a Brick non posso dirlo.

"È speciale," dico.

"Cosa ne pensa il lupo?"

"Vuole proteggerla." E non solo, direi...

Piega il capo, come in attesa che confessi il resto. Che le zanne mi si affilano quando ce l'ho nel mio letto. Che mi faccio selvatico quando s'avvicina la luna piena. Che immagino di reclamarla e tenerla nella mia vita... per sempre.

Non sono pronto ad ammettere cosa potrebbe essere per me: una *compagna*.

Brick par capirlo però. Quasi s'è ammalato cercando di evitare di reclamare Madi. Di tutti i lupi esistenti al mondo, lui sa cosa sto passando.

Dopo una lunga pausa, annuisce. "La punizione è pattugliamento per il resto del viaggio." Sai che punizione; stiamo tutti prendendo posto nella sicurezza per verificare che Luka non abbia modo di vendicarsi! "Dormiamo un po', dai. Noi saremo di turno all'alba."

"Punisci anche te stesso?" Lo imito e mi alzo anch'io.

"È colpa mia se siamo saliti sullo yacht. Avrei dovuto scoprire cosa pensa degli umani prima di permettergli d'avvicinarsi tanto alle nostre." Mi afferra la spalla. "Grazie d'aver difeso Madi e Aubrey."

"Mi ringrazi malgrado le conseguenze?"

"Sì. È la lezione che mi ha insegnato il fato quando ho conosciuto Madi: qualsiasi cosa accada, la compagna viene prima di tutto."

Capitolo ventitré

B*illy*

L'indomani mattina Sully ci dà il cessato allarme. Il gruppo si reca in centro perché le femmine – più che altro le sorelle di Brick – vogliono fare un po' di shopping di lusso. Io opterei per la conservazione della mia virilità, ma il lupo non vuole che Aubrey resti senza scorta.

Annabeth, la mia assistente, con la logistica è stata bravissima; è addirittura riuscita a pescare chissà dove una limousine a prova di proiettile da far guidare a uno dei lupi top di Sully; c'infiliamo dentro. Scarlett versa a tutti champagne.

Per strada a Aubrey squilla il telefono. Un'occhiata allo schermo e si acciglia. "Scusate, ma devo proprio rispondere."

Sento la minuscola voce di una nel panico più totale. "Aubrey! Ieri quando sono tornata a casa non ho più trovato il computer. Mi sono entrati in casa e hanno rovistato dappertutto!"

Aggrotto le sopracciglia. Aubrey s'irrigidisce.

"Hai chiamato la polizia?"

"Scherzi? No! Non è un furto normale... è la *Sentience*! Te l'avevo detto che mi seguivano. Adesso mi cerco un nascondiglio. Non so se sei in pericolo anche tu, ma volevo dirtelo. Dillo anche a Jan."

L'odore di paura che emana Aubrey m'inselvatichisce il lupo. Tutti i presenti notano il cambiamento e si concentrano su di lei.

"Mi dispiace tantissimo d'averti coinvolta..." balbetta la tipa.

"Su, non fa niente," la rassicura lei. "Starò attenta. E farò in modo presti cautela anche Jan. Ce la caveremo. Fammi sapere quando sei in un posto sicuro."

"Che succede?" domanda Madi.

Aubrey esita, poi scuote la testa e si costringe a un sorriso – è chiaro che non vuole rovinare l'allegria. "Niente. Solo... ehm... una persona che conosco è stata derubata."

È ovvio che non è 'niente', ma lascerò perdere finché non saremo scesi dalla macchina e non potremo parlarne in privato. Non vuole rovinare il fine settimana a Madi, e questo lo rispetto. Siamo a un gruppo di negozi di lusso disposti in un giardino con tanto di fontane e fiorellini.

Ci sparpagliamo; ci si ribecca fra un paio d'ore.

"Che c'è?" L'accompagno lontano dalle altre. "C'entra lo spionaggio alla *Sentience*, vero?"

Deglutisce. Oh, come odio leggerle paura nell'espressione di solito sicura... "Hanno frugato in casa dell'informatrice. Me l'aveva detto che la tenevano d'occhio. Per questo la sera in cui mi hai seguita in macchina ho dato di matto."

"Merda. Mi dispiace di averti spaventata..."

Dà uno scossone rapido del capo. "Ma no, tranquillo. Solo che..."

"Mando qualcuno a controllare casa tua e a tenerla d'occhio finché non torniamo. Chi è Jan?"

Mi scocca un'occhiata stupita e mi rendo conto d'aver detto troppo. Non avrei dovuto essere in grado di sentire la conversazione, visto che in auto avevamo acceso la musica.

Tento un salvataggio stringendomi nelle spalle.

"Si sentiva tutto. Eri proprio accanto a me."

"È un'amica. L'avvocato. È la proprietaria della *Résistance* insieme alla sua compagna – sai, dove lavoro. Se troviamo abbastanza prove forse porta il caso in tribunale."

"Vuoi che metta delle guardie anche addosso a lei?"

Strabuzza gli occhi, ma poi si rilassa. Le do sollievo. "Lo faresti davvero?"

"Certo!" Pesco il numero di Grayson, il portiere. È della squadra di Sully, ma mi risponderà in quanto beta del branco. "Chiama Jan e diglielo," faccio a Aubrey. Due brevi conversazioni, poi scrivo a Grayson gli indirizzi di Aubrey e di questa Jan.

"Grazie." Leva i caldi occhi nocciola su di me. "Allora è vero che sai sistemare davvero tutto, eh?"

Qualcosa mi smuove il petto. Mi rifiuto di sbattermi per ottenere l'approvazione di altri che non siano l'alfa... ma l'ammirazione e l'apprezzamento che sento nella voce di Aubrey non mi sono per nulla indifferenti. Voglio guadagnarmene di nuovo la gratitudine. Voglio mi guardi di nuovo così – come fossi forte e potente. Come fossi il maschio che la terrà al sicuro nei momenti brutti. "Chi te l'ha detto? Madi?"

Annuisce.

Mi sporgo per baciarla in fronte. Gesto decisamente affettuoso – per niente da me! – che però mi fa star bene.

Come se per un attimo non fossi un'isola nel mezzo di un oceano di merda. Io contro il mondo.

Potrei scegliere di tenere il mondo sotto meticoloso controllo per esser certo di sopravvivere... o potrei diventare quest'altro uomo: uno che ha un'adorabile femmina su cui vegliare, da proteggere.

Ruolo che non ho mai voluto però. Comporta vulnerabilità, e non solo fra me e la femmina – ma proprio perché nella mia vita entra una femmina. È lei a diventare una vulnerabilità. Un problema. L'ennesimo bersaglio a disposizione del nemico.

Brick ha scelto questa vita. Ha permesso a una persona d'entrarvi e indebolire tutto ciò che ha costruito. Non è più lo squalo spietatissimo che ho conosciuto all'università, quello che voleva riprendersi tutto ciò che gli avevano fregato gli Adalwulf.

Madi però l'ha anche rafforzato. Come coppia – come alfa e Luna – sono più della somma delle loro parti. La loro potenza è esponenziale. E poi adesso sorride! Ha trovato una soddisfazione che per me sembrava impossibile.

Forse però lo è.

"Meglio?" chiedo.

"Sì."

"Bene. Dai, facciamo questo benedetto shopping." La prendo dal gomito per portarla in una gioielleria.

"Ma fai sul serio?!" Mi guarda attraverso le folte ciglia con una curva sensuale delle labbra. "Non mi sembri esattamente tipo da shopping..."

"Non lo sono."

"Io sono più una risparmiatrice. Adoro i saldi e i mercatini. Qui non posso permettermi niente."

"Hai i centomila che ti ho dato io."

Mi scocca un sorriso malizioso. "Vero. Ma non mi sembrano neanche soldi veri! Ho alzato la tariffa per vedere quando ti saresti tirato indietro. Mai mi sarei aspettata mi pagassi tanto."

"Hai negoziato per ottenere ciò che secondo te valevi e io ti ho pagato ciò che secondo me valevi. Dai, diamo un'occhiata qui dentro." La porto quindi alla gioielleria che ho notato smontando dalla macchina. "Hanno diamanti fatti in laboratorio. Nessun bambino morto nelle miniere."

Mi osserva. "Non capisco se mi stai prendendo in giro."

"Neanche un po'. So cosa conta per te." Guardo la donna dietro alla cassa, che ci saluta in francese.

"Buongiorno. Vorrei comprare alla mia ragazza un diamante per il piercing al naso e un altro per quello all'ombelico. Ne avete?" chiedo nella sua lingua.

S'illumina. "Sì! Parecchi, anzi. Guardate questi." Pesca un vassoio dalla cassettiera alle sue spalle.

Aubrey si lancia un'occhiata intorno disinteressata. Su di lei soldi e regali costosi non fanno colpo.

"Eccone uno rosa. Le donerebbe moltissimo," continua. "E qui abbiamo un set coordinato di due per l'ombelico. Ve li prendo subito." Si curva per aprire un'altra cassettiera e prenderne un altro vassoio, stavolta con diamanti accoppiati – uno grosso e uno piccolo – su anellini curvi.

Io raccolgo quello rosa per il naso e lo porgo a Aubrey.

Lo esamina. "Oh!" Alza stupita lo sguardo su di me. "È per il naso!"

"Pensavi ti prendessi un melenso ciondolo, Argento? Sono un tipetto attento, sai. So cosa ti piace." Le avvicino uno specchio. "Scegli questo?"

"Mi fai un regalo..." È sconcertata. "Accidenti." Si porta il diamantino alla narice. "Sei attento, sì. È adorabile... lo... lo adoro." Quasi vedo la guerra interna – intanto io festeggio la piccola vittoria: ho scelto il regalo giusto! Non lo butterà via per sdegno nei confronti del denaro. E poi rifletterà il rispetto che provo nei confronti suoi... così com'è.

"Ce n'è uno coordinato per l'ombelico."

"Davvero?! Grazie!" Tira le labbra e mi guarda, sempre sorpresa. "Non... non me l'aspettavo. È un gesto molto dolce. E generoso." Mi dà un bacio.

Mi ci vuole tutto il mio autocontrollo per non agguantarla e saccheggiarle quella boccuccia sfacciata fino a mozzarle il fiato. Ma io non mi do a manifestazioni pubbliche d'affetto.

"Non ti credevo capace di dolcezza."

"Infatti non lo sono." Parlo con tono secchissimo. "Ma sono allergico all'argento."

Adesso capisce. "Ecco perché dopo i baci sei sempre tutto rosso!" Si schiaffa la mano sulla bocca. "Oddio... ma perché non me l'hai detto prima?!"

"Non volevo smettessi di baciarmi. Avevo accettato che tu, Aubrey Cook, fossi la mia personale criptonite."

Con espressione calda, mi spara un sorrisetto compiaciuto. "Mi piace."

"Ovvio." Poi alla commessa, indicando il diamante rosa e l'anellino coordinato per l'ombelico, dico: "Prendiamo questi." Quello più grosso – il secondo – è almeno due carati; è circondato da un anello di minuscoli diamanti bianchi.

"Ottima scelta," fa lei passando tranquillamente all'inglese. "Vuole indossarli subito?"

Aubrey annuisce; mentre io pago i cinquemila dollari, indossa tutto. "Sono meravigliosi. Grazie." Si allunga verso di me e mi tira giù per un bacio.

Provo un attimo di tensione. Ma che sto facendo? Mi comporto come il suo ragazzo... ma mica lo sono!

Non posso esserlo. La situazione mi sta sfuggendo di

mano. Un senso di pericolo mi s'arrampica su per la spina dorsale... è questione di vita o di morte – ma no, non ha senso.

La scaccio quando mi squilla il telefono.

"Billy, sono Grayson. Ho fatto un salto a casa della signorina Cook; è un disastro. La serratura è rotta. La vicina dice che devono essere venuti ieri; ha visto uscire uno e gli ha chiesto se le tenesse d'occhio la casa mentre è a Monaco. Perciò adesso sanno anche dov'è."

Merda.

Ecco l'avvertimento che mi mandava il lupo. I regali non c'entravano niente: è che *non è al sicuro*.

È così che d'un tratto mi accorgo che Aubrey per me è tutto.

Esco – lei mi segue. "Ok, fa rapporto. Vedi se ci sono..." Mi fermo prima di dire *odori*. "Tracce. Ed esamina il circondario. Forse tengono sotto controllo la casa. Nel caso fermali e rinchiudili, così quando torno ci parlo."

"Sì, capo."

Il formicolio alla nuca non scema. Scruto i dintorni anche se siamo a più di seimila chilometri da Manhattan. E mi muovo prim'ancora di registrare quel che vedo.

Cecchino a sessanta metri.

Butto giù Aubrey proprio quando una pallottola mi buca la pelle per infilarmisi nella schiena.

* * *

Aubrey

Urlo.

Non so cosa sta accadendo. Perché Billy mi ha spinta a terra. L'asfalto mi gratta e graffia le ginocchia. Pesante come un rinoceronte, il suo corpo mi fa da coperta.

Mi protegge la testa con le braccia, quindi sta succedendo qualcosa... poi rantola: "Sta giù. Sparano."

Sparano. Ma cos...

È un matto o c'entra la *Sentience?*

Ha preso il telefono, nel quale abbaia: "Mi servono *subito* rinforzi," prima di ritirarmi in piedi. Mi tiene la mano sulla testa per spingermi, quindi sono piegata a metà attorno alla sua vita; anche lui si china per nascondersi da... boh.

È allora che vedo che ha i vestiti zuppi di sangue.

"Ti hanno preso!"

Oh no. No no no no. Oddio.

"Billy!"

Non è vero. È una catastrofe. Ingoio aria nel tentativo di riflettere.

Scappiamo via, sempre chini, dietro a un basso muretto – intanto tiene lo sguardo incollato da qualche parte, lontano.

Non sento gli spari, ma alle nostre spalle esplode vetro.

Urlano da tutte le parti. Avrà il silenziatore. Nessuno ha sentito il primo colpo, ma adesso tutti sanno.

Il cuore mi batte tanto forte che temo mi salti fuori dal petto.

"Ti hanno preso! Oddio..." La quantità di sangue che gli bagna i vestiti mi spaventa a morte. Dobbiamo portarlo al pronto soccorso! "Aiuto!" Mi guardo intorno. "Chiamate un'ambulanza!"

Morirà... e tutto per salvarmi.

Non può morire.

Un proiettile piglia il muretto alla mia destra. Mi scappa un gridolino.

"Va tutto bene," dice Billy calmo – anche se da un momento all'altro crollerà! "Tieni la testa giù e non ci localizza."

"Vuole me?"

Osserva di nuovo la situazione, poi senza rialzarci mi porta di corsa dietro al muro successivo. "Non gli permetterò di colpirti, Argento."

Girano l'angolo di corsa Sully, Vance, Nickel e Eagle.

"Cecchino a ore due. L'obiettivo è Aubrey. Serve un mezzo," latra Billy con precisione militare; i movimenti però sono rallentati; alla fine lo sente.

Non è stato nell'esercito però... no?

Cosa ancor più incomprensibile, gli altri reagiscono come facessero parte di una squadra d'élite dei *navy SEAL*.

"Fatto. Jake, Vance, trovate il cecchino. Noi copriamo Aubrey," risponde Sully. Sully e Nickel ci fiancheggiano per coprirmi ancor meglio mentre scappiamo giù per la strada.

Billy crolla su un ginocchio.

"È ferito!" urlo. È evidente, dai!

Nickel lo tira su e gli ficca la spalla sotto al braccio.

"Coprite Aubrey." Billy parla con voce sottile sottile...

Oddio. Morirà. Non posso permetterlo!

Non può essere...

"Dobbiamo portarlo in ospedale!"

Brick, Madi, Scarlett, Ruby e Eagle corrono da tutte le parti. Uno dei ragazzi latra: "Proteggete la Luna."

Brick e Scarlett circondano Madi.

In lontananza si sentono delle sirene.

La limousine è qua davanti con le portiere aperte. I ragazzi ci spingono lì. Billy è ancora aggrappato a me, come avessi bisogno di protezione – ma è lui che si sta dissanguando!

"Aspettate!" Indico in direzione delle sirene. "Sarà l'ambulanza. Serve a Billy."

Mi ignorano.

"Mettete Aubrey davanti," sbotta Brick dietro di noi. Mi prende dal braccio per cercare di separarmi da Billy.

"Ok," concorda Madi.

Davanti? Separati quindi dal vetro?

Col cavolo.

"Perché?!" strillo.

"Aubrey..." Adesso è Madi che cerca di trascinarmi via.

Billy si accascia alla portiera, e Nickel e Sully devono tirarlo su di peso come una balla di fieno per metterlo sui sedili.

Potrebbe morire. Raggelo.

"No!" Mi libero da Brick e Madi per salire dietro di lui. "Andiamo insieme."

"Merda," brontola Brick; tutti però s'accalcano nell'abitacolo e l'auto parte in uno stridio di gomme con le portiere ancora aperte.

"Billy..." Crollo in ginocchio davanti al sedile dov'è raggomitolato. È bianco in volto, batte i denti.

Nickel gli siede ai piedi; lo gira per esaminare la ferita.

Io lo palpo frenetica, come se il mio tocco potesse guarirlo.

"Che cazzo è successo?!" ruggisce Brick.

Billy muove le labbra, ma non ne esce suono. Comincia a tremare, come avesse una crisi. Gli occhi prendono una sfumatura di gelido argento.

"La pallottola non è uscita," fa rapporto Nickel. "Fortunatamente per Aubrey."

Per me? Che intende? Ah... voleva me? Ma chiunque guardi film sulla mafia sa che è meglio se esce. Se è rimasta in un organo gli serve una bella operazione!

"È colpa mia," dico con voce strozzata. "È venuto per me..."

Dalla schiena di Billy giunge uno strano rumore, come di qualcosa che si rompe. Oddio, l'ha preso alla schiena?!

"Merda," brontola di nuovo Brick.

"S'è fatto sparare per me." Le lacrime mi rigano il viso. "E adesso morirà!"

"Non morirà." Nickel è calmo. Che strano modo di reagire alle emergenze. Anche Billy era tranquillo.

E adesso morirà!

Si contorce in volto. Lo schiocco di ossa si fa più forte. Si strappa del tessuto… e poi d'un tratto Billy non c'è più.

Mi si mozza il fiato.

Al suo posto c'è un *enorme lupo bianco e grigio*. Gli abiti giacciono a brandelli attorno a lui.

Mi sfugge un bizzarro lamento di gola. Ma che…

La pelliccia si fa rossa di sangue.

"Sì, Billy." Nickel gli posa la mano sul fianco. "Fatti guarire dal lupo."

"Il… il lupo è Billy." Parlo con voce lontanissima…

Billy è un lupo.

Mi giro a guardare gli altri. Ogni espressione che esamino è priva di sorpresa. Le facce sono pallide e tetre, sì, ma non stupite. Nemmeno Madi lo è.

"Billy è un lupo mannaro?" È come se una parte del mio cervello – quella cui sono state inculcate fiabe e fantasie varie – comprenda alla perfezione… ma l'altra dica che è impossibile.

"Un lupo mutante," fa Madi.

Allora capisco. "Siete tutti lupi."

Tranne Madi? O l'hanno trasformata?

"Se la caverà," mi dice, e stavolta le credo. Perché se gli esseri umani sanno diventare lupi, figurati se non credo possibili altri miracoli!

Lascio ciondolare la testa, sempre segnata dalle lacrime.

"Ok," tiro su col naso. "Bene." Mi rendo conto che gli altri si guardano.

Conosco il segreto.

Mi sporgo verso il lupo. È gigantesco – molto più grosso di uno normale. Il mio corpo reagisce biologicamente con paura davanti a testone e dentoni... ma è Billy. L'uomo che si è preso una pallottola per me. "Guarisci, ti prego..." mormoro.

Mi lecca le lacrime dalla guancia.

"Ti scongiuro..."

"Ha già smesso di sanguinare," dice piano Nickel. "Il suo corpo espellerà il proiettile in uno o due giorni. Dovrà riposare. Tutto qua."

Travolta dal sollievo, piango ancora di più. "Oh. Bene." Gli accarezzo le orecchie di seta. "Bene davvero."

"Cos'è successo, Aubrey?" domanda Brick – senza abbaiarmi contro però.

Mi asciugo col polso e mi giro verso di lui senza togliere la mano dalla testa di Billy. "Mi sono infilata in una specie di spionaggio industriale. Per fermare la *Sentience*, l'azienda d'IA che ruba il lavoro altrui."

Alza di scatto le sopracciglia. "Tu lo sapevi?" chiede a Madi, cui scappa una smorfia.

"Sì."

"Non credevo si sarebbe arrivati a tanto..."

"È stata trovata morta in una camera d'albergo l'informatrice di un'azienda del settore," dice Brick. "Si pensa a suicidio... ma i genitori non sono d'accordo. Questi qui sanno il fatto loro."

Rabbrividisco. Jamie non era poi così paranoica. "Immagino vogliano liberarsi di me. L'amico di Billy ha detto che ieri mi hanno rovistato in casa, e devono aver scoperto che sono qui. Ma è... folle." Scuoto il capo, incapace d'accettare che si siano spinti a tanto.

"Un avvertimento non sarebbe stato male," brontola Brick. "Da uno dei due a caso." Fa guizzare lo sguardo da Madi a Billy.

Strano veder qualcuno parlare con un animale come se capisse.

D'un tratto il rapporto che ha con gli amici acquisisce un senso. Sono lupi. Seguono un alfa.

Per forza Madi si è allontanata da me quando ha cominciato a fare sul serio con Brick.

Ripenso a quanto mi sono sentita esclusa da lui all'inizio – sequestrata in un'ala separata della casa quando era rimasta bloccata con lui dalla neve, sugli Adirondack. Dev'esser stato prima che...

"Madi... sei una lupa anche tu?" gracchio. Devo assolutamente saperlo. Mi morderanno per trasformare anche me? Come funziona questa cosa?!

Le scappa quasi da ridere, ma gli occhi sono tristi, come rimpiangesse di non avermelo detto. "No. Sono sempre io. Siamo specie diverse. Non è roba contagiosa come nei film."

"Ok." Mi rigiro verso Billy. Per il momento non reggerò altro. Continuo ad accarezzargli testa e orecchie.

Non m'interesserebbe neanche se fossero un branco di asini. Quel che conta è che Billy è molto più di ciò che credevo. L'avevo etichettato come miliardario stronzo. Grande bullo cattivo. Pensavo gl'interessassero solo i soldi e gli affari... invece ha profondità, una storia che mai avevo colto.

E adesso voglio conoscere il vero Billy. Quello ferocemente leale all'alfa. Quello che mi ha protetta a costo della sua stessa vita. In lui c'è molto più di quanto pensassi... e voglio vedere tutto.

Capitolo ventiquattro

Billy
Mi sveglio col profumo di miele e noce moscata di Aubrey nelle narici. Lo inspiro tutto visto che mi consola nel profondo – come mi trovassi nel posto giusto.

Sì ma... dove? Io e Aubrey mica dormiamo insieme! Lo facciamo e poi me ne vado.

Costringo le pesantissime palpebre a sollevarsi per guardarmi intorno. Sono nella sua casetta. È raggomitolata accanto a me; le miriadi di treccine sparpagliate sul cuscino. Il diamantino rosa al naso delicato e bello.

Insieme all'acuto dolore alle scapole, è lui a farmi tornare tutto in mente. Le hanno sparato. L'ho infilata in macchina. Poi confusione. Ricordo vagamente che piangeva. Le ho leccato la faccia.

Merda.

Mi sono tramutato. Ovvio: mi hanno sparato! Il corpo si ripara molto più velocemente da lupo.

Ricordo che Aubrey ha insistito per prendersi cura di me, perciò Nickel mi ha portato qui.

Me la tiro addosso. Apre gli occhi sconvolta.

"Non volevo svegliarti," mormoro.

"Sei sveglio!" Fa per tirarsi a sedere, ma la tengo giù. "Come stai?" Si gira per prendere la bottiglia d'acqua dal comodino. "Tieni, bevi un po'. Hai perso molto sangue."

Mi sento scappare un sorriso. Di solito odio sentirmi privato del controllo; voglio essere quello che dirige tutto e tutti, mica quello che non sa neanche dove dorme! Ma svegliarsi accanto a Aubrey non disturba il maniaco del controllo che c'è in me. E che poi Aubrey si curi di come sto... è dolce. Tenero.

Il che è strano, perché la tenerezza non è un'emozione che di solito mi concedo. Nemmeno per la mamma o per mia sorella. Accetto l'acqua e bevo. Ha ragione, ho sete.

"Hai fame?"

La mano scivola ad afferrarle il culo. "Da morire."

Parte della preoccupazione che ha in volto si scioglie. "Stai bene davvero, eh?"

Guardo l'orologio. "Quanto ho dormito?"

"Sedici ore." Mi osserva battendo le palpebre. Galassie dorate le decorano le iridi brune. "Mi hai salvato la vita."

Il pensiero che qualcuno ce l'abbia con lei mi fa inspirare a fatica. Mi tiro seduto con una smorfia al dolore fra le scapole. "L'hanno trovato? Che succede?"

Stavolta è lei a rispingermi sul letto. "Non lo so. Jake e Vance lo stanno cercando, ma non so se l'hanno trovato."

La esamino accarezzandole la guancia. "Perciò adesso conosci il segreto."

Annuisce. "Eh già."

"Mi sembri del tutto imperturbabile."

"È passato un tantino in secondo piano... dato che stavi per morire." Il tremore nella voce mi dà una fitta al cuore.

Mi viene in mente il suo volto rigato di lacrime accanto al mio dopo che mi sono tramutato. Era preoccupata per me. La ragazza che un tempo mi detestava era distrutta...

"Non permetterò a nessuno di farti del male, Argento," le dico. "Troverò il cecchino e gli sfilerò la spina dorsale fuori dal culo!"

Sgrana gli occhi. "Spaventoso ma... ehm... sexy." Sento il miele della sua eccitazione.

Il suo corpo ha bisogno di me. Come il mio ha bisogno del suo.

Altro tentativo di sorriso. Mi viene duro. La metto sulla schiena e le salgo sopra. Sono ancora nudo. "Adesso ti scopo."

Ruota il bacino per venirmi incontro, però dice: "Sicuro? Insomma... ce la fai?"

"Ho bisogno della tua figa, Aubrey. Mi aiuterà a guarire."

Le sfugge una risata ansimante. "Non so se sia vero, ma ok." Prende la confezione di preservativi che ho lasciato accanto al letto quando l'ho portata qui, appena arrivati. Sembra passato un secolo.

Indossa una canottiera di pizzo lavanda e mutandine coordinate. Ora che sa cosa sono, non devo più trattenermi. Mi aggrappo all'orlo delle mutande con tutt'e due le mani, in cima alla coscia, e le strappo in due.

Trasalisce, ma poi ride. "Oddio, sei fortissimo! Adesso capisco..."

La canotta gliela apro sul davanti.

"Ah, quanti indizi ho ignorato..."

"Tipo?" Devo sapere quando sono stato incauto. Il maniaco del controllo che c'è in me deve registrare ogni potenziale debolezza.

"La tua forza. Che hai insegnato a Peperino dove fare la cacca con una sola occhiata. Perché Madi mi escludeva."

Mi metto il preservativo.

"Ti avevo preso per stronzo, ma stavi solo proteggendo il tuo segreto."

"No. Sono davvero stronzo," le assicuro. "Nessuno ti direbbe il contrario sul punto."

Scuote il capo. "Non è vero."

Le strofino la punta del sesso fra le gambe. È umida e pronta per me. Entro con facilità. Sono ancora debole, perciò manca la spinta frenetica dell'altra volta.

Voglio fare con calma. Godermi l'incredibile sensazione di starle dentro senza la necessità di farmi in quattro per dar piacere a entrambi.

Lei ancora riflette. "Madi ha detto che sei un classista. Credevo intendesse razzista... ma adesso capisco. Non ti leghi agli esterni. Cioè... come chiamate quelli come me?"

Qualcosa di analogo al dolore mi accoltella il petto. Non voglio essere la persona che sta descrivendo. Non mi piace. Di solito agisco senza compassione per gli altri perché la compassione rende impossibile prendere decisioni chiare...

...ma Aubrey non sembra ferita, non vuole giudicarmi. È più come se mi vedesse – davvero. E senza fare una piega.

"Umani." Ho la voce roca. M'inarco dentro e fuori lentamente per godermi la stretta del suo canale, la salita dei bei seni, il movimento del bacino per prendermi più in profondità. "Sono cresciuto in un paesino popolato solo da mutanti. Mio padre era un suprematista."

Santo fato... adesso le racconto tutto?! Non dico mai queste cose io. Non l'ho più fatto da quando ne ho parlato con Brick al primo anno di Yale.

Trovo le sue mani e gliele blocco ai lati della testa; allaccio le dita alle sue.

"Sono la prima?"

"La prima cosa?"

"La prima umana con cui sei stato?"

Mi scappa una smorfia. "Sì," ammetto.

Non sembra offesa. "Anche tu sei il primo." Sorride.

"Il primo lupo?"

"Miliardario. E lupo. Ma ero già stata con un bianco."

Non ci posso fare niente – rido! Ah, quanto sono cambiate ormai le cose con Aubrey... è come se tutte le barriere fossero scese, come se le frecciatine e i giochi di potere li avessimo abbandonati. D'un tratto siamo nella stessa squadra.

Mi sporgo per mordicchiarle il collo mentre continuo a entrare e uscire da lei. "Ti ho desiderata dal primo istante in cui ho sentito il tuo profumo di miele e noce moscata al bar. Eri impertinente da morire... avevo voglia di metterti a novanta sul bancone e sculacciarti il dolce culetto."

Eccitata come sempre all'accenno alla dominanza, letteralmente si scioglie. E io ne approfitto per circondarle la gola con le dita.

"Ti ho costretto a infrangere la tua regola?" Le si abbassano le palpebre.

Suonano gli allarmi. Questo non dovrei dirglielo – per non darle una ragione per odiarmi, intendo – però non sembra offesa. "Sì," ammetto di nuovo.

Mi rivolge un sorriso soddisfatto. "Tu mi hai fatto infrangere la mia."

Santo fato, quant'è meravigliosa! Mi piace così: dolce e aperta a me. Mi piace anche esuberante, ma qui c'è qualcosa di speciale. Mi sta permettendo di entrare. "La regola sul non andare coi miliardari?"

"Già. Volevo continuare a odiarti, ma eri troppo sexy. E poi hai cominciato con le bollenti competenze..."

"Con cosa?!"

"Le competenze. La facilità con cui risolvi i problemi.

Tipo addestrare un cane o far cancellare un filmato di videosorveglianza. Proteggermi da un cecchino. Sei uno che fa venire l'acquolina, Billy." Le attraversa il volto un'espressione vulnerabile. "Mi considero una donna forte e indipendente, però mi piace che tu mi accudisca. Mi vedi per ciò che sono, malgrado la maschera che indosso."

Il lupo gioisce che con me si senta protetta – e fa bene! Mi viene in mente che sono attratto proprio dalla sua forza, anche se i pregiudizi mi dicevano che era debole, dato che è umana. Sbagliavo – proprio come ho sbagliato su Madi. Aubrey è forte in modi che non riesco a comprendere. È coraggiosa e leale, e ha un senso di giustizia che non vacilla nemmeno davanti al pericolo.

Come lei ce n'è una su un milione. L'avevo presa per un pruritino di cui liberarmi... invece è molto di più.

È tutto.

"Argento, sto per trasformare *questo momento* in una bollente competenza: farti venire mentre ti tengo le dita attorno alla gola..."

Sorride.

Stringo, ma non abbastanza da levarle l'aria; a sufficienza da eccitarla. La sbatto più forte e in profondità. Dando un senso all'unione.

Comincia a gemere – versi che mi tirano fuori il mio lato ferale. Accelero, adesso ci metto più potenza. Gira gli occhi dietro alla testa. I miagolii che fa me lo fanno diventare più duro della pietra.

Trovo in me una nuova riserva di energia – probabilmente attinta proprio da Aubrey – e monta la tensione. Mi si sollevano le palle.

"Vieni, Aubrey," ordino.

"Sì! Sì!" grida. "Sto per..." Mi si serra attorno all'uccello.

Veniamo quasi insieme; affondo in lei e riempio il

preservativo. Dopo crollo sul fianco e l'abbraccio, inspirandone il profumo fin dentro al mio essere.

Non doveva accadere così. Non rientrava nel piano generale. Aubrey non dovrebbe sapere cosa sono. Non dovrei stare a letto, stretto a un'umana, dimentico d'ogni cosa che non sia badare a lei.

Ma non me ne pento neanche un po'.

Aubrey è mia. Darò la caccia ai suoi nemici e li farò fuori uno alla volta.

Mi metterò sempre e comunque fra lei e il pericolo.

Anche mi costasse tutto.

Capitolo venticinque

ubrey

Dopo il sesso Billy si riaddormenta abbracciato a me, perciò scivolo piano fuori dal letto per uscire sul balcone e chiamare Madi. Ieri sera ho sentito Jamie per dirle che avevano tentato di spararmi e che temo che queste persone c'entrino con la *Sentience*. Ancora si nasconde, perciò spero sia al sicuro.

Stamattina dovevamo tornare a casa per prepararci al matrimonio, ma hanno deciso di posticipare il volo per aspettare che Billy guarisca ancora un po'. Il piano era di partire nel pomeriggio, che fosse cosciente o meno – e la cosa mi terrorizzava!

Dopo però tale sfoggio di virilità, mi sa che non ho di che preoccuparmi. Avevano ragione loro: se la caverà.

Che follia comunque. Nella mia testa i pezzi stanno ancora trovando il loro posticino. Tutti gli indizi che avevo sotto il naso ma non ho riconosciuto, l'allergia all'argento... oddio!

Si dice che i lupi mannari non lo tollerino – almeno

secondo il folclore. Però loro non sono lupi mannari, ma mutanti.

Quante domande!

Risponde dopo un paio di squilli. "Ehi, come sta?"

"Si è svegliato. L'abbiamo fatto e si è riaddormentato."

Ride. "Be', allora credo sia pronto a tornare a casa."

"Già. Grazie al cielo."

"Jake e Vance non sono riusciti a trovare il cecchino."

Inspiro forte. "No?"

"Nickel però grazie ai suoi parenti ha scoperto che non è stato il branco di Luka. Perciò probabilmente hai ragione tu: l'hanno mandato quelli della *Sentience*."

"Quindi... sposi un lupo, eh?"

"Sì. Scusa se non te l'ho detto. Ci morivo dentro... sapevo che era il segreto ad allontanarci, e non sapevo come fare."

Affiorano le lacrime. D'un tratto piango. "Mi sei mancata tanto..."

"Anche tu! Mi dispiace, Aubrey..."

"Be', adesso so. Per forza eri tanto cauta su me e Billy!"

"No, su Billy secondo me sbagliavo. Aveva un pregiudizio sugli esseri umani; all'inizio non credeva che fossi la compagna giusta per Brick perché non sono una lupa, e gli alfa devono proteggere la discendenza di sangue o i figli non si tramutano. Ma penso che tu l'abbia cambiato. Credo che tu possa essere la sua compagna."

La reverenza con cui dice *la sua compagna* mi fa pensare ci sia sotto un significato pesantino... "E cosa vuol dire?"

"Be', i lupi possono avere relazioni normali – come noi. Ma in teoria ogni lupo ha una sola vera compagna. Scelta dal fato. Una persona che riconoscono d'istinto – innanzitutto con l'odore – quella giusta. Ma non è facile trovarla.

Bisogna perlustrare tutto il mondo. Quindi non è roba da poco."

Ricordo ciò che mi ha detto Billy mentre facevamo l'amore. *Ti ho desiderata dal primo istante in cui ho sentito il tuo profumo di miele e noce moscata al bar.*

Che sia io? Spiegherebbe perché abbia insistito a starmi appresso anche quando facevo l'antipatica. E forse lo faceva pure suo malgrado...

"Tu sei la compagna di Brick?"

"Sì. Credo sia inusuale per un alfa accoppiarsi con un'umana, quindi il branco ha avuto difficoltà ad accettarlo."

"Oddio, dev'essere stato un casino! Vorrei tanto ti fossi rivolta a me." Mi spezza il cuore che non abbia potuto parlarmene.

"L'avrei voluto tanto. Mi sentivo così sola... ma entrare nel branco significa seguire regole rigide e segrete."

Ci penso su. "Logico." Si sapesse di uomini che possono trasformarsi in lupi, la gente gli darebbe la caccia o ci farebbe degli esperimenti. Perderebbero la libertà per sempre!

"Comunque hanno cambiato idea quando mi sono dimostrata degna."

"E secondo te io potrei essere la compagna di fato di Billy?"

"È stato da subito affascinato da te. Me ne sarei dovuta accorgere prima, ma di lui non mi fidavo. Adesso mi sembra evidente. Si è scazzottato con quelli di Monaco solo perché l'alfa ti ha insultata. E ieri ha pensato solo a proteggerti. Sarebbe morto per te. E visto che Billy tiene non poco alla propria autoconservazione... direi che per lui tu conti molto più del dovere di compiacere l'alfa."

Ci rifletto.

"Ma la cosa più importante è un'altra: tu cosa provi per lui?"

Cosa provo? Mi sono detta e ridetta che è solo un'avventura. Che con uno come Billy non posso starci. Che siamo troppo diversi. Che ho una serie di ideali e d'immagini di me che non includono jet privati che mi portino dall'altra parte del mondo per far festa né vivere in un attico di Billionaire's Row.

Billy però mi ha mostrato che c'è molto al di là dei soldi. Pensa al cambiamento climatico e a proteggere l'ambiente. Credevo fosse un freddo egoista, invece ho scoperto che farebbe di tutto per le persone cui vuol bene – e che il duro guscio esterno discende da ferite profonde.

Prendo fiato. "Sinceramente... mi sto innamorando, Madi. Follemente. Ho provato a resistere. Mi son detta che era solo sesso perché lui incarna tutto ciò che di solito disprezzo negli uomini... ma non ci riesco."

"Sicura?"

"Sì. Tu provi questo per Brick?"

"Sì."

"Da lui mi sento vista. Protetta. Si prende cura di me come papà si prendeva cura della mamma. Ieri mi ha comprato dei gioielli – e mica sciocchi braccialettini, eh! Non so come, ma è riuscito a trovarmi un diamantino rosa fatto in laboratorio per il naso e un anellino coordinato per l'ombelico."

"Ha pensato ai tuoi gusti."

"Esatto!"

"Sì, presta molta attenzione alle persone... anche se finge di fregarsene. Probabilmente per via di ciò che ha sofferto da bambino."

Mi si stringe il petto. Sono stata troppo severa con lui...

Adesso, dopo la gioia d'averlo tormentato, voglio solo

semplificargli la vita. Voglio restare al suo fianco come lui ieri è stato al mio. Voglio si apra e si confidi con me.

Voglio essere la sua compagna.

"Eh sì, mi sto innamorando di brutto, Mads. Speriamo che per lui sia lo stesso."

* * *

Esco dalla doccia. Dopo la chiacchierata con Madi Billy ancora dormiva, perciò ho deciso di darmi una lavata e fare i bagagli.

Mentre mi asciugo sento il grave baritono della voce di Brick nella suite.

Oh! Billy dev'essersi svegliato e deve averlo fatto entrare.

Che imbarazzo. Non voglio uscire con solo l'asciugamano addosso. Mi metto la crema idratante.

Parlano basso e non riesco a capire di cosa... finché non si spegne l'aria condizionata; d'un tratto è tutto chiaro.

"Devo sapere che intenzioni hai. Oggi. Più ricordi accumula più sarà difficile cancellarglieli."

Raggelo. *Cancellarglieli. Ricordi?* Prego?!

Il cuore mi batte forte.

Ma parlano dei ricordi *miei*?!

Madi non ha detto niente su cancellazioni della memoria. Ma perché avrebbe dovuto sapendo che me l'avrebbero fatto? Mi avrebbe solo aggiunto ricordi di cui sbarazzarsi...

Mi si rivolta lo stomaco – ho la nausea.

"Ci penso io."

"E come? La porti dal re vampiro per farle cancellare la memoria o è la tua compagna?" domanda Brick, sempre a bassa voce. "Vuoi marchiarla?"

"Cazzo." Sento i pesanti passi di Billy, come fosse sceso dal letto.

Il *cazzo* gli è scappato perché gli fa male muoversi o perché non sa se sono la sua compagna?

All'improvviso mi sento come scollegata da tutto, tipo un'astronauta in passeggiata nello spazio profondo. Qualche settimana fa della sua risposta non me ne sarebbe fregato niente, da lui non avrei voluto altro che il sesso...

...e adesso ho deciso di volerlo per sempre.

Lui però ha avuto un'infanzia difficile dominata da un suprematista mutante che lo maltrattava – dettaglio che potrebbe rendergli complicato accettare che il fato lo accoppi con un'umana. *Se poi è così.*

Santo cielo, che casino! Schiaccio il fianco contro al ripiano del lavandino per non cadere e le ginocchia mi cedono di colpo. Tremo, anche se non so descrivere per quale emozione. Non è paura. E neanche dolore. Solo... vulnerabilità. Tutto il mio mondo sembra sull'orlo del collasso.

Ieri hanno cercato di ammazzarmi.

Ho scoperto che esistono lupi mutanti, e che il tipo con cui scopo è un enorme beta bianco.

Poi salta fuori che la mia migliore amica non mi ha abbandonata per il fidanzato: è solo entrata in un branco di lupi.

Sanno cancellare la memoria alla gente che scopre di loro.

Potrei essere la compagna di fato di Billy White... oppure no.

Ecco il pezzo del puzzle che più mi tiene ancorata al momento. Voglio che Billy scelga me. Non perché gli piace il mio odore, ma perché mi ama.

"Non lo so," dice infine.
Mi trema il labbro e inspiro profondamente.
"Comunque ci penso io, alfa."

Capitolo ventisei

Billy

BLa sera prima del matrimonio torno alla *Sentience*.

Ho lasciato Aubrey nel mio letto, addormentata. Sarà al sicuro nel palazzo del branco. L'ho dovuta lasciare dopo la cena di prova, ma finché non avrò sistemato la cosa non riuscirò a prendere sonno.

Devo scoprire se dietro all'attacco ci sono loro. Rintracciare il fondatore e gli amministratori delegati per farmi dare un invito privato è stato facile.

Mi sono portato dietro anche un co-cospiratore. Per far filare tutto liscio.

La guardia mi saluta e ci ammette all'interno. Siamo fuori orario d'ufficio. Ho controllato: non c'è nessuno tranne i dirigenti e quelli della sicurezza.

Mi fermo davanti al murale di Aubrey. Distruggerei il palazzo a mani nude, non fosse per quest'opera bellissima... ma il piano che ho escogitato è ancora migliore: lo sfratto permanente degli attuali inquilini.

Io non sarò perfetto, ma Aubrey è contagiosa. Voglio lasciare un mondo migliore di come l'ho trovato.

"Da questa parte," fa il tipo portandoci agli ascensori.

Thaddeus, re vampiro di Manhattan, avanza tranquillo accanto a me. È lui il co-cospiratore. Ha deciso d'aiutarmi solo per puro divertimento... e dieci milioni di dollari.

Quando la guardia ha strisciato la carta sul lettore per farci salire, gli si para davanti e lo fissa dritto negli occhi. L'umano s'immobilizza: un cerbiatto raggelato davanti ai fari di una macchina.

"Dammi la chiave," ordina.

Lui ubbidisce.

"Bravo," fa Thaddeus tutto fusa. "Adesso ascolta: hai deciso che questo lavoro non fa per te. Ti licenzierai e perseguirai i tuoi sogni. C'è qualcosa che avresti sempre voluto fare?"

"Surf."

"Ottimo." Thaddeus gli dice di fare i bagagli e traslocare a San Clemente, in California. "Va'." L'umano si volta come un robot ed esce dal palazzo.

Non avevo mai visto un vampiro incantare un umano, ma mi si rovescia lo stomaco.

Però serviva.

"Sarà più felice," dice, come percepisse il mio disagio. Sventola la chiave magnetica con un sorrisino furbo e parte tranquillamente. Penserà lui alle altre guardie; rimarranno solo i mandanti del tentato omicidio.

E nessuno li sentirà urlare.

L'ascensore mi porta su. Esco esaminando ogni singolo dettaglio della stanza: è un ampio open space con vista incredibile sulla città. Vi si aggirano sei persone: fondatori e amministratori delegati. Due sono a un biliardino – gli altri li guardano giocare. Tre bevono birra e uno mangia patatine

– ne sento l'odore. Ce ne sono altri, di odori. Accavallati. Qualcuno fuma erba e uno è sudato nonostante il deodorante. C'è anche un olezzo pungente che mi dice che fanno assaggini di droghe pesanti – tipo coca.

Alla fine uno mi nota e viene a grandi passi da me. È asiatico, alto quasi quanto me e con gli occhi un po' vitrei.

Spalanca le braccia. "William White, giusto?"

Alzo il mento, ma non mi degno di salutarlo. Io e il lupo siamo ormai sintonizzati sulla violenza.

Se tenta di stringermi la mano gliela spacco.

"Che piacere conoscerti. Non vedevamo l'ora. Vero?"

Gli altri esultano.

Questi qui hanno cercato di portarmi via Aubrey. Non fossi un lupo con sensi affinatissimi e velocità assurda, la pallottola avrebbe colpito il bersaglio e mi sarebbe morta fra le braccia.

Impensabile!

La pagheranno.

Devo solo mantenere il controllo per qualche altro minuto, a sufficienza perché Thaddeus elimini tutte le guardie.

"Un gran piacere, davvero," continua a dire. È sicuramente fatto. In realtà ci siamo visti brevemente al galà, ma di certo non glielo ricorderò.

Alle nostre spalle trilla l'ascensore; m'irrigidisco, perché non so chi stia per arrivare. E se Thaddeus non avesse finito il lavoro?

La porta si apre e salta fuori Brick. Seguito da Nickel, Jake e Vance.

Mi sorride. Gli luccicano gli occhi e ha le zanne lunghe – il lupo è uscito. "Non avrai mica creduto che t'avremmo lasciato tutto solo, eh?"

Vengo inondato dal sollievo, seguito dalla gratitudine. Il

branco mi protegge sempre. C'è persino l'alfa, e alla vigilia del suo matrimonio. Tendo la mano e lui la prende. La uso per avvicinarmelo e dirgli pianissimo, in modo che solo un mutante possa sentire: "Hanno attaccato Aubrey. Voglio che soffrano."

"Concordo."

"Ehm... che succede?"

Mi piazzo un sorriso insipido in faccia. "Ero tanto entusiasta di conoscervi che mi sono portato dietro tutta la squadra."

"Accidenti, che bello. Bellissimo." Sventola la mano per invitarci al biliardino. "Volete parlare d'affari, proporre un'offerta pubblica iniziale o cosa?"

"O cosa." Faccio all'amministratore delegato un sorriso vero, in modo da mostrargli le zanne. Fa un passo indietro. E poi mi levo la camicia.

Gli umani trasaliscono tutti. Sospetto non se l'aspettassero.

Quello più vicino a me deglutisce allargando le pupille. "Ehi, ma sei tutto muscoli!"

I giocatori non giocano più. Uno si acciglia. "Ma che combinate?" Penseranno che voglia proporgli un'orgia.

"Da stasera quest'azienda cessa di esistere." Sbattono stupiti le ciglia, ma non li lascio parlare. "Cambierete idea. Chiuderete tutto e risarcirete gli artisti di ciò che gli avete rubato."

Si guardano in spasmi automatici delle teste che dicono 'ma anche no'. Qualcuno s'incazza. "Che caz..."

"Zitti." Uso un tono debole, ma resta un ordine. Con questi qui il comando alfa non lo spreco neanche. Riconoscono già la nostra dominanza. "Farete ciò che vi dico io. E vi scuserete pubblicamente. Il consiglio rimarrà sorpreso, ma alla fine lo convincerete." Altrimenti lo convincerà il re vampiro.

Mentre io faccio il discorsetto Jake e Nickel si piazzano tranquillamente ai lati opposti della stanza. Puntano al fondo per assicurarsi non ci siano testimoni. Quando passano, gli umani cercano istintivamente riparo accalcandosi fra loro.

Mi levo le scarpe. Accanto a me, Brick fa lo stesso. Ci stiamo spogliando tutti e due per lasciar liberi i lupi. Quando avremo fatto il nostro, questi imbecilli non saranno più neanche in grado di uscire di casa, figuriamoci gestire un'azienda. E poi, per assicurarcene la futura collaborazione, Thaddeus li obbligherà tutti a fare a modo nostro.

Entro domattina la *Sentience* non esisterà più.

Prima però voglio delle risposte.

Jake e Nickel tornano dopo la perlustrazione degli uffici, e con la lingua dei segni ci danno il via libera. Io rispondo di aspettare un attimo.

"Avete cercato di uccidere una persona per me molto speciale. E adesso risponderete alle mie domande." Lascio uscire il lupo, e gli umani rinculano davanti al brillio dei miei occhi. "Ditemi perché avete assunto un sicario per uccidere Aubrey Cook."

"Cosa?!" L'amministratore delegato trasalisce. È impallidito – vira sul verdastro.

Un giocatore avanza coi pugni chiusi. "Senti, bello, non abbiamo assunto nessun sicario noi. Non sappiamo neanche chi cazzo..."

Quello accanto gli dà una gomitata. "Aubrey Cook... non è quella del murale?"

"Ah sì. Al galà ha ficcato il naso dappertutto," fa un altro.

"Avete cercato di ucciderla!" ringhio. Indietreggiano ancora e alzano le mani, come a difendersi.

"No, no!" gridano.

"Abbiamo solo mandato uno che la spaventasse. Non doveva morire nessuno!"

"Ci voleva rubare informazioni segrete," aggiunge un altro. "Insieme a una dipendente scontenta. Abbiamo mandato qualcuno a rovistare in casa delle due per recuperare i file rubati. Tutto qua."

Mmm. Non sento puzza di menzogna.

Guardo Brick. È perplesso. "Niente sicari, dunque?" fa.

"Cosa? Ma no!" protestano tutti. "Come vi è venuta in mente una cosa del genere?!"

"Un sicario è venuto a cercarla. A Monaco," dico. "L'ha quasi colpita. La pallottola l'ha schivata di pochi centimetri." Sono state le mie vertebre a impedirle di uscirmi dal corpo e ammazzarla. Fortuna che aveva uno scudo mutante...

L'amministratore delegato gira gli occhi dietro alla testa e s'inginocchia. Poi si accascia a terra.

"Aiutatelo," ordina Brick. Sono in due a ubbidirgli di corsa; lo tirano su, e quando riprende i sensi gli danno dell'acqua.

Noi mutanti ci raduniamo. "Dicono il vero," fa Jake. Si sente la puzza quando si mente.

"Possibile che il sicario sia stato assunto da un altro dell'azienda?" chiede Nickel. "Magari del consiglio?"

"Immagino non volessero che il consiglio venisse a sapere del furto intellettuale. L'hanno detto loro: hanno assunto qualcuno perché rovistasse nelle due case. Credo non abbiano assunto nessun sicario." Brick si volta verso di me per pormi la domanda che mi terrà sveglio la notte. "Se non è stata la *Sentience* a cercare di uccidere Aubrey... chi è stato?"

Mi si rovescia lo stomaco. Non lo so, ma devo scoprirlo! Solo così potrò tenerla al sicuro. "Sicuri non sia stato il branco di Luka?"

Nickel annuisce. "Posso anche insistere su quella pista, ma le conoscenze della mia famiglia credono che lui non c'entri nulla. Non sarebbe nel suo stile."

Trilla l'ascensore. È Thaddeus. Deve aver finito con le guardie. "Come va?"

"Non benissimo." Brick guarda male l'amministratore delegato.

"Tocca a me?"

Mi guardano tutti. Non vedevo l'ora di malmenarli e mettergli una paura da lupi... ma adesso voglio solo tornare da Aubrey per accertarmi che sia al sicuro. "Fa' pure."

"Signori, guardate da questa parte, prego," fa col suo tono liscio. Gli umani lo guardano.

Noi arretriamo per farlo lavorare. Li convincerà a chiudere l'azienda e rimborsare gli artisti – e vendermi il palazzo.

Entro domattina la *Sentience* non esisterà più. Non ho trovato il sicario, ma almeno questo sono riuscito a farlo.

Capitolo ventisette

Billy

I matrimoni sono peggio dei galà. Faccio l'usciere in smoking perché, per una qualche ragione, secondo tradizione questo fanno i testimoni.

La strada davanti al Plaza è invasa da limousine che scaricano benestanti membri della società. Le porte le tiene il portiere, ma il nostro lavoro è controllare gli inviti e accompagnare gli ospiti nella sala del banchetto.

Partecipiamo tutti – persino Noah, che non è fra i più intimi degli sposi né del branco, ma è stato invitato da Madi.

Siamo tornati da due giorni. Ho dormito per quasi tutto il viaggio aereo, mentre il mio corpo ancora si rigenerava. Ho insistito perché Aubrey stesse con me alludendo al pericolo costituito dalla *Sentience*... e adesso sappiamo che l'attacco non c'entra niente con l'azienda.

Alla fine uscirà la notizia della sua caduta, ma io e Brick abbiamo deciso di tacere il tutto fino a dopo le nozze.

Spero che l'obiettivo del sicario fossi io, che me l'avesse mandato Luka per rovinarmi la vacanza, dato che l'ho messo in imbarazzo. Così Aubrey sarebbe al sicuro... ma non dormirò tranquillo finché non ne sarò certo.

È mogia da quando siamo tornati, più silenziosa del solito. Non capisco se è spaventatissima per la storia del lupo o ancora scossa per lo sparo. Di sicuro sta digerendo un po' di cose. Per fortuna non mi ha allontanato del tutto.

Un'ora fa abbiamo fatto l'amore – dopo che aveva fatto la doccia, perché il lupo ha bisogno di sentirle addosso il mio odore per tutta la cerimonia.

Fra poco la condurrò lungo la navata: testimone e damigella d'onore. E per quanto disprezzi le tradizioni umane, non vedo l'ora di mettermi al braccio la donna più bella di New York! Gli ospiti sono ormai quasi tutti arrivati, ma io e Noah restiamo fuori in caso di ritardatari.

"Cosa c'è laggiù?" mi fa segno Noah indicando degli esponenti dell'alta società diretti all'hotel qui accanto. Sembra ci sia un galà, un evento formale.

"Boh," rispondo. "Strano si tengano due grosse serate lo stesso giorno."

Accosta una limousine bianca. Quando ne smonta un pallido biondino, ringhio.

Noah deve percepirlo, perché mi scocca un'occhiata e poi si rigira.

Arriccio il labbro per mostrare i denti e sbotto: "Aiden Adalwulf." Comincio a tradurgli *Aiden,* ma annuisce prima che sia arrivato a metà nome – ha capito. Rifà guizzare lo sguardo sull'altro lato della strada.

"Vuole mettere in ombra il matrimonio," osserva, "dando un evento alla porta accanto."

"Sì." Faccio il segno mentre lo dico a voce.

Scende dietro di lui un fuscello di ragazza con gli stessi capelli del pallore della luna.

Noah balza in avanti, d'un tratto in allerta.

Aiden non l'aspetta, né l'aiuta a smontare dall'auto. Se ne va da solo. La giovane lupa lo segue dimessa, la testa china come una serva.

"Quella chi è?"

Scuoto il capo e rispondo: "Mai vista in vita mia, ma credo sia Aster, una lontana cugina di Aiden. Ho sentito dire che è la nuova veggente del branco." *Veggente* lo devo segnare lettera per lettera, perché non conosco la traduzione.

Come ipnotizzato, Noah la osserva finché non sparisce all'interno. Deglutisce facendo saltare il pomo d'Adamo.

"La conosci?"

Esita, poi dice: "No," però aggrotta le sopracciglia, come se la scena l'avesse infastidito.

Non gli credo, ma per il momento lascio perdere. Il paranoico che c'è in me quand'era appena arrivato alla *Moon Co.* l'aveva preso per una spia degli Adalwulf, ma le verifiche di Sully hanno dimostrato che non ha mai avuto contatti col branco rivale. E poi s'è dimostrato leale. Non ho ragione di non dargli fiducia.

Esce dalla limousine accanto una coppia di anziani; la donna alza l'invito. Sono del branco, quindi non devo controllare la lista. "Buonasera. Benvenuti. Da questa parte, prego."

Quando li mollo, il wedding planner mi fa segno d'andare dove si trovano gli altri testimoni e uscieri. C'è un problema di tempistiche su chi deve percorrere la navata. Ieri sera abbiamo provato, ma solo io sono stato attento al mio lavoro: accompagnare Aubrey.

Mi si mozza il fiato quando gira l'angolo con Ruby e Scarlett. Indossano tutte e tre abiti rosso mattone senza spalline aderenti sul corpetto, che scendono a campana a metà polpaccio, come sirene. Aubrey è stupenda. Ha i capelli raccolti in alto sulla testa con una stola rossa. I seni sono gonfi sotto al tessuto, maturi e smaniosi delle mie mani... Come le sorelle di Brick, porta orecchini con perlina a goccia e tre giri di strangolino di perla – probabilmente doni della sposa.

Mi piace elegante.

Mi piace anche con le salopette sporche di pittura, ma adesso è più regale di qualsiasi riccona di Manhattan. Le piazzo le mani sulla vita e le assaggio il collo con le labbra prima ancora di rendermi conto di essermi mosso.

"Somigli a una principessa."

"E tu a un miliardario. Ah sì... sei un miliardario!" Mi spara un sorriso.

Non le scollo le mani di dosso. Mi viene in mente che vorrei che questo momento non finisse mai. All'inizio questa storia era a scadenza; avremmo collaborato per organizzare il matrimonio, ma dopo ci saremmo separati.

Però non voglio mollarla. Il lupo sembra pensare che mi appartenga.

È impegnata coi compiti da damigella, però: stringere la mano alla madre di Madi e guardare in cagnesco (per solidarietà) la nonna paterna condurla lungo la navata. Mi pare d'aver capito che il padre non è stato invitato perché non gliene frega niente – fastidioso per la signora.

Aubrey dà il pugno ai cuccioli di Ruby, April e August, prima che trotterellino giù per la navata coi fiori – lei – e gli anelli – lui. Vance, Jake e Sully la percorrono da soli. Nickel accompagna Scarlett e Eagle Ruby. E poi tocca a noi. Mi avvolgo la mano di Aubrey attorno al gomito e parto.

A metà strada colgo un odore che fa ruggire il lupo in superficie: pericolo mortale! Un secondo. Due. Ricaccio giù l'adrenalina, come ho imparato a fare anni fa. Digrigno i denti e do una rapida occhiata agli ospiti.

Ecco. Vedo il retro della capoccia calva.

Figlio di puttana.

Quello stronzo di papà è riuscito a intrufolarsi. Se fa qualcosa per rovinare il matrimonio a Brick e Madi... per cena servirò il suo fegato su un piatto. D'argento.

* * *

Aubrey

Liscio l'abito a Madi mentre percorre la navata insieme a Brick sotto all'applauso degli ospiti, dopo la cerimonia.

È stata perfetta. Madi stava benissimo nell'abito su misura di Dior. Veder sua mamma e suo fratello percorrere la navata insieme è stato commovente e dolce – un bel colpo per quella strega di sua nonna Eleanor, che ha fatto in modo che quei due – e me – fossimo i suoi unici parenti.

Il bouquet di rose rosso scuro è coordinato al mattone – d'altronde Brick significa *mattone*, no? – del vestito da damigella; noi abbiamo mazzi bianchi. Catherine, la suocera di Madi, ha un bellissimo abito rosso – naturale, dato che è il suo colore preferito. Ha chiamato tutti e tre i figli con nomi che ne richiamano le sfumature.

Fortuna che ho messo un mascara resistente all'acqua, perché ho pianto tutto il tempo! Non perché sto perdendo la mia migliore amica; sono sinceramente felice per lei. Soprattutto adesso che so che Brick è un lupo; e poi Madi è entrata in un branco. Prima c'erano tantissime cose che non poteva dirmi... ma adesso sì!

Billy mi ha porto il braccio, ma con aria impacciata. Gli occhi gli si sono illuminati d'argento quando mi ha vista vestita così; segnale che, adesso lo so, l'animale è uscito perché lui è eccitato. Però adesso è distante. È successo qualcosa mentre percorrevamo la navata.

Vorrei chiedergli cosa, ma da quando ho sentito lui e Brick gli sto dando spazio. Sta cercando di capire se sono la sua compagna di fato, e sono sicura che gli è difficile visti i pregiudizi che per tanto tempo ha avuto sugli umani. Un po' ci soffro, ma sto cercando di mostrarmi comprensiva. Se sceglie me voglio sia per amore, non per odore. Non per un istinto animale cui cerca di resistere. Non voglio essere la compagna da cui vorrebbe non essere attratto. Merito un uomo che mi desideri veramente.

Mi accompagna fuori, accanto a Brick e Madi davanti alla fila per le congratulazioni, come abbiamo provato ieri sera. Lo guardo di nuovo in tralice, ma è una maschera di gelo.

"Tutto bene?"

Non mi risponde. Neanche mi guarda.

Ahi.

Poi però dice con voce roca: "C'è mio padre."

Ah. Merdaccia. Il violento paparino *suprematista mutante.* Per forza si è irrigidito!

Brick ci sente e gli spara un'occhiata interrogativa.

"Non so come abbia fatto a entrare," dice Billy. "Ma risolvo io."

"Lascialo restare. Basta che non faccia niente. Non ho nulla da nascondere."

Un muscolo salta nella mascella di Billy. Non replica, però gli occhi gli luccicano delle sfumature argentee del lupo. Ce ne stiamo qui a salutare gli ospiti. Io conosco solo la famiglia di Madi, perciò devo solo fare la bella statuina. Quasi tutti sono venuti per i Blackthroat. Ruby è una padrona di casa naturale, Madi però trasuda un potere e una leadership che non avevo mai percepito in lei. Non è più la secchiona di Princeton più intelligente di tutti.

Adesso ha addosso l'energia dell'amministratrice delegata. Della capa stronza. Dell'alfa del branco.

Che bello vederla così! Per forza mi ha lasciata indietro. Sta facendo salti quantici.

Gli ultimi ospiti escono.

Billy si guarda intorno attento.

"Non è venuto fin qui?"

Scuote la testa. "No."

"Forse se n'è andato."

Annuisce, ma resta cupo.

"Devo fare la pipì," mi mormora Madi prendendomi per mano. Non può arrangiarsi visto il lungo strascico. E poi è ora di levarlo, così può mescolarsi alla gente e ballare.

"Andiamo." Ci rechiamo nello spogliatoio, dove le donne si preparano per la cerimonia. Le sgancio con cautela i sei gancetti della coda. "Ok, libera. Torno fuori per vedere se Billy sta bene."

Mi guarda sbattendo le ciglia. "Fate sul serio, eh? Assurdo. Siete diversissimi... non me lo sarei mai aspettato."

Esito. "Sinceramente... non lo so." La sorda sofferenza comparsa dalla famosa chiacchierata fra Billy e Brick mi attanaglia ancora.

Lo trovo in mia attesa appena fuori dalla stanza con due bicchieri di champagne, e mi vien voglia di abbracciarlo. Anche quand'è scosso resta un gentiluomo.

Prendo il calice. "Tuo padre ha dato segni di vita?"

"No." S'irrigidisce di colpo e gira la testa a destra, come quando ne ha sentito l'odore. "Sì."

Un uomo alto con gli stessi suoi occhi azzurro grigio e i capelli sale e pepe – nonché l'espressione di uno che ha succhiato un limone – avanza verso di noi.

"Chi è questa?" Mi squadra sdegnato da capo a piedi.

Alza il naso in gesto decisamente canino, poi lo arriccia. "Frequenti i bassifondi ora, vedo."

L'istinto mi direbbe di rispondergli per le rime, ma non voglio peggiorare la situazione a Billy, perciò resto zitta, a testa alta e con un'analoga espressione sdegnosa.

"Tu non sei stato invitato." Billy parla con tono piatto. Senza vita.

"Ero alla festa degli Adalwulf, qui accanto. Ho solo pensato di fare un salto per salutarvi," fa lui. "Ho anch'io amici potenti, sai. Dimentichi fin dove so arrivare." E mi rifila un'altra occhiatina maligna.

Che stronzo pomposo! Non m'interessa cosa pensa di me, ma vorrei prenderlo a calci nelle palle perché è un padre orribile. Forse però sono io a complicare le cose a Billy. E se me ne andassi – così non dovrebbe proteggermi dalle sue derisioni?

"Non sei il benvenuto. Vattene, prima che ti sbatta fuori di peso." Sembra ancora calmo. Come se accanto al padre il suo personaggio perdesse d'ogni vivacità.

Sono sicura che un bambino in costante pericolo impari a spegnere il suo vero io. E il sistema nervoso dell'adulto ancora reagisce davanti all'aguzzino. Billy resta perfettamente immobile, ma sento l'aria uscirgli ed entrargli nei polmoni – sembra stia correndo una maratona.

Il padre posa lo sguardo su di me, anche se a Billy dice: "Faresti meglio a non seguire le orme di quello smidollato del tuo alfa." Scuote lentamente il capo. Mi guarda in un modo che mi fa accapponare la pelle; vedo il male dietro ai suoi occhi... un male diretto tutto a me.

Billy smette del tutto di respirare.

"Dovresti sapere che mai permetterei a mio figlio di commettere un tale errore."

È una minaccia, si capisce bene. Mi si ghiaccia il sangue nelle vene.

"Il fato non commette errori." Il tono di Billy potrebbe congelare la lava.

William White II s'infuria. Gli occhi gli lampeggiano d'argento. "Vuoi dirmi che il *fato* ha scelto un rifiuto umano per *mio* figlio?!" ruggisce. "È un animaletto domestico. Nient'altro."

Prima ancora che me ne accorga, fa scattare in fuori la mano per appendersi allo strangolino di Madi. E tira. Le perle saltano da tutte le parti e rotolano a terra.

Billy gli rifila un forte calcio alla pancia e gli fa spiccare un volo di due metri e mezzo che termina contro al muro. Fortuna che siamo in un corridoio dove gli ospiti non ci vedono!

Mi dà brusco il suo bicchiere e va furibondo dal padre, che sembra faticare a respirare. Deve averlo preso al diaframma.

Madi esce dallo spogliatoio. "Oh, merda..." borbotta. "Chiamo Brick o uno dei suoi."

Io me ne resto immobile. Sono di Brooklyn, ma una violenza del genere non l'avevo mai vista. Mai.

Il vecchio cerca di rimettersi in piedi, ma Billy lo piglia dalla gola e lo solleva con forza sovrumana. Sarà alto, ma coi piedi non tocca il pavimento; poi gli sbatte la testa contro alla parete. "Non toccarla. Non guardarla. Rivolgile ancora la parola e ti ammazzo."

* * *

Billy

Emano rabbia a ondate. Le ha toccato la gola.

La vuole morta.

Mi pare mi squarcino il petto col freddo acciaio di una lama. Non avrei mai dovuto ammettere quanto conta per me.

Lampi di papà che assassina il cacciatore, tanti anni fa, mi fanno perdere l'equilibrio. Mi riportano il tanfo di sangue alle narici. Le urla nelle orecchie.

Sono quel bambino di cinque anni nel bosco, orripilato e spaventato. Costretto a guardarlo torturare uno perché è entrato nel territorio del branco.

La paura mi attanaglia. Non posso permettere che torturi *lei*.

Ma non sono più piccolo. So rispondere.

Lo picchio alla pancia anche se non si è ancora ripreso dai colpi alla testa. Dovrei ammazzarlo subito. Il lupo lo vorrebbe... ha attaccato la nostra compagna!

Adesso ne sono sicuro: Aubrey è la mia compagna. L'ho sempre saputo, ma negavo.

E credo di sapere perché.

Ho soppresso il ricordo del cacciatore fino a ora – ma il bambino che c'è in me ancora teme per la sua vita, dovessi reclamarla.

Nella mia mente, quell'uomo è diventato Aubrey. Vedo papà girarle intorno col coltello. Ha le gambe rotte. Le carni lacerate da mascelle di lupo. Le sue urla tagliano il bosco in due.

Guarda quant'è debole. Non distogliere lo sguardo mentre la finisco, Billy.

No! Quasi mi trasformo per salvarla.

"Non qui." Sento la calma ed efficiente voce di Sully al di sopra delle urla che mi percuotono il cervello.

Sbatto le palpebre. Non sono nel bosco.

Non sono un bambino che guarda Aubrey morire.

"La stai spaventando."

Inspiro forte e mi giro. È raggelata, lì dove l'ho lasciata, col vestito rosso sangue e due calici in mano. Ha gli occhi strabuzzati dall'orrore.

La ucciderà.

Gli rifilo quattro pugni veloci facendogli scrocchiare le costole.

"Non qui!" ringhia Sully a denti stretti.

Giusto.

Non qui.

Alle mie spalle ci sono lui, Vance e Jake. Mi difendono – non che ne abbia bisogno. Sono grande adesso. L'epoca del tormento paterno è passata. Potrei spezzargli il collo seduta stante.

Ma Aubrey sta guardando. Non volevo che papà le si avvicinasse... e sicuramente non voglio che assista.

E poi ha ragione Sully. Siamo al matrimonio dell'alfa. La Luna sarebbe raccapricciata.

Vance e Sully tirano su papà dalle braccia.

Jake fa un cenno del capo a un altro corridoio. "Uscita sul retro."

"Puoi risolvere in un altro momento. Va' dalla tua compagna. Ha paura," fa Sully.

Dalla tua compagna.

Lo sanno già.

Non l'ho neanche marchiata, ma lo sanno tutti. Sono l'unico scemo a negare ancora.

Mi giro lentamente verso la mia bellissima femmina. Le perle sono per terra. Non ricordo bene come ci sono finite.

Deglutisce. "Billy..." Pare incerta. Come avesse paura di me.

Come la mamma quando papà s'arrabbiava.

Cazzo. Mi vergogno come una merda. Sono come lui.

È il mio timore più profondo. Molto peggio del terrore

istintivo che uccida Aubrey, perché il mio cervello logico non glielo permetterebbe mai.

Ma ho appena replicato su papà la violenza che vidi da cucciolo – e davanti alla femmina che amo. La femmina che ho tanto negato fosse mia.

Chissà come, ma riesco a muovere i piedi. Mi piazzo davanti a lei. Le labbra si schiudono e ne esce un suono roco. "Merda. Aubrey... scusa."

Le si alza il petto, i seni pieni esondano dal corpetto.

"Stai bene?" Le passo con estrema leggerezza il pollice sul collo. C'è un graffio. Cos'è accaduto? Credevo volesse strangolarla, invece s'è trattenuto. Le ha strappato la collana.

Annuisce. "E tu?" sussurra. Mi porta le mani al viso.

Un po' vorrei scostarmi – non è sicuro farsi toccare. Ma sento il suo odore... una consolazione per il lupo. Appoggio la guancia sulla sua mano.

"Billy... sono la tua compagna?"

M'irrigidisco tutto, percorso nella schiena da ghiaccio. Guardo verso la direzione per la quale hanno portato papà.

Che lui abbia sentito? Se sa cercherà d'ammazzarla!

Rieccomi nel bosco. Il cacciatore è in ginocchio. Papà mi mette il coltello in mano. Devo accoltellare Aubrey.

No, non Aubrey.

Siamo a un matrimonio. È al sicuro. Non è nel bosco né in ginocchio...

"Credo... credo che la situazione sia molto complicata." Le leggo una voragine di sofferenza negli occhi, ma senza comprenderla.

So a malapena dove mi trovo.

"Billy, non so neanche se stiamo insieme. Penso di no, perché altrimenti potremmo risolvere la cosa."

Aspetta un attimo... che sta dicendo? Colgo tristezza nel suo odore, e mi viene voglia di mettermi in ginocchio.

L'ho rattristata. Ho perso il controllo.

Sono un lupo pericoloso e violento. Non sono sicuro per un'umana. Non sono adatto all'accoppiamento.

Ancora mi culla la guancia. Le prendo la mano e me la tengo lì. Voglio che non mi molli mai più.

"Devi capire cosa vuoi. E anch'io. Prendiamoci un po' di spazio, su."

Un po' di... spazio?

Merda.

Sta rompendo.

Non riesco a muovere le labbra. Né a capire cosa dire. Sono il risolutore del branco e dell'azienda, ma in questo caso non so assolutamente che fare.

"Aubrey..." Ecco. M'è uscito qualcosa. Solo che non so come proseguire. Non so quali sono le parole giuste. Dove portare la conversazione.

Mi è morto il cervello. Sono senza energie. Non so cosa voglia Aubrey né come farla restare.

Non so come essere altri dall'uomo che odio.

Il grintoso cucciolo di William White. Quello che per sopravvivere ha imparato a essere violento, spietato e furbo.

Non so come essere il compagno che merita Aubrey.

Avvicina il volto al mio. Sbatto le ciglia quando sale sulle punte per darmi un bacio sulle labbra.

"No..." mormoro.

Si scosta con un esile lamento.

"Aspetta." La prendo dal gomito.

Mi guarda negli occhi. "Ti amo."

Mi esplode il cuore. E la testa. Vorrei dirlo anch'io. Vorrei cadere in ginocchio e implorare perdono... solo che non so cosa l'abbia turbata. E sono confuso, perché non sembra neanche turbata. Solo triste.

Ti amo.

Ti voglio.

Sei la mia compagna.

Ecco le parole che mi rimbalzano per la testa – ma dalle labbra non mi esce nulla, e lei già se ne sta andando.

Lasciandomi indietro.

Resto perfettamente immobile a osservare la cosa migliore che mi sia mai capitata uscire dalla mia vita.

Capitolo ventotto

L'indomani bussano alla porta.

Sono ancora in pigiama malgrado siano le quattordici. Non ho nessuna intenzione di scendere dal letto oggi, figuriamoci vestirmi.

Domani mi ritrascinerò all'università, darò gli esami e mi laureerò. Posso vivere del denaro guadagnato col murale per Billy mentre penso a come procedere.

Gliene devo ancora un altro, ma non posso andare nell'attico adesso. Nemmeno quando è in ufficio.

Le lacrime che sto trattenendo mi distruggerebbero.

Superare il matrimonio è stato doloroso, ma non potevo scappare a frignare. Era la serata della mia migliore amica. Ho dovuto mettere su una bella facciata, sorridere, ballare e gioire per lei finché insieme a Brick non se n'è andata con la limousine che abbiamo riempito di lattine e crema da barba. Ho dovuto nascondere che stavo morendo dentro.

Billy ieri sera mi ha perseguitata come un fantasma. È rimasto in modalità robot – muto e dimesso – ma ogni volta che mi giravo me lo ritrovavo a bordocampo, in modo da badare a me come una guardia del corpo. Disposto a intervenire per aiutarmi, ce ne fosse stato bisogno. In disparte quando questo bisogno non c'era.

Ancora lo preoccupa la mia incolumità, ma io mi sono rifiutata di dormire da lui – perciò mi ha fatta accompagnare a casa da due mastini. Sono ancora parcheggiati qui fuori.

Capire che soffriva anche lui mi ha spezzato ancor di più il cuore.

Continuo a chiedermelo. So che alla vista del padre ha reagito mosso dal trauma del passato. Mica glielo nego.

Ma gli abbiamo domandato due volte direttamente se sono la sua compagna – una volta Brick e una volta io – e non ha risposto.

Sono troppo orgogliosa per farmi trascinare in questo casino senza neanche sapere se mi vuole.

Bah, probabilmente gli faccio un favore. O decide che mi vuole e si s'impegna nella relazione – quindi metteremo tutte le carte in tavola – o l'ho liberato da una situazione difficile, e sarà contento di non dover più accontentarsi di un'umana.

Bussano ancora. "Signorina Cook?" Anche non avessi riconosciuto il tono baritonale, è il guaito d'accompagnamento del cane a farmi mettere seduta.

Ma come ha fatto Grayson a entrare? Non gli ho aperto il portone di sotto.

Scendo con un gemito. Mi butto sulle spalle una vestaglia viola per non mostrare troppo – sono senza reggiseno – e barcollo fino all'ingresso.

Brucia che Billy mi mandi Peperino tramite Grayson. Anzi, di più: è come mi scortichino per poi versarmi sale sulle ferite. Mi sa che s'è deciso.

Abbiamo chiuso. Riprenditi il cane – anche se qui non puoi tenere animali.

Tolgo la catena, giro la chiave e apro. "Ehi."

È al guinzaglio, non nel borsone, e dà di matto: si lancia in gioiose lagne che somigliano a strilli di maialini e agita il sedere tanto forte da rigirarsi tutto.

Mi salgono le lacrime agli occhi. "Ciao, bello. Mi sei mancato anche tu." Lo prendo in braccio e mi lecca entusiasta la faccia.

Sbatto forte le ciglia per non piangere davanti a Grayson.

"Il signor White ha pensato che oggi le andasse compagnia. Sta sistemando le cose con la padrona di casa; ha pagato un deposito generoso, perciò la signora è disposta a chiudere un occhio per Peperino." Sgancia il guinzaglio e lo piega.

Ah. Allora magari tiene a me. Ecco, adesso il naso mi brucia ancora di più! La gola mi s'intasa. Forse sarebbe più facile se fosse un cretino; così potrei odiarlo e andare avanti.

Al momento mi manca tutto di lui. Soffro non tanto per ciò che avevamo – perché non era molto altro che strepitoso sesso pazzo – ma per il barlume di ciò che avremmo potuto avere: Billy che si apre e si rende vulnerabile, io che gli mostro altro di me – anche se sembrava aver visto ben più di quanto gli avessi concesso. E poi io che entro a far parte del suo mondo, non di quello dei miliardari, perché ancora mi mette a disagio, ma quello dei lupi.

Forse però non sono più autorizzata a saperne niente.

Con un'assurda impennata di paura, ricordo che Billy e Brick parlavano di cancellarmi la memoria. Come funziona? Per questo è venuto Grayson? E se non ricordassi mai più nulla di tutto ciò?

Be'... almeno non avrei il cuore spezzato.

No. Per nulla al mondo rinuncerei ai ricordi di Billy.

Inspiro forte e alzo il mento. "Altro?"

Ora a disagio, Grayson sposta il peso da un piede all'altro. "Il signor White le ha ordinato delle guardie del corpo ventiquattr'ore su ventiquattro finché non saremo riusciti a scoprire chi le ha sparato. Non vuole che si spaventi quando le vedrà."

Ah. Gli interessa sul serio.

Oddio, che voglia di piangere... perché non l'ho fatto ieri sera quando sono tornata a casa? Trattenermi ormai mi soffoca.

Riesco a scuotere il capo senza respirare. "Ok." Mi si appanna la vista.

Grayson sembra allarmato dalle lacrime. Si schiarisce la gola. "Vorrei abbracciarla, ma temo che se la toccassi il signor White mi taglierebbe via le palle."

Mi sfugge una risata acquosa. "E io vorrei accettare... ma sto per crollare."

Peperino cerca di leccarmi ancora.

"Ringrazia Billy da parte mia."

Annuisce e mi lancia il guinzaglio; quando l'ho preso fa qualche passo indietro. "I nostri sono nella Range Rover nera. Mi faccia sapere se le serve altro." China la testa.

"Ok." Mi manca il fiato. "Grazie." Chiudo la porta e vi appoggio contro la fronte – i primi singhiozzi mi squassano la gola.

Che dolore...

Butto fuori tutto in lacrime e singulti. Arranco fino al divano e mi ci accascio.

Merda.

Vorrei poter chiamare Madi per parlargliene, ma non le romperei mai le scatole mentre è in luna di miele.

Non ho controllo sull'esito della situazione. O Billy viene... o non viene.

O cercherà di cancellarmi la memoria, nel qual caso farò di tutto per tenermi i ricordi.

Ce la farò. Ci sono già passata.

Anche se coi miei ex mai mi era stato strappato il cuore dal petto mentre ancora batteva...

Mi rotolo per mettere la faccia sul cuscino e chiudo gli occhi per farmi attraversare da un'altra ondata di singhiozzi.

Malgrado tutta la fatica che ho fatto per rimanere nel territorio dell'avventura, Billy White è riuscito a insinuarmisi saldamente nel cuore – che ormai è spaccato in due. E che ancora batte per lui. E non c'è nulla che possa fare a parte soffrire e sperare che capisca cosa fare.

* * *

Billy

Se n'è andata.

Sono solo.

So che è al sicuro – ci ho pensato io – ma il dolore è incommensurabile. Come mi mancasse una parte che neanche sapevo di avere. E che non riavrò mai più.

Il lupo uggiola, si chiede perché non siamo con lei.

"Non vuole vederci." Non capisce. Per lui è tutto facile: la compagna è l'unica persona al mondo con cui si vuol stare. Quindi ci si sta insieme. La si protegge. Si caccia per lei, le si leccano le ferite. E di notte si ulula in due alla luna.

Mi ci vuole tutta la mia forza per non correre da lei. Però... ha chiesto spazio; e lo rispetto.

E poi ho un paio di cose di cui occuparmi per conto mio.

Ecco perché sono nel Maine, di nuovo nel terreno dove sono cresciuto. Ho sempre adorato questi boschi. Il muschio e le felci d'un verde vibrante, le rocce coperte di licheni. I freddi laghi nutriti dalla primavera e i silenzi profondi.

Ma la bellezza è corrotta, perché qui sento sempre giungere dal passato la voce di papà. Al momento s'è trasformata in una rabbiosa derisione. "Sei triste? Che c'è, piangi? Piantala!" seguita da un pugno sulla testa.

E se sapesse che un'umana mi ha spezzato il cuore? Non riesco neanche a immaginare cosa mi farebbe se fossi ancora piccolo e inerme!

Passeggio per il bosco diretto alle case del branco. Mi fermo quando arrivo alla radura dove papà mi fece guardare l'umano morire.

Si spezza un ramoscello.

"Lo so che sei tu," urlo. "E so che l'hai calpestato apposta. Di solito sei più silenziosa." Mi giro ed ecco il gigantesco lupo: bianco e grigio come il mio, esclusa la macchia nera dietro a un orecchio.

"Ehi, Boo."

Mia sorella torna umana e si alza.

"Sei matto."

"Finisce oggi." Le ho detto tutto al telefono venendo qua.

"Ah-ah." Mi supera per andare a un albero con un grosso buco all'altezza della testa. Sale sulle punte e ne pesca una sacca nera impermeabile – tipo quelle usate dai camperisti. Ha sempre dei vestiti a portata di mano, pare.

Quando si è vestita la guardo bene. Porta i jeans e una maglia a mezze maniche sbiadita dell'album *Dark Side of the Moon*. Persino così ha un'aria un po' selvatica. I piedi nudi sono abbronzati e i lunghi capelli le si aggrovigliano lungo la schiena.

Ricordo che quando fu esiliata si presentò su questi terreni su un vecchio furgoncino perché moriva dalla voglia di vedermi. Io avevo paura che papà ordinasse ai suoi di ucciderla; era abbastanza forte da combattere, ma se avesse mandato abbastanza lupi l'avrebbero sconfitta.

Le scrissi allora un biglietto e glielo feci recapitare da una persona fidata. Le dicevo di starmi alla larga e non preoccuparsi per me. Volevo che fosse libera e felice. Pianificavo una fuga – il prima possibile. Dovevo solo sopravvivere a un'adolescenza sotto la tirannia di papà.

E adesso che ci sono riuscito... sono tornato per la chiusura.

"Si fa, allora?"

"Sarà meglio, vista tutta la strada che ho fatto." Ci facciamo un sorrisone.

Rivediamo il piano. Le chiedo come farà a nascondere il proprio odore quando sarà il momento, e lei si limita a sorridermi. "Conosco uno o due trucchetti."

"Sei già stata qui." Indico l'albero dei vestiti. "Vieni a far visita agli amici?"

"Qualcuno dovrà pure badare al branco, no?"

"E quel qualcuno sei tu?"

Annuisce, e tanto mi basta.

"Dai, muoviamoci."

Sparisce. Io mi addentro nel bosco per cercare papà.

Qualche minuto dopo il vento cambia; soffiava verso il branco, così avrebbe portato il mio odore dritto alla sua porta. Adesso invece mi porta il suo.

Sta arrivando. Insieme ai suoi. Ovviamente.

Non Chip e Dale... altri. Papà è un bullo ma anche un codardo, e non è capace di combattersi le battaglie da solo.

Quando compare se li tiene vicini. Ne vedo sei – e nascosti fra gli alberi ce ne sono altri.

"Allora," fa cauto. "Che ci fai qui?" Annusa l'aria e gli s'illuminano appena gli occhi – probabilmente perché non mi sente addosso il profumo di Aubrey. "Sei venuto a fare ammenda?"

"Cosa?" sbuffo.

"Per aver preso le difese di un'umana."

Trattengo un ringhio. Non posso perdere il controllo adesso, altrimenti rovinerò il piano. Ma vorrei tanto fargli del male per aver sputato la parola *umana* come una parolaccia. *Manca poco.* "E perché dovrei fare ammenda per quello?"

Arriccia le labbra. "Guardatelo," dice ai suoi. "Mio figlio... innamorato di un'umana. Lo sai che ti ho educato bene io. Un vero figlio mio non starebbe mai con una specie inferiore..."

"Basta."

Denuda i denti; ha capito che era un ordine. In quanto alfa dovrebbe riuscire a resistermi... e invece no.

Perché io sono più forte.

È ora di dimostrargli che non sono più suo figlio. Che rifiuto lui e la sua visione tossica del mondo una volta per tutte!

Mi soffia attraverso un vento freddo che mi riporta a quel posticino vuoto in cui non provo nulla. So cosa devo fare, e sono pronto. "Chiama il branco. Tutti quanti. Devono vedere una cosa."

S'imporpora tutto e cerca di resistere al comando alfa. Poi latra ai suoi: "Chiamate tutti." Batte i piedi per farla sembrare una sua idea, ma sappiamo entrambi cos'è successo: io gli ho dato un ordine e lui ha dovuto obbedire.

Il branco si raduna rapidamente. Sono abituati a esser convocati qui per sentire le filippiche di papà.

"Sono venuto a giudicare William White II. Mio padre. Non sei più idoneo a fare l'alfa."

Vacilla. "Cosa?!"

"Hai capito bene. Devi rispondere dei tuoi delitti."

"Delitti?!" Gli si stanno affilando i denti, che s'ingrossano troppo per la faccia che si ritrova. È tanto arrabbiato che il lupo sta avendo la meglio. "E i tuoi, di delitti? Ti sei messo con un'umana. Ti ho visto!" Mi indica e poi si volta verso gli altri per accusarmi di questi cosiddetti delitti. "È andato a prenderla in limousine. Era vestita elegante, lui aveva lo smoking! La corteggiava!" Sputa la descrizione come fosse il peggior crimine immaginabile.

Ho l'animale in piena allerta. *Mi ha visto con Aubrey.* Mi avrà seguito la sera del galà. Sa che stavo con Aubrey da più di quanto pensassi... e se mi sono perso questo, che altro non ho capito? Qualcosa mi formicola nei recessi della mente... una premonizione.

"Sangue del mio sangue," inveisce. "E adesso pensa di sfidarmi? Di fregarmi il branco?!"

"No," lo interrompo. Devo riportarci sui binari. "Non si tratta di me. Non ho alcuna intenzione di guidarvi. Sono venuto solo per fermarti una volta per tutte."

"Vuoi combattere? Dimostrarti più forte? Ma quell'umana ti ha reso debole!"

Quasi gli rido in faccia. Aubrey mi ha rafforzato! Devo essere la versione migliore di me stesso anche solo per meritare di respirarne la sua stessa aria! "Adesso vediamo quanto sono debole." Mi levo la giacca, che butto a terra. Combatteremo da lupi.

Papà non vincerà.

E lo sa. Così come il branco. Tutti ci osservano con attenzione: gli accoppiati, gli incanutiti, le guardie. Le madri si tirano a sé i cuccioli e li zittiscono quando fanno casino. L'aria frizza d'energia. È in arrivo un cambiamento.

Papà ha finito con la filippica; si volta verso di me. Adesso parla in lamento – tenta una tattica diversa. "Ci ho provato, sai. Ho cercato di occuparmi del tuo problema. Credevo che una volta sparita l'umana avresti riacquistato un po' di buonsenso ma..."

"Di che parli?!" Mi viene la pelle d'oca. "Cos'hai fatto..."

"Ciò che andava fatto! Ciò che avresti fatto tu se ti fossi ritrovato la casa infestata dai parassiti: ho assunto un disinfestatore!"

Si fa tutto nero per un attimo. Quando torno in me ho già attraversato la radura e tengo papà dalla gola. Urlano tutti, ma io non vedo altro che il bianco delle sue orbite. Mi basta stringere un pochettino di più...

"Billy!" È mia sorella. "Billy, fermo." La voce prende una punta di potere alfa.

L'ordine mi rotola giù per le braccia, le indebolisce.

"Non così," dice. "Se vuoi ucciderlo, c'è un modo giusto."

Lo mollo e faccio un passo indietro; mia sorella ordina a tutti di imitarmi. Ubbidiscono – pure i galoppini, anche se con poco entusiasmo.

Mi sprofonda lo stomaco, mi viene la nausea. Papà è più pericoloso di quanto pensassi. Non ci sono arrivato... e ho quasi perso la mia compagna.

"È vero?" gli chiede mia sorella. "Hai cercato di far del male all'amica umana di Billy?"

"Compagna." Devo reclamarla pubblicamente. "Quell'umana è la mia compagna."

Un mormorio passa fra gli spettatori. Mezzo branco par sconvolto, ma alcuni sono curiosi. E papà s'imbestialisce.

"Del male? Ho cercato di farla fuori! Gli ha avvelenato il cervello!"

Il sicario di Monaco. La *Sentience* non c'entrava niente. E nemmeno il branco di Luka. È stato papà.

Mio padre ha cercato di portarmi via per sempre la mia compagna.

"Come hai fatto?" domando. "Dove hai trovato i soldi?" Gli sarà servita una bella somma...

"Ci ha mandati in bancarotta!" esclama un'anziana. È una donna dai capelli grigi e con la schiena curva che tiene le mani nodose su un bastone di legno intagliato. "Attinge ai fondi comuni da anni, ma la situazione sta peggiorando. E qualche giorno fa ho scoperto che aveva speso tutti i nostri risparmi!"

"Dice sul serio?" chiede dolce Boudicca. L'anziana annuisce, e qualche altro conferma in sussurro. Il branco sembra pendere dalla parte di mia sorella; cerca in lei una guida. Boudicca chiarisce qualche dettaglio e poi torna a me. "Sapevo che erano messi male, ma non credevo tanto."

"Tu non dovresti neanche stare qui," le ringhia papà. Adesso non riesco neanche a guardarlo, altrimenti gli stacco la testa dal collo. "Sei in esilio, traditrice..."

"Taci." Dà ordini senza nemmeno alzare la voce.

Papà chiude di scatto la bocca. Lo stupisce che lei riesca a governarlo... ma la maggior parte del branco pare accettare la cosa.

Qualche soldato fa per avvicinarsi a lei, che però dice: "No," trasudando potere puro. E si fermano.

"Alfa," mormora l'anziana. Tutti osservano Boudicca, che sospira.

Non fossimo qui e ora, le direi: "Te l'avevo detto." Sapevo che c'era un'alfa in lei. Ma non mi va di scherzare – soprattutto adesso che ho scoperto che papà ha cercato di assassinare Aubrey.

Il vento cambia di nuovo. È giunto il momento.

"Oggi si fanno i conti. Ed era ora." Mia sorella si volta

verso papà. "William White II, io ti dichiaro inidoneo a guidare questo branco come alfa."

"Concordo." Sto seguendo il protocollo in modo che nessuno possa contestare la sua estromissione dal comando. Ma non riesco a trattenermi dall'aggiungere: "Sei crudele. Hai torturato esseri umani e i tuoi stessi figli. Hai esiliato bravi lupi e fatto emergere il peggio del branco." Vedo qualche testa annuire piano. Molti qui non trovano giusto l'esilio di Boudicca. La ritengono ancora dei loro.

"Credi che la debolezza vada punita, non protetta," dice lei. "Confondi la crudeltà con la forza."

"Sei un bullo," aggiungo. "Ed è ora che tu veda quanto sei patetico."

Mi levo le scarpe e continuo a spogliarmi.

"Billy," fa mia sorella. "Lascia sia io a..."

"No. Ha cercato di uccidere la mia compagna."

I suoi occhi azzurri agganciano i miei. Vuole essere sicura che sia in grado d'accollarmi il peso del parricidio. Persino adesso mi protegge...

Ecco perché sarà un'alfa fantastica.

"Sei tu l'alfa," dico. "Non io. Io sono dei Blackthroat. Prima però... voglio vendicarmi."

"Ok." Fa un passo indietro, mi lascia spazio. A un certo punto al suo fianco arriva una lupa nera. È la sua compagna Kali. Si schiaccia contro alle sue gambe e mia sorella le posa la mano sul capo.

Mi volto verso papà. "Affrontami da lupo," gli faccio. "È ora che tu muoia."

Si fa rosso in faccia. Vorrebbe rispondere, ma non può. Si ribella all'impulso, ma non è abbastanza forte da resistere all'ordine che ho dato – seppur con delicatezza. Alla fine negli occhi gli penetra un po' di paura.

E di tristezza.

Aspetto si sia spogliato, poi chiamo l'animale e mi arrendo alla mutazione.

La lotta è veloce. Due lupi che si battono. Ma papà è vecchio e grigio, io bianco come la neve. E rapido. Gli do una spallata e finisce a terra. In un lampo sono su di lui, e da lì ci vuole un istante perché i denti gli affondino nella pancia morbida e gli strappino fuori le budella.

Poi mi ritramuto, e ordino anche a lui di farlo. Torna umano. È supino sulla terra, rantola e cerca di tenersi gli organi nel corpo. Invano.

Non provo pietà. Neanche dolore. Si doveva fare e basta.

Scendo in ginocchio e gli metto la mano attorno al collo.

"Devo dirti una cosa." Parlo piano, ma so che tutti i mutanti mi sentono. "Amo la mia compagna umana. Combatterò ogni singolo giorno per meritarmela. Mi rende un lupo migliore, e l'amerò fino al giorno della mia morte... anche se lei non dovesse mai più neanche pensarmi."

Sgrana gli occhi. Cerca di parlare, ma non può far molto oltre ad affogare nel suo stesso sangue. Non gli concedo comunque altro. Non gli permetterò d'inzozzare il nome della mia compagna. Lo strangolo finché gli occhi non gli si fanno vitrei, finché non s'immobilizza.

Vengo attraversato da una scossa di potere. La sento. Così come tutti i presenti.

Ma non mi resta addosso. Si muove fra noi – il potere dell'alfa – per posarsi su mia sorella... le cui iridi lampeggiano d'azzurro brillante. Poi svanisce.

"Alfa," la saluto.

"Alfa," mormorano gli altri. S'inginocchiano tutti, uno alla volta.

Gliel'avevo detto. Ha sempre combattuto per questo branco, ha sempre protetto i deboli. Ecco perché deve guidarlo. È sempre stata un'alfa, ed è ora che occupi il suo posto. Non sarà facile. Alcuni soldati di papà la sfideranno. Ma ha più alleati di quanti pensa. E poi veglia su di lei la sua compagna. Sto imparando che un lupo può fare qualsiasi cosa con una compagna forte accanto.

L'esecuzione sarebbe dovuta avvenire molto tempo fa. Ma non l'ho fatto né per me, né per mia sorella. E neanche per il branco.

L'ho fatto per Aubrey. Che adesso sarà al sicuro.

E ora posso tornare a casa.

Capitolo ventinove

*A*ubrey

Me ne sto da sola all'*All Night*. È la serata karaoke, e sul palco degli ubriachi massacrano *We are the Champions* dei Queen sbraitando il testo con le birre in aria. Molto originale, belli. Al karaoke questo brano non lo canta mai nessuno.

Vabbè. Non fa niente. La musica guarisce. Per questo sono venuta. Bevo un gin tonic perché piace a Billy. Sono passati dodici giorni dal matrimonio, e non sta andando tanto meglio.

Le lezioni sono finite. Sabato mi sono ufficialmente laureata. Non mi aspettano posti di lavoro – a parte quello part time alla *Résistance* – quindi non ho niente da fare.

Niente che mi occupi il tempo e mi faccia concentrare su qualcosa.

Troppe, troppe ore di rimugino sul perché Billy non ha deciso se vale la pena investire su di noi.

La prima settimana dopo le nozze un po' di speranza ce l'avevo; pensavo che sarebbe venuto da me o che avrebbe chiamato. Volevo sistemare le cose.

Mi faccio pena da sola ad ammetterlo, ma volevo scegliesse me. Volevo dicesse che sono la sua compagna di fato. L'unica.

Ma non l'ha fatto.

Non una sola parola.

Ancora le guardie mi seguono dappertutto. Persino stasera sono qui; al tavolino vicino all'ingresso.

Ordino un altro drink cercando di non guardare il telefono. Ho ancora la foto di Billy come sfondo. Quando l'ho scattata l'ho salvata per rompergli le scatole. *Guardateci, siamo i genitori di un cagnolino!* La classica foto che fidanzate e fidanzati conservano. Adesso non c'è speranza alcuna che facciamo coppia, ma non ho il coraggio di toglierla.

Madi è tornata dalla luna di miele in Grecia ieri. Volevo darle il tempo di riacclimatarsi e superare il jet-lag prima di chiamarla, ma alla fine un'ora fa le ho scritto per dirle che ho bisogno di una spalla su cui piangere.

Devo sentire un punto di vista diverso.

E musica. La musica aiuta.

"La prossima è Aubrey Cook," annunciano.

Mi sono iscritta appena arrivata, nel caso in cui avessi avuto voglia di cantare. Sospiro. La voglia c'è?

Ma sì, perché no! Mi alzo e vado sul palco.

"Quale canzone degli anni Ottanta ci canti stasera?"

Eh sì. Mi conoscono.

"*Pictures of You* dei Cure."

Il presentatore annuisce; prendo il microfono e chiudo gli occhi muovendomi sull'inizio malinconico. È una ballata di sette minuti, e ho intenzione di farmela tutta. Sì: so bene che rattristerò il locale.

Fatti loro.

Mi lascio avvolgere dalla musica. Inghiottire. Sono il

tipo di persona che percepisce le emozioni in musica – due cose inestricabilmente collegate per me.

Passeggio per il piccolo palco con gli occhi quasi sempre chiusi e canto; non per il pubblico: per farmi uscire le tenebre dal petto. Per catarsi.

Per mezza canzone portano pazienza, ma poi si scocciano.

"Che lagna!"

"Perché rompi così?!"

"Zitti, lasciatela cantare!"

Spalanco gli occhi. Riconosco questa voce...

Al tavolino sotto al palco c'è Madi. Dev'essere arrivata mentre mi lasciavo trasportare. Ondeggia sulla musica triste, mostrando apprezzamento per la *new wave* come una brava emo malinconicamente gioiosa.

Salto giù dal palco per avvicinarmi a lei e condividere il microfono, così che possa cantare le ultime strofe con me.

Ci fischiano tutti; rido prima di restituire il microfono al presentatore.

Che per prendermi in giro mette su la versione originale di *All by Myself* di Eric Carmen. "Torna su, Aubrey. Lo sappiamo che sei triste. Levatelo dalla testa, dai!"

Gli mostro il medio.

Madi mi abbraccia con una risatina. "Ehm... ho letto il messaggio. Cos'è successo? Si tratta di Billy?"

Cerco di deglutire il groppo grande quanto una noce che ho in gola e annuisco sedendomi di fronte a lei. Confesso d'aver sentito Brick chiedergli cosa volesse fare e dirgli che forse avrebbero dovuto farmi cancellare la memoria da un vampiro.

Fa una smorfia.

"Lo fanno davvero?"

Annuisce. "Così proteggono il segreto."

"Nessuno tocca i miei ricordi!"

Esita e poi fa un altro cenno d'assenso. Mi stringe la mano sul tavolo. "Non lo permetterò. Già una volta ho lasciato che questo segreto ci dividesse. Qualsiasi cosa accada con Billy, tu rientri nella mia cerchia intima."

Mi si solleva un'enorme pressione dal petto. "Grazie." Inspiro forte. "Ah, alla domanda di Brick Billy ha detto di non sapere se sono la sua compagna. E poi suo padre è venuto al matrimonio."

Annuisce. "Vero. Raccontami tutto."

Le dico del litigio e che gli ho chiesto di nuovo se fossi la sua compagna; che lui se n'è rimasto impalato con sguardo vitreo.

Madi mi fissa. Praticamente le vedo girare gli ingranaggi cerebrali. Spero tanto che la sua mente brillante sappia salvarmi da questo incasinato groviglio di pensieri... "Billy non mostra le emozioni. Credo abbia imparato a dissociarsene per via di suo padre. Quindi invece di mostrarti che era arrabbiato o turbato... si è assentato, diciamo."

Mi viene da piangere. Forse ho sbagliato ad andarmene. Magari in quel momento aveva bisogno di me. Avrei dovuto riportarlo al presente.

"E probabilmente si vergognava pure. Per gli insulti di suo padre e per la sua reazione. Non gli piace perdere il controllo, preferisce ragionare tre passi avanti agli altri e sconfiggere l'avversario con freddezza. La brutale violenza per lui non è normale."

Vengo travolta dal dolore.

Potessi tornare indietro, cercherei di farlo parlare, di farlo sentire sicuro a esprimersi per quello che è veramente. Prima ero troppo occupata a proteggermi il cuoricino, a bisticciare dicendomi che era solo un'avventura...

Credevo avesse bisogno di spazio per riflettere – forse

invece era il contrario. Forse aveva bisogno che gli entrassi nel letto e gli dicessi che non me ne sarei andata. Ma la sua indecisione mi feriva troppo. Non mi piaceva sentirmi l'ultima scelta perché sono umana. Come se stare con me fosse una specie di sacrificio.

Pregiudizio che però probabilmente non è tanto diverso dal mio sui miliardari di Wall Street. Non ero sicura che l'immagine che mi ero dipinta di me stessa includesse un ragazzo che col suo salario annuale può sfamare tutti i bambini sfortunati di New York. Credevo di svendermi o rinunciare ai miei ideali stando con lui.

Finché non me ne sono andata... e non ho capito che ne vale la pena. Che il denaro non rende cattivo un uomo. Prima non mi ero accorta di quanto fossi legata a Billy pur continuando a raccontarmi che mi stavo trattenendo...

Penso alle parole di Madi sul fatto che non gli piace mostrarsi davvero. "Quando andavamo a letto insieme a volte c'erano momenti in cui ci prendeva la passione e perdeva il controllo. E si vedeva che lo odiava. Dopo o se ne andava o si ritirava, come per riprendersi."

Alza le sopracciglia. "Forse era il lupo che cercava di marchiarti."

Mi acciglio. "Cosa significa?"

"Quando il lupo maschio trova la compagna di fato, lo capisce perché gli viene l'istinto di marchiarla." Abbassa il colletto della camicia e indica quattro cicatrici sbiadite sul punto d'incontro fra collo e spalla.

"Brick ti ha *morsa?!*"

"È il morso dell'accoppiamento. Lascia l'odore del maschio nella pelle della femmina, così gli altri maschi sanno che è stata reclamata."

Ehm... accidenti.

"Gli occhi gli cambiavano colore mentre lo facevate?"

Inspiro. "Sì. Diventavano argento."

"Mi sa che si stava ribellando all'istinto. Brick aveva quasi perso il controllo dell'animale quando ci eravamo lasciati; il lupo voleva marchiarmi."

"Credi... Madi, credi sia la sua compagna?"

Si alza. "Vieni con me. Devo farti vedere una cosa."

* * *

Quaranta minuti dopo smontiamo dalla limousine con cui Madi era venuta a Brooklyn – sì, ho alzato gli occhi al cielo – seguite dai due cani da guardia che Billy mi ha messo alle calcagna. Li ha invitati in auto con noi perché mi avevano seguita fino al locale in metro, quindi hanno lasciato la macchina vicino a casa mia.

"Sarebbe stato molto più semplice se avesse accettato un passaggio da noi," mormora uno dei due – ma un'occhiataccia di Madi gli fa chinare il capo. Giuro: praticamente si mette la coda fra le gambe!

Siamo davanti al palazzo della *Sentience*. Madi mi trascina al portone. I due restano indietro.

A mano a mano che ci avviciniamo vedo che la facciata finestrata all'interno è coperta da compensato. Uno striscione di vinile si snoda sull'ingresso; dice: PROSSIMA APERTURA GALLERIA *ARGENTO* E SPAZIO PER ARTISTI.

"Oddio." Lo shock mi fa addirittura perdere l'equilibrio; cado carponi, devo reggermi con le mani a terra. Sollevo lo sguardo. "Cos'è successo? È stato Billy?"

Le scappa una risata dolce. "Temo sia da quando siamo tornati da Monaco che si sbatte per far chiudere la *Sentience*. Lui e Brick hanno parlato coi proprietari. Hanno cambiato idea e deciso di usare i finanziamenti per ripagare gli artisti derubati. Poi Billy ha comprato il palazzo... per trasformarlo."

Mi si stringe forte la gola. Sgorgano le lacrime. Mi copro la bocca.

Billy ha fatto chiudere un'azienda da un miliardo di dollari. Per me.

E poi l'ha trasformata in un posto in cui fare e mostrare arte. Ha prestato ascolto al desiderio che covavo nel cuore e ha realizzato il mio sogno.

L'uomo che credevo incerto su di me ha compiuto il gesto più grandioso del mondo... mentre io mi leccavo le ferite a casa credendo avesse deciso che non valevo tanto sbattimento.

"Quindi... sono la sua compagna?" Non so perché, ma ho bisogno che qualcuno me lo dica a voce alta. E Billy non lo farà.

"Non ti avrà marchiata, ma è chiaramente tuo. Uccide i draghi che ti tormentano anche se non state insieme. Sta cercando di realizzare i tuoi sogni..."

Oddio, piango come una bambina! Mi copro di nuovo la bocca per nascondere un brutto singhiozzo.

Perché ho dubitato di lui?!

Billy è un tipo difficile, poco ma sicuro. Ma non significa che non possa funzionare. Non sarà ancora disposto ad ammettere che sono la sua compagna di fato... ma io posso ammettere che lui è il mio.

È ora che sistemi le cose.

Se non vuole reclamarmi... andrò a reclamarlo io!

Mi asciugo con la mano e gonfio il petto. "Portami a casa tua."

Capitolo trenta

B*illy*

Mi distendo sul divano nel tentativo di ubriacarmi mentre osservo i fiori grigi che mi adornano la parete. Sono audaci, brillanti. E smaniosi di colore.

L'ha fatto apposta.

Me l'ha fatto apposta.

È entrata nella mia vita, mi ha mostrato trame e bellezza e mi ha sottolineato che sono privo di colore. Di anima. Che sono vuoto, piatto, grigio.

Prima di conoscere Aubrey mi credevo appagato. Ero sopravvissuto all'infanzia e il fato mi aveva regalato un posto accanto all'alfa più potente degli Stati Uniti. Non ero il lupo più grosso e forte del branco, certo... ma il più feroce sì. Il più paranoico, calcolatore e subdolo. Ho vinto tutte le sfide di dominanza e mi sono reso indispensabile a Brick quando la sua vita è implosa. L'ho aiutato a tener insieme il branco quando gli Adalwulf hanno rischiato di portarglielo via. L'ho aiutato a riguadagnarsi ben più della ricchezza che gli era stata sottratta.

Tenevo la mia vita sotto controllo totale. Ero ricco e

avevo successo, e facevo parte del branco più potente di New York.

E poi lei è entrata tranquillamente nella mia esistenza... e tranquillamente le ha dato fuoco.

Merda.

Tracanno gin dalla bottiglia. Me la sono già scolata quasi tutta, ma è difficile tenersi ubriachi con un metabolismo mutante.

Qualcuno apre la porta senza bussare. Mostro i denti in un ringhio e salto in piedi per sbudellarlo.

"Tesoruccio, sono a casa."

Mi blocco.

È lei.

Compagna, ulula l'animale.

Lo so.

Quando me l'ha chiesto mi sono bloccato.

Così come quando me l'ha chiesto l'alfa.

Ma non appena finito tutto, è diventato chiaro come il sole: so che Aubrey è la mia compagna dalla prima volta che l'ho vista alla *Résistance*. Mi sono opposto al fato perché, sotto sotto, l'inconscio la registrava come un pericolo.

L'amore non è né pulito né semplice. Non è ordinato. Non posso controllarlo.

Il bambino maltrattato che c'è in me temeva sia per la sua vita sia per la mia... perché era congelato nel tempo; non sapeva che ormai sono cresciuto.

Cresciuto io, morto il mio aguzzino.

Nessuno minaccerà mai più la mia compagna.

Se poi riuscirò a renderla la mia compagna!

Eppure rieccomi bloccato. Privo delle parole giuste da dire alla femmina che per me è tutto.

Compagna, ringhia il lupo.

Sì, *lo so.*

Devo darmi una mossa. Dire qualcosa.

Aubrey osserva la bottiglia. Il casino sul tavolino di solito immacolato del soggiorno – mi sa che rispecchia come mi sento: come uno che si sta facendo un giretto all'inferno. Incede verso di me.

Devo parlare. Sono l'uomo che tratta affari da miliardi di dollari. Riesco sicuramente a muovere le labbra, dai...

"Sei la mia compagna." Mi escono parole legnose, arrugginite.

Si ferma di colpo a guardarmi.

Mi schiarisco la gola. "Scusa se al matrimonio non ti ho risposto, però sì: sei la mia compagna. Farei qualunque cosa per te, Argento mio. Mio veleno perfetto. Mia criptonite. Ho... ho bisogno di averti nella mia vita. Senza di te non ce la farò mai."

Corre da me – pesante nelle Doc Martens – e spicca un balzo.

La prendo a mezz'aria e mi si mette a cavalcioni sulla vita. "Ti amo, Billy White III."

"Ti amo, Aubrey Cook I."

"Sono venuta a reclamarti e marchiarti come mio... qualunque cosa significhi!" proclama.

Il sorriso in cui mi apro quasi mi strappa in due le guance. Mi sfugge uno strano suono dalle labbra, che all'inizio non riconosco... e poi mi rendo conto che è una risata. "Non vedo l'ora di vedere cosa t'inventerai!"

Mi lecca l'orecchio, dopo lo morde. Giro entrambi lentamente per godermi l'abbraccio. D'un tratto vengo travolto da un'incredibile leggerezza. Questa femmina mi ha spezzato il cuore per poi tornare nella mia vita come non fosse accaduto niente!

"Qualcosa mi verrà in mente," mi giura. "Un tatuaggio sul culetto, magari..."

Altra risata. "Vuoi tatuarmi il culo?!"

"Ah-ah. Il mio nome. O la mia faccia."

Le premo il viso fra i seni e ne inspiro l'odore. Le bacio lo sterno. "Sei tornata."

"Giusto per la cronaca, la prossima volta che me ne vado voglio essere rincorsa."

E... terza risata! Mi sento tanto leggero che è un miracolo non fluttui su fino al soffitto. "Non ci saranno prossime volte," ringhio portandola al divano. Mi siedo senza levarmela dalla vita. "Adesso ti reclamo, Argento. Ti marchierò come mia compagna, così tutti i lupi sapranno che appartieni a me. E se mi lasci ancora... ne pagherai le conseguenze."

"Quali conseguenze?" Muove su e giù le sopracciglia, le labbra piene che già si tendono in un sorriso raggiante.

"Una bella sculacciata. Tutta nuda."

Le si velano gli occhi. Il profumino dell'eccitazione mi riempie le narici. "Mmm..." Mi si struscia sull'uccello. "Che ne dici di farmela vedere?"

"Sì. Dopo che mi avrai detto perché te ne sei andata." Parte della pesantezza mi ripiomba come un blocco di cemento sul petto. "Perché sono stato violento?"

Mi prende la faccia fra le mani e posa la fronte contro alla mia. "No," fa dolce. "Cioè, mi hai messo paura... però avevo capito. Tuo padre mi ha praticamente aggredita, e tu ti sei arrabbiato."

La scruto bene. Non voglio pronunciare queste parole – mi addolorano fisicamente; ma c'è ancora tantissimo non detto fra noi due. Adesso dobbiamo buttar fuori tutto. "Ho un lato violento. I mutanti sono più aggressivi in generale, ma io ho dovuto combattere per sopravvivere all'infanzia. Non... non volevo che lo vedessi. Me ne vergognavo. E me ne vergogno ancora."

Aubrey scolla la fronte dalla mia con gli occhi rigati di lacrime – mi allarmano. Stringo la presa sui suoi fianchi, come qualcuno potesse strapparmela via, allontanarmela... "Non avrei dovuto scegliere quel momento per chiederti se ero la tua compagna. Solo che... avevo sentito tu e Brick parlarne a Monaco. Anche di quella cosa della cancellazione della memoria." Le tremano le labbra.

"Merda." Che senso di colpa! "Cazzo, mi dispiace davvero. Non ti avrei mai fatto cancellare la memoria da una sanguisuga. Non so perché non sono riuscito a confessare a Brick che sei la mia compagna. Lo sapevo. Tutti lo sapevano! Mi sono comportato in modo assurdo; ho creato un incidente diplomatico quando il re di Monaco ti ha insultata... e ho lavorato da casa per starti accanto. Santo cielo, sono diventato genitore di un cane!"

Mi fa un sorriso, seppur riluttante.

"Inconsciamente forse sapevo che marchiarti avrebbe voluto dire far scoppiare un caso con papà, cosa che evitavo da tantissimo tempo. Perciò mi sono bloccato e ho finto di non esserne certo. Ma lo sapevo, tesoro." Le accarezzo la guancia col pollice. "E mi dispiace un casino d'averti ferita e averti dato l'impressione di non considerarti a sufficienza. Non è mai stato così. Ero io che non valevo abbastanza per te! Non ancora, almeno. Ma ho rimediato. Papà e gli stronzi della *Sentience* non minacceranno mai più né te né le tue amiche."

Mi guarda bene. "Cos'hai fatto?" sussurra.

Esito. Eccolo, il lato violento che non voglio veda. Ma se è la mia compagna deve sapere chi sono, cosa farò per tenere lei e la famiglia al sicuro. "Ho messo papà sottoterra."

Inspira.

"Da vivo avrebbe messo in pericolo te e i nostri cuccioli, e non potevo permetterlo."

Le si annebbiano di nuovo gli occhi. "Cuccioli?" Le manca il fiato.

Si chiude la gola anche a me, ma ormai le parole fluiscono da sole. Non riesco più a trattenerle. "Ti prego, sposami! Permettimi di proteggerti, di provvedere a te e di essere la tua famiglia."

E qui crolla; si schiaffa la mano sulla bocca per soffocare un singhiozzo.

Io trattengo il fiato e la osservo. Mi preparo alla sua reazione...

"Sì." Annuisce. "Ok. Ci sto, Billy White... unico e solo. Eccome se ci sto!"

Ricado sul divano dal sollievo. Ho passato dodici giorni da zombi; ero a malapena vivo, a malapena respiravo, a malapena mi reggevo in piedi.

Ma è finita.

Aubrey è mia.

So che abbiamo ancora parecchia strada da fare. Devo imparare a farla felice. Mantenere alto il suo interesse. Appagarla – e non solo in camera da letto. Devo imparare ad aprirmi. È stato il mio silenzio a farla scappare.

"Quando ho visto che non ti facevi sentire, ho pensato che fossi contento che avessimo chiuso."

Mi si stringe dolorosamente il cuore. "Merda. Volevo solo rispettare i tuoi desideri."

"Be', non azzardarti a rifarlo!" Mi fa un sorriso triste. "Stasera Madi mi ha portata alla *Sentience* per farmi vedere cos'hai fatto per me, e mi sono resa conto che ancora ci tieni."

Mi tiro seduto schiacciando il petto contro al suo. Le prendo la nuca. "Ci tengo da morire, Argento. Cazzo. Scusa se non so dimostrartelo..."

"Sì che sai dimostrarlo! E benissimo anche. Sei un tipo

da 'atti di servizio', mentre io cercavo 'parole di conferma'. Adesso però so come manifesti l'amore."

Confuso, aggrotto le sopracciglia.

"È il linguaggio dell'amore. Dobbiamo imparare l'una la lingua dell'altro."

La guardo negli occhi. "Imparerò," giuro come giurerei al mio alfa. "Sono un tipetto sveglio."

Mi regala un altro dei suoi sorrisi raggianti. "Lo so. In qualche mese hai imparato la lingua dei segni. Madi mi ha detto che sai leggere un contratto di cinquanta pagine in cinque minuti e chiederne cambiamenti estesi e ponderati. Sei molto più intelligente di me."

"In confronto a te sono un idiota."

Mi bacia. "Non è vero. Ho lasciato che il mio orgoglio *e anche* i miei pregiudizi si mettessero fra noi. Ma adesso siamo una squadra. E affronteremo i conflitti insieme, non separati."

Il conflitto me lo sento nel petto. Il vecchio me – quello in bianco e nero – davanti al crollo delle barriere e della compartimentalizzazione fatica a respirare. Ah, il piacere della lieve guerra calorosa contro al bisogno di erigere le solite mura...

Mi arrendo a tutto. Questo è amare: farsi vulnerabili e aperti. Cosa che allo stesso tempo mi nutre e sconquassa il mondo.

Mi sporgo per baciarla, ma lei si ritrae. "Argento." Si dà un colpetto sul naso. Si è tolta il diamante che le ho dato per rimettersi il vecchio piercing. Ha sofferto davvero... "Così ti bruci."

"Ne vale la pena." Le accarezzo le labbra con le mie in un lento bacio appassionato.

* * *

Aubrey

Gli mordo il labbro inferiore e tiro. "Dove mi morderai?" Uso un tono sexy.

Lui assume un'espressione selvaggia. Gli occhi gli si tingono d'argento quando si alza in piedi – sollevando anche me. "In un posticino erotico." Mi porta in camera.

"Mmm..."

"Purtroppo ti farà male, Argento. Devo bucare la pelle. Perciò, visto che ti farò urlare... tanto vale che sia in una zona erogena." Mi butta al centro del materasso e mi leva la maglia dalla testa. "Così ogni volta che ti darò piacere potrò ricordarti che mi appartieni."

Faccio per strappargli la camicia – come in un romanzo – ma non sono abbastanza forte.

Billy ride e fa da solo, i bottoni saltano dappertutto.

Gli rivolgo un'occhiataccia da tigre e gli passo la mano sul petto.

Mi piglia i polsi, mi sale sopra e me li blocca accanto al capo. "Quindi la domanda è..." – e mi bacia fra i seni – "ti mordo qui?" Mi mordicchia la cima di un seno, poi si sposta di colpo e mi gira sulla pancia. "O su questo meraviglioso culetto?" Fa scivolare i pollici sotto all'elastico dei pantaloncini e me li abbassa appena insieme alle mutande.

Rabbrividisco quando mi passa il grande palmo sul sedere... perché so cosa mi aspetta. Mi stuzzica continuando con carezze lievissime. Poi arriva il primo sculaccione.

Strillo.

Mi agguanta i polsi e me li incrocia dietro alla schiena, come fossi in arresto; li tiene lì. Ma con delicatezza. Quasi reverenza... però quando attacca coi colpi non si trattiene mica!

Mi sottopone a una pioggia rapida che mi fa divincolare tutta.

"Ahi!" mi lagno rotolando quando si ferma.

"Questo è per avermi lasciato, Argento." Riprende le carezze leggere passandomi il palmo sulle natiche rotonde.

Mi fa risalire la mano su per la schiena per arrivare al reggiseno, che sgancia. Scostandomi le trecce, mi sale di nuovo sopra per mordicchiarmi e baciarmi il collo e la spalla nuda.

Poi si ferma. Aspetto, però mi si sistema accanto. "Farà male, Aubrey." È serio.

Mi giro verso di lui. Gli occhi gli luccicano completamente d'argento... e giuro che gli si sono allungati i canini!

La stanza è buia; la luna s'infiltra dentro, al di sopra delle luci della città – quasi piena. Gli getta un bagliore pallido in volto.

"Non voglio farti male né spaventarti. Non voglio farti scappare di nuovo..."

Adesso capisco: ha paura. Di perdermi... e me lo sta confessando. Questo momento è più importante di qualsiasi morso. Almeno per me. È così che impareremo a fare davvero coppia: ascoltandoci e raccontandoci.

Poso la testa sul cuscino. "Mi farebbe male se fossi una lupa?"

Scuote il capo. "Il dolore sarebbe piacere e la ferita guarirebbe istantaneamente. Ma per un'umana il morso dell'accoppiamento può essere fatale, se dato nel posto sbagliato. Sanguinerai e ti rimarrà la cicatrice. Ho sentito Madi urlare quando Brick l'ha marchiata."

Sono sconvolta. Avrei dovuto chiederle di più!

"Eri lì?"

"Sì. Ci eravamo riuniti per proteggere Madi. Quando un lupo alfa non trova la compagna di fato o, peggio ancora, la trova ma non la marchia, può inselvatichirsi. La chiamiamo follia della luna. L'animale prende il sopravvento e l'umano si smarrisce... e va abbattuto."

Apro la bocca in muto stupore. Probabilmente anche gli occhi.

"Brick si è ammalato di questa... follia?"

"Sì. Abbiamo rischiato di perderlo."

Mi torna in mente quando Ruby è venuta a prendere Madi per chiederle aiuto dopo che avevano rotto. "Quindi quando l'ha morsa era quasi impazzito."

Qualcosa si placa in Billy. Sta capendo dove voglio andare a parare. "Sì."

"Ma tu adesso stai benissimo." Gli tocco la guancia e gli massaggio l'orecchio. "So che non ti piace perdere il controllo; persino quando lo facciamo e alla fine ti lasci andare... cerchi di trattenerti. E subito dopo di tornare in te."

Si posa la testa sul braccio e mi prende il seno con la mano libera giocherellando col capezzolo. "Te n'eri accorta?"

Annuisco. "E hai detto che non ti ha fatto piacere perdere il controllo al matrimonio, davanti a me, con tuo padre."

Si passa la mano sul viso. "Detesto che tu mi abbia visto così."

"*Io* no," insisto. "Non ho paura di quell'uomo. So che non mi faresti mai del male." Gli do un bacio sulle labbra. "Voglio vederti tutto, in ogni tua parte. Anche quelle brutte. Anche quelle di cui ti vergogni. Ti amo, Billy. E ciò significa che amo tutto di te. Non sono scappata perché avevo visto qualcosa che non mi piaceva... ma perché non eri disposto a darti tutto a me."

Gli leggo in faccia vulnerabilità, e per una volta non si chiude.

"Quindi fa' quel che devi. Liberati. Adoro il tuo potente lato animale, Billy. Marchiami coi denti e mostrami cosa vuol dire essere reclamata."

E il suo controllo si spezza.

Mi ritrovo bloccata sulla schiena. Mi tira via del tutto pantaloni e mutande.

Si abbassa la cerniera dei pantaloni e impugna l'erezione.

Non gli avevo mai visto gli occhi tanto argentati. E i canini sono *decisamente* lunghi e affilati! Mi morderà con quei cosi... e vengo percorsa da un brivido d'eccitazione.

"Preservativo," dico senza fiato quando, dimentico, mi penetra. "A meno che tu non li voglia subito, quei cuccioli."

Non so neanch'io perché l'ho detto, ma suona giusto. Non mentivo mica quando gli ho detto che ci sto. Voglio tutto con Billy: matrimonio, figli, tutto.

Blocca il braccio a metà strada per il comodino.

"*Sì*." Parla con voce poco umana. Il profondo ringhio di petto è ultraterreno.

M'infilza, mi spacca in due, mi entra in profondità già con la prima spinta.

Trasalisco e mi aggrappo alla testiera.

"Adesso ti metto dentro un cucciolo, Aubrey White." Si muove su e giù.

"Ho un cognome mio, eh!" Però faccio un sorriso che va da un orecchio all'altro. Ci sposeremo. Assurdo!

"Adesso ti metto un cucciolo dentro, Aubrey Cook White." Continua a penetrarmi tenendomi la spalla perché non voli contro al muro.

Già do i numeri dal piacere, immersa negli ormoni dell'amore...

Abbassa la faccia per far saettare la lingua sul capezzolo, poi lo mordicchia. "Seguirò tutti i riti nuziali umani – tutto quello che vuoi! – ma diverrai mia stasera. Stasera t'infiltrerò il mio odore nella pelle, Argento." Lo dice come fosse un avvertimento. O una punizione. Forse mi sta dando l'ultima occasione di ritirarmi.

Neanche per sogno!

Gli aggancio le caviglie dietro alla schiena per trascinarmelo più dentro e dimostrargli che lo voglio ancora di più.

"Adesso ti reclamo e non si torna più indietro. Non si scappa." Nel buio gli brillano gli occhi. Mi fanno battere forte il cuore...

Il mio ragazzo è un lupo. Elettrizzante, reale e *giusto* al contempo.

Billy si ficca in me, incalza, ci mette abbastanza forza che domani farò fatica a camminare. Ma voglio di più. Voglio toccarlo, gli graffio le spalle con le unghie, muovo i fianchi per prenderlo più dentro.

"Non c'è futuro se non insieme," ringhia. "Sei la mia compagna, e i lupi si accoppiano per la vita."

Rido – ma piango. O credo almeno; ho la faccia bagnata.

"Fallo," lo sprono. "Fammi tua!"

Scoppia in un ringhio lupesco. Spalanca la mascella; le zanne luccicano alla luna. Mi attraversa un lampo di paura... eclissato però subito dal piacere.

Mi viene dentro e io vengo stritolandogli l'uccello pulsante. Le pareti interne si serrano per succhiargli tutto il seme. Sussulto dal godimento.

"*Mia*," ruggisce tuffandosi in profondità e restando fermo lì.

"Sì, tua!"

Mi prende un seno con una mano e abbassa la testa. "Mia." Stavolta lo dice più piano.

Chiude la mandibola. Il morso è superficiale e delicato, all'esterno del seno, sul pettorale.

Vengo di nuovo; piego i fianchi e lo stritolo ancora mentre estrae con cautela i denti per leccarmi le ferite.

"Tutto bene, Argento?" Mi prende la mascella per voltarmi il viso verso il suo. Gli occhi sono tornati azzurri; mi scrutano preoccupati.

Apro le palpebre in uno sfarfallio e sorrido. Muovo i fianchi per dimostrargli che sto benissimo.

"Fatto male?"

"E anche bene."

"Ah sì?" Mi pizzica il capezzolo del seno marchiato e non lo lascia più.

Vengo di nuovo! "Ah!" Singhiozzo.

Pizzica l'altro. "Mia." Adesso bisbiglia.

"Tutta tua," sussurro a mia volta.

"Ti amo." Mi bacia le lacrime. "Non so come ho fatto ad avere tanta fortuna, ma non ti lascerò mai andare."

"Sarà meglio."

Capitolo trentuno

ubrey

È una giornata calda e la cerimonia di consegna dei diplomi si svolge all'aperto, perciò con la toga nera sto morendo.

"Congratulazioni, classe del 2025!" dice il rettore al microfono.

Be', ce l'ho fatta. Sono ufficialmente laureata negli inutilissimi Studi sulle donne. Mi unisco all'esultazione dei colleghi e lancio il tocco in aria.

Fra il pubblico ci sono i miei – insieme alla nonna e a Caroline, Jan, Madi e sua madre.

Ieri ho chiamato Jan e Jamie per dirgli che Billy ha fatto chiudere la *Sentience,* quindi adesso sono in salvo. Jamie ancora vuole vendicarsi, ed è libera di spifferare tutto al *New York Times.*

Madi sventola la mano e indica il cielo. Levo lo sguardo. C'è un dirigibile con uno striscione che recita: 'Congratulazioni, Aubrey!'

Rido e la indico. "Sei stata tu?" faccio muovendo solo le labbra.

Lei sorride e scuote il capo. Allora Billy. Il mio compagno. Ovvio.

Scruto la calca.

Dov'è? So che è qui da qualche parte... Mi ha fatta ritrasferire da lui la sera del marchio; a prendere la mia roba e Peperino ha mandato alcuni dei suoi.

Quando ho obiettato di voler continuare a usare l'appartamento perché la vecchia camera di Madi mi fa ormai da studio, mi ha mostrato l'enorme stanza da letto dell'attico che già aveva convertito.

Mentre avevamo rotto.

Accidenti.

Quando stamattina gli ho chiesto se voleva conoscere i miei ha detto che nulla gliel'avrebbe mai impedito. L'ho avvisato però: l'avrei presentato come mio ragazzo, non fidanzato, perché sarebbe troppo affrettato nel mondo umano. Lui ha ringhiato, ma ormai ho imparato che fargli vedere o annusare il marchio lo placa all'istante, quindi ho denudato un seno e lui mi ha tirata sul suo grembo per leccarmi e baciarmi lì in mezzo con reverenza sufficiente a dare inizio a una nuova religione.

La religione delle tette marchiate.

Scorgo la fila di mutanti in piedi sul fondo, dietro alle sedie bianche ripiegabili del prato. Billy, Brick, Nickel, Vance, Jake e Sully si stagliano contro lo steccato come sentinelle. Sono tutti alti, meravigliosi e imponenti anche senza giacca e cravatta. Adesso che so che sono lupi è già più logico. Emanano potere, carisma.

Per forza a Wall Street hanno fatto faville.

Vado da Billy, che mi prende in braccio per farmi girare.

"Ahi. Tetta dolorante," mormoro; mi mette subito giù con la preoccupazione scritta in volto. "Bella pensata il dirigibile." Mi alzo sulle punte per baciarlo, poi mi volto verso Brick. "Grazie mille di essere venuto." L'abbraccio.

"Benvenuta nel branco, Aubrey."

Accidenti. Sono del branco. Assurdo! "Grazie a voi."

"Benvenuta nel branco." Mi abbracciano tutti e mi danno il benvenuto. C'è sotto una ritualità che mi fa pensare sia un arruolamento ufficiale. Sono stata marchiata, quindi adesso non appartengo solo a Billy: sono una di loro.

E lo adoro!

Madi porta i miei da noi, e mi faccio abbracciare ancora; mi danno anche dei palloncini.

"Mamma, papà e tutti gli altri... vi presento Billy, il ragazzo con cui esco. Ha fatto da testimone a Brick."

Papà gli stringe la mano. La mamma lo abbraccia.

Jan e Caroline decidono di fare i papà severi e gli stringono la mano con un'occhiataccia. Ovviamente avranno già capito che è miliardario – e si staranno chiedendo se ho perso la testa.

Eh, ci sarà un po' di lavoro da fare.

Non rinuncio ai miei ideali, ma l'immagine che avevo di me dovrà cambiare. So che ce la farò. Madi ci è riuscita, no?

Billy si schiarisce la gola. "Be', se vi va ho ordinato qualcosa da mangiare da noi. Possiamo andarci tutti in limousine."

"Da voi?" La mamma fa scattare in su le sopracciglia. "Voi... voi?" Grazie d'aver ignorato l'accenno alla limousine, mamma.

"Be', è casa sua. Nel palazzo di Brick e Madi."

"È casa nostra," fa Billy con decisione. "Aubrey ci sta dipingendo dei murales."

Spalanca la bocca. "Tesoro, ma da quanto state insieme? Perché non ce l'hai detto prima?!"

Lancio un'occhiata a Billy. È rigido e con l'aria distante

come al solito, ma si vede che sta facendo del suo meglio. "Da poco. Billy mi ha assunta per i murales e poi la situazione è cambiata." Tendo la mano verso la sua, e lui me la prende subito.

Incollata al fianco di Brick, Madi sorride. "Saranno bellissimi. Non vedo l'ora di vederli. Andiamo, dai!"

Ci avviamo alle macchine, ma Billy mi tira verso la Porsche. Mi apre la portiera. Sul sedile c'è la scatolina di una gioielleria con un fiocco.

"Ti ho preso un regalo," dice. "Ma se non è perfetto continueremo le ricerche."

È perfetto. Lo so già. Billy è un tipetto attento.

Mi siedo e aspetto che sia montato anche lui per sbrogliare il nastrino. Sbircio sotto al coperchio.

Tre file di diamanti rosa. Semplice. Sconvolgente. Proprio da me.

"Lo adoro!" Lo guardo. "Da laboratorio?"

"Niente diamanti insanguinati per mia moglie."

Sua moglie. Parole che mi danno fremiti d'eccitazione!

"È un anello di fidanzamento?" Lo provo intanto.

Annuisce. "Mi sposi?"

Conosce la risposta. Da me ha già preteso l'eternità. "Sì."

* * *

Billy

Apro la porta e la porto dentro in braccio.

Ride. "Dovresti aspettare le nozze."

"Ah sì? Non riesco a star dietro a tutte queste tradizioni..." La metto giù quando l'ascensore annuncia l'arrivo degli ospiti con un trillo.

Mentre eravamo via quelli del catering hanno decorato

l'attico con palloncini neri e argento, e hanno sistemato dei tavolini da bar per tutta la stanza coperti di lino bianco e coriandoli argentati.

"Oddio! Ma cos'è?!" strilla Aubrey quando viene ad accoglierci alla porta Peperino, con tanto di tocco in testa e minuscolo mantello a fargli da toga. "Quanto sei carino!"

Lo prende in braccio; Peperino tenta freneticamente di leccarle la faccia.

"Adorabile..." cantilena sua madre. Mi scocca un'occhiata incuriosita, come cercando di capire come abbia fatto un uomo come me a scegliersi come cane uno Shih Poo.

"È di Aubrey," faccio io.

"È *nostro*," insiste lei – come io ho insistito con l'attico.

"Avete un *cane*?" Caroline è incredula. Gli gratta un orecchio alla volta dicendogli quant'è carino.

"Già. Siamo i genitori." Aubrey trova la cosa esilarante. Speriamo non cambi idea quando le infilerò un cucciolo nel pancino...

"Aubrey, è incredibile..." Jan esamina il primo murale. È ancora in bianco e nero, ma ha aggiunto delle note argentee ovunque – e sembra aver preso vita.

Come ha fatto prendere vita a me.

"Vi piace?" Lo guarda con occhio critico. Non ha ancora deciso se è finito.

"Tantissimo!" esclama sua madre.

"Bel cambiamento dal tuo solito stile," fa Jan. "Molto ispirata l'esplorazione del bianco e nero per i fiori."

Con le rughette agli occhi, Aubrey mi scocca un sorrisone.

Io le faccio l'occhiolino.

Non l'avevo mai fatto in vita mia. Non sono un simpaticone. Non flirto. Santo cielo, non so neanche perché l'ho fatto! Poi però si porta la mano sul petto e chiude gli occhi, come ripensandoci, e mi sembra di volare.

È lei la ragione di questo cambiamento di personalità. Mi ha soffiato dentro la vita. Il suo caos ha mandato a monte ogni regola e rigido schema della mia esistenza. E non sarò mai più lo stesso.

Né voglio esserlo.

"Oooooh, che bello questo!" esclama Caroline vedendo il secondo murale – Aubrey ci ha messo tutto ieri e quasi tutta la notte a dipingerlo.

È a colori; arancioni, blu, gialli e rossi brillanti. Un gigantesco lupo blu osserva il pubblico coi peli del collo irti e i denti sguainati. Sono io. Alla sua destra, appena dietro alla spalla, c'è un minuscolo cagnolino rosso, protetto dal lupo. Peperino.

Aubrey si è tenuta fuori dal disegno. La cosa mi turba, ma ha promesso che la prossima volta mi fa un autoritratto su tela. Dice di adorare il nuovo studio che dà su Central Park e, ovviamente, se preferisce potrà usare uno qualsiasi degli spazi per artisti della galleria *Argento*, quando avremo finito i lavori.

Faccio un cenno al cameriere per un Dom Perignon mentre Aubrey parla ai suoi della galleria. Sono tutti un tantino sconvolti da tante novità di cui erano all'oscuro – ma nessuno sembra offeso.

Passano coi vassoi pieni di calici di champagne; alzo il mio. "Vorrei proporre un brindisi."

Aubrey s'addolcisce di nuovo in viso. Mi guarda in un modo che mi fa venir voglia di buttarmi in ginocchio per ringraziare il fato e la dea della luna d'avermi dato una femmina simile!

"A Aubrey: la donna che mi ha rivoluzionato la vita. Che mi ha fatto cambiare, crescere e imparare ad amare. Ti sono enormemente grato d'essermi entrata a forza nell'esistenza per pigliarmi a calci in culo."

Sua madre sgrana gli occhi, ma tutti gli altri ridono.

"A Aubrey," fa Madi.

"A Aubrey," dicono in coro gli altri.

Aubrey fa cin col mio bicchiere, beve e lo posa. Poi mi butta le braccia al collo e mi bacia come fosse il nostro ultimo momento sulla Terra.

Esultano tutti.

L'abbraccio – attento a non stringerla troppo forte stavolta – e le do un bacio da togliere il fiato. Proprio come voglio baciarla ogni giorno per il resto della sua vita.

Epilogo

Sei mesi dopo...

Noah

Apro la porta dell'*Argento* ed entro.

Quando il capo invita all'inaugurazione della galleria d'arte della compagna, ci si va.

Anche se non si è ancora stati invitati a entrare nel branco.

Ovunque guardi ci sono opere. Di tutto: fotografie, sculture, dipinti a olio. Giganteschi fiori di carta coprono un'intera parete e statue intagliate nell'ebano sono disposte su sottili piedistalli.

Scorgo Billy mano nella mano con l'umana davanti a un grande murale floreale per le fotografie. Accanto a lui c'è un cagnolino minuscolo con addosso la pettorina di uno smoking e papillon. L'animaletto è tanto strano per lui che mi ritrovo a fissarli incredulo. Poi la compagna si china per prenderlo in braccio – e allora capisco. Come qualsiasi altro bravo lupo, Billy per lei farebbe di tutto. Anche diventare genitore di un cagnolino ridicolo, se lo vuole la compagna.

Forte.

Al centro, di fronte al murale, i camerieri hanno trasformato parecchi tavoli in un unico ed enorme tagliere per formaggi.

Madi e Blackthroat vanno da Billy. Altra accoppiata sorprendente: l'alfa di uno dei branchi più grossi degli Stati Uniti e un'umana. Un'umana notevole, comunque. Brillante, generosa, socievole. Non so di preciso cosa sia accaduto fra i due, ma credo che Blackthroat si sia quasi ammalato di follia della luna quando ha cercato di negare la cosa.

C'entravano il branco degli Adalwulf e un'offerta di lavoro, perché Blackthroat mi ha convocato perché leggessi il labiale di un filmato in cui Madi parlava con Aiden, l'alfa di quelli lì.

Lei mi vede e mi fa segno di raggiungerli.

Mi avvicino salutandoli.

Mi presenta a Aubrey, sua migliore amica e compagna di Billy.

"Aubrey è l'artista di questo bellissimo murale." Parla e fa i segni al contempo; qui ci vuole la bravura di un interprete; non basta conoscere tutte e due le lingue.

"Bellissimo," dico a voce a Aubrey. "La galleria espone i tuoi lavori?"

Ride e scuote la testa. "No. Sono la curatrice però. Il prossimo tema sarà la giustizia sociale – creare il cambiamento attraverso l'arte, tipo."

Annuisco.

"I piani superiori sono spazi per artisti; la galleria è giù."

"Congratulazioni. Progetto audace," dico.

Sorride, poi lo sguardo le torna a Billy, che se la stringe

al fianco. È cambiato drasticamente nei pochi mesi trascorsi da quando si sono accoppiati. Non che sia meno potente, eh, ma l'aggressività selvatica è sparita. Adesso ha una leadership più pacata.

Blackthroat mi stringe la mano. "È un piacere rivederti, Noah."

"Mi onora venire incluso."

Per un attimo ancora non mi molla; mi scruta. Forse pensa che alluda a una certa voglia di entrare nel branco...

Invece no. Preferisco fare il lupo solitario, ma sospetto che per un alfa come Blackthroat non sia accettabile.

Ho cercato lavoro a Wall Street come avrebbe fatto un umano; laurea ad Harvard con master in Gestione d'impresa e candidature a Manhattan. Mi sono proposto per tutte e due le aziende possedute da lupi pensando che l'odore mi avrebbe avvantaggiato ai colloqui.

Sapevo però che potevo pure rimetterci, se i lupi fossero stati come quelli del mio branco di nascita e mi avessero considerato 'difettoso'. A nessuno dei due ho chiesto l'ammissione perché non sapevo come mi avrebbero trattato né dove avrei trovato il posto. Non mi avessero assunto da nessuna parte, addio branchi.

Eccolo, il primo errore.

L'addetta alle Risorse umane della *Moon Co.* era umana, quindi non ha sentito l'odore – ma il colloquio dev'essere andato bene, dato che mi hanno preso. All'epoca mi piaceva non poco sapere d'essere stato scelto solo per merito.

Poi ho conosciuto Brick Blackthroat, l'amministratore delegato. Mi ha riconosciuto a una riunione, quindi mi ha chiesto di venire dopo nel suo ufficio... e mi sono ritrovato afferrato dalla gola e incollato al muro finché non ho giurato di non essere una spia degli Adalwulf.

Dopodiché ha preteso di sapere perché non avessi voluto chiedergli di entrare nel branco, dato che è l'alfa del territorio. Agli alfa non si può mentire... ma dire la verità è stato il secondo errore. Non gli è piaciuta l'ammissione che mi ero candidato per tutti e due i posti.

Il terzo è stato pranzare con Madi prima che si accoppiassero. Mi aveva invitato fuori come amico ed era senza marchio, quindi non avevo idea che fosse sua! Brick comunque mi ha detto senza mezzi termini di starle alla larga.

Quindi addio invito a entrare nel branco. Non credo perché sono degli intolleranti che mi credono 'difettoso', perché dopo che Billy ha visto Madi parlare con me al lavoro, lui e la squadra hanno subito imparato la lingua dei segni. Nel mio branco d'origine solo mia nonna si era degnata di farlo. Io comunque so leggere le labbra e parlare – e ho fatto del mio meglio per integrarmi.

Ma stare senza branco ha i suoi lati negativi. In città non ci sono posti dove correre. Non mi tramuto da mesi. Il lupo si fa irrequieto, mi assilla con sogni di caccia...

...che vanno per la maggiore. A volte invece sogno una bellissima ragazza dai capelli pallidi come la luna e gli occhi sfocati.

Come quella che ho visto smontare dalla limousine di Aiden Adalwulf.

Billy ha detto che è la veggente del branco.

Ieri notte l'ho sognata.

Portava una leggera veste vecchio stile e la sua stanza – o era una prigione? – era arredata con eleganti mobili risalenti a un'altra epoca.

La *vista* l'ha condotta oltre le mura del castello...

...fino a me.

Sedeva sul letto, ma levava in trasalito lo sguardo su di me. E io ero sul mio letto di Soho e lì al contempo.

"*Noah.*" Pronunciava il mio nome con meraviglia. Non con la voce... e nemmeno con le mani.

Con la mente.

Non avrà avuto più di diciotto anni – non che giudichi le lupe dall'età, comunque. Mi ha sorriso. "Era tanto che aspettavo di conoscerti."

"Chi sei?" Anch'io parlavo con la mente.

Il sorriso era triste, misterioso. "Non lo sai?"

Non la conoscevo, ma nel sogno non ricordavo perché.

Avrei voluto dirle *sì* per non deluderla. Avrei voluto dirle di conoscerla, che in una vita passata l'avevo reclamata. O in una futura? C'era qualcosa di fin dolorosamente familiare in lei. Era un fantasma? Uno spirito guida?

Ovviamente l'odore non lo sentivo. In sogno non si può. Forse se ne fossi stato in grado avrei capito perché era tanto importante per me...

Ho solo scosso il capo. "Vorrei saperlo."

Ha chinato la testa e si è spostata i capelli dietro all'orecchio. Era arrossita su tanto pallore? I fantasmi di certo non arrossiscono. D'un tratto sono diventato consapevole di lei in modo meno... effimero. Ne ho percorso la pelle nuda sopra allo scollo della veste. Il gonfiore dei seni. Le mani delicate. Le labbra carnose. Il sangue mi è volato giù, sotto alla cintola.

"Lo saprai," mi ha detto.

Mi sono avvicinato di un passo al letto. "Che ci faccio qui?"

Le è comparsa una ruga fra le sopracciglia e per un attimo ha perso la concentrazione; poi mi ha guardato con attenzione e ha piegato l'adorabile testolina.

"La guerra sta per cominciare. Devi decidere da che parte stare. Trovami... prima che sia troppo tardi!"

OTTIENI IL TUO LIBRO GRATIS!

Iscrivetevi alla newsletter di Midnight Romance per ricevere La Vergine e il Vampiro e notifiche riguardo a nuove pubblicazioni!

https://dl.bookfunnel.com/wg56byh1hb

OTTIENI IL TUO LIBRO GRATIS!

Iscrivetevi alla newsletter di Renee per ricevere Preludio e Indomita, scene bonus gratuite e notifiche riguardo a nuove pubblicazioni!

https://subscribepage.com/reneeroseit

* * *

Ricevi un libro gratuito, **Allevata dai Berserker** (solo per i fan più sfegatati iscritti alla newsletter di Lee). **Clicca qui per cominciare**

Altri libri di Renee Rose

https://reneeroseromance.com/italiano/

I lupi di Wall Street

Grande capo cattivo: Mezzanotte

Grande capo cattivo: Il folle della luna

Grande capo cattivo: La marchiata

Grande capo cattivo - Gli accoppiati

Grande bullo cattivo

Alfa ribelli

Tentazione Alfa

Pericolo Alfa

Un premio per l'Alfa

Una Sfida per l'alfa

Obsession Alfa

Desiderio Alfa

Guerra Alfa

Missione Alfa

Tormento Alfa

Segreto Alfa

La preda dell'Alfa

Il sole dell'Alfa

Sangue Alfa

La luna dell'Alfa

Giuramento Alfa

La vendetta dell'Alfa

Fuoco Alfa

Salvataggio Alfa

Ordine Alfa

Grandi orsi cattivi

Il reclamo dell'alfa

Wolf Ridge High

Alfa Bullo

Alfa Cavaliere

Fratellastro Alfa

Re Alfa

Wolf Ranch

Brutale

Selvaggio

Animalesco

Disumano

Feroce

Spietato

Due Segni

Indomita (gratuito)

Tentazione

Deseada

Sedotta

Uomo d'onore

Non provocarmi

Non tentarmi

Non costringermi

I peccati di Chicago

La tana dei peccati

Radicato nel peccato

Dominami - la serie

Padrone reale

Sì, dottore

Padrone russo

Padrone marine

I suoi due padroni

Il padrone della segreta

Padrone di fuoco

Chicago Bratva

Preludio

Il direttore

Il risolutore

Posseduta

Il sicario

Il soldato

L'Hacker

L'allibratore

Il pulitore

Le spose zandiane

Notte degli zandiani

Comprata dagli zandiani

Dominata dagli zandiani

Luci zandiane: il romanzo della festa aliena

Trattenuta dallo zandiano

Reclamata dallo zandiano

Rubata dallo zandiano

Salvata dallo zandiano

Altri romanzi di Lee Savino

Romanzo Paranormale

I lupi di Wall Street
Gran Capo Cattivo: Mezzanotte
Gran Capo Cattivo: Il folle della luna
Grande capo cattivo: La marchiata
Grande capo cattivo - Gli accoppiati

Alfa ribelli con Renee Rose
Tentazione Alfa
Pericolo Alfa
Un premio per l'Alfa
Una sfida per l'alfa
Obsession Alfa
Desiderio Alfa
Guerra Alfa
Missione Alfa
Tormento Alfa
Segreto Alfa
La preda dell'Alfa
Sangue Alfa
il sole dell'Alfa
La luna dell'Alfa
La luna dell'Alfa
Giuramento Alfa
La vendetta dell'Alfa
Fuoco Alfa
Salvataggio Alfa
Ordine Alfa

La saga dei Berserker
Venduta ai Berserker
Accoppiata ai Berserker
Presa dai Berserker

L'autore Renee Rose

L'autrice oggi bestseller negli Stati Uniti Renee Rose ama gli eroi alfa dominanti dal linguaggio sboccato! Ha venduto oltre un milione di copie dei suoi romanzi bollenti, con variabili livelli di erotismo. I suoi libri sono comparsi su *USA Today's Happily Ever After* e *Popsugar*. Nominata *Migliore autrice erotica da Eroticon USA* nel 2013, ha vinto come autrice antologica e di fantascienza preferita dello *Spunky and Sassy*, come miglior romanzo storico sul *The Romance Reviews* e migliore coppia e autrice di fantascienza, paranormale, storica, erotica ed ageplay dello *Spanking Romance Reviews*. È entrata dieci volte nella lista di *USA Today* con varie antologie.

Iscrivetevi alla newsletter di Renee per ricevere scene bonus gratuite e notifiche riguardo a nuove pubblicazioni!
https://www.subscribepage.com/reneeroseit

L'autore Lee Savino

Lee Savino è una fra le migliori scrittrici di libri erotici 'smexy' al giorno d'oggi negli Stati Uniti. 'Smexy' nel senso di 'smart e sexy': storie sensuali ed argute. La puoi trovare nel gruppo Goddess in Facebook ed è possibile scaricare un suo libro gratuito su https://leesavino.com/italiano!

Ricevi un libro gratuito, **Allevata dai Berserker** (solo per i fan più sfegatati iscritti alla newsletter di Lee). **Clicca qui per cominciare**